NICCI FRENCH

Sous le pseudonyme de Nicci French se cache un couple de journalistes, Nicci Gerrard et Sean French. Tous deux ont étudié la littérature anglaise à Oxford à la fin des années 1970 sans jamais se rencontrer. Ensuite, chacun a mené sa carrière de son côté dans le journalisme. Nicci collabore à l'*Observer* pour lequel elle traite notamment des grands procès d'assises ; Sean est chroniqueur littéraire pour divers magazines. Ils se croisent enfin en 1989, et décident de partager leur vie et leur écriture. Maniant l'art de jouer avec les nerfs et le suspense cousu main, ils rencontrent le succès dès leur premier thriller psychologique, *Mémoire piégée* (1997). Depuis, ils ont écrit une dizaine de romans à quatre mains – dont *Sourire en coin* (Fleuve Noir, 2005) et *Charlie n'est pas rentrée* (Fleuve Noir, 2008) –, un travail singulier qu'ils définissent comme « une folie à deux ».

AIDE-MOI

DU MÊME AUTEUR
CHEZ POCKET

Feu de glace
Dans la peau
La chambre écarlate
Au pays des vivants
Sourire en coin
Jeux de dupes
Aide-moi
Mémoire piégée
Charlie n'est pas rentrée

NICCI FRENCH

AIDE-MOI

Traduit de l'américain
par Marianne Thirioux

FLEUVE NOIR

Titre original :
CATCH ME WHEN I FALL

Le papier de cet ouvrage est composé de fibres naturelles, renouvelables, recyclables et fabriquées à partir de bois provenant de forêts plantées et cultivées durablement pour la fabrication du papier.

ISBN : 978-2-266-17627-9

Pour Jackie et Tomàs.

Je suis morte deux fois. La première fois, j'ai voulu mourir. Je considérais la mort comme l'endroit où la douleur s'arrêterait, où la peur cesserait enfin.

La seconde fois, je n'ai pas voulu mourir. En dépit de la douleur et de la peur, j'avais décidé que la vie méritait d'être vécue. Cette vie compliquée, angoissante, fatigante, merveilleuse, blessante, avec son lot de ratés et sa tristesse, avec toutes ses joies soudaines et inattendues qui vous font fermer les yeux et dire : « Raccroche-toi à cela, ne l'oublie pas. » Les souvenirs peuvent vous permettre de surmonter les épreuves. Danser dans l'obscurité, voir le soleil se lever, traîner en ville et se perdre dans la foule ; lever les yeux et voir votre sourire. Vous m'avez sauvée quand je ne pouvais plus me sauver. Vous m'avez retrouvée quand j'étais perdue.

Je ne voulais pas mourir, mais, en revanche, quelqu'un souhaitait ma mort. Il a tout fait pour que je meure. Je suis quelqu'un que l'on aime ou que l'on hait, manifestement. Parfois, la frontière entre ces deux sentiments est mince. Même aujourd'hui, alors que tout est terminé et que je peux regarder mon passé comme un paysage que j'ai traversé et laissé derrière moi, il reste des choses cachées, des secrets qui me dépassent.

La mort vous emmène ailleurs. Tout seul, vous tra-

versez une frontière où personne ne peut vous rejoindre. Quand mon père est décédé, j'avais seize ans. Je me souviens de l'après-midi de printemps de son enterrement. Ma mère avait essayé de me faire porter des vêtements de deuil, mais mon père avait toujours détesté le noir. J'ai donc enfilé ma robe rose, appliqué mon rouge à lèvres le plus vif et chaussé des talons hauts qui s'enfonçaient dans la terre molle. Je voulais avoir l'air d'une dévergondée, d'une putain. J'ai étalé de l'ombre bleue sur mes paupières. Je me rappelle encore les paroles du pasteur : « Tu es né poussière et tu retourneras à la poussière », et les gens qui pleuraient et qui se soutenaient. Je savais qu'ils voulaient me voir verser des larmes, moi aussi ; ainsi auraient-ils pu me prendre dans leurs bras pour me réconforter. Mais mon père ne supportait pas les gens qui pleuraient. Il a toujours voulu que nous montrions au monde que nous étions heureux. J'ai donc souri pendant tout le service funèbre et, je crois, à la façon dont tout le monde me regardait, que j'ai même ri un peu. Ma mère a lancé une seule rose blanche sur son cercueil quand ils l'ont mis en terre, comme on est censé le faire. J'ai enlevé les bracelets à mon bras et les ai jetés, de sorte que, l'espace de quelques secondes, la cérémonie ressembla davantage à un enterrement païen qu'à de respectables funérailles anglaises. L'un des bracelets se cassa et ses perles en plastique rose vif roulèrent frénétiquement sur le couvercle en bois bon marché, firent tac tac tac sur le visage de mon père.

Pendant un moment, j'ai cru que j'allais devenir folle de solitude et de rage. Et pourtant, je n'en ai parlé à personne, car je ne trouvais pas les mots. Pendant dix ans, j'ai essayé de le rejoindre. Dans le désespoir.

Dans l'amour. Dans le dégoût, l'hilarité, la haine et la vengeance.

Je suis morte deux fois. Seulement deux fois. Avec tout le mal que je me suis donné, j'aurais pu mieux faire, me semble-t-il.

Ils sont donc là. Les gens qui m'aimaient et me détestaient, qui voulaient que je vive et qui désiraient que je meure, qui ont essayé de me sauver et qui m'ont abandonnée. Ils ont tous l'air heureux. Ils se regardent, se tiennent la main, certains s'embrassent même. Je devine qu'ils se font des promesses pour la vie qui les attend. Ce grand et mystérieux voyage. Il n'en manque qu'un.

Mourir une fois

1

— Le danger m'attire, me confia-t-il. Depuis toujours. Que voulez-vous boire, les filles ?

Je réfléchis un instant. « Garde de la place pour la suite, Holly. » Meg et moi avions quitté le bureau près d'une heure plus tôt, mais j'étais encore survoltée. Sautillante. J'avais un ami acteur, autrefois : il me racontait qu'après chaque spectacle, il lui fallait des heures pour décompresser, ce qui posait un léger problème si le rideau tombait à vingt-deux heures trente et que vous aviez l'ambition de vous caler sur le reste du monde. En réalité, il se calait surtout sur ses collègues qui étaient les seuls à avoir réellement envie de sortir dîner à vingt-trois heures et de dormir jusqu'à midi chaque jour de la semaine.

Une autre amie d'université pratique la course de fond. Elle m'impressionne. Elle a failli participer aux jeux Olympiques. Elle commence par sprinter pour mettre en marche la machine. Puis elle couvre de longues distances en alternant le plat et les côtes abruptes. Après quoi, la difficulté est de ramener son corps à la normale. Elle trotte encore, rien que pour se détendre. Enfin, elle applique de la glace sur ses muscles et ses articulations pour les rafraîchir. C'est la partie que je préfère. Parfois, j'aimerais enfouir ma tête dans un seau de glace pilée.

— Ce n'est pas une décision si difficile, reprit-il. Meg a déjà commandé un verre de vin blanc.

— Quoi ? fis-je.

L'espace d'un instant, j'avais oublié où je me trouvais. Je dus passer la pièce en revue pour m'en souvenir. C'était merveilleux. La soirée était douce, pour une soirée d'automne, et la foule amassée dans ce bar de Soho se déversait dans la rue. On aurait dit que l'été allait continuer éternellement, que l'hiver n'arriverait jamais, qu'il ne pleuvrait plus. Dans la campagne, les champs réclamaient de l'eau, les lits des rivières s'asséchaient et les récoltes en subissaient les conséquences, mais, au centre de Londres, on avait l'impression de se trouver au bord de la Méditerranée.

— Que veux-tu boire ?

Je demandai du vin blanc et de l'eau. Puis je passai mon bras autour des épaules de Meg et lui murmurai à l'oreille :

— As-tu parlé à Deborah ?

Elle parut mal à l'aise. Elle ne l'avait donc pas fait.

— Pas encore, répondit-elle.

— Nous devrons en discuter. Demain, d'accord ?

— Plate ou gazeuse ? me demanda l'homme.

— Du robinet, dis-je. À la première heure, Meg. Avant tout le reste.

— Très bien, concéda-t-elle. À neuf heures, alors.

Je l'observai tandis qu'elle suivait du regard l'homme se dirigeant vers le bar. Il avait un beau visage ouvert ; comment s'appelait-il, déjà ? Todd, c'était cela. Nous nous étions tous traînés ici en sortant du bureau. La journée avait été rude. Nous étions arrivés en groupe mais, peu à peu, la foule nous avait dispersés. Je reconnus des visages familiers dans la salle, des gens heureux échappés de leurs bureaux. Todd faisait partie de nos clients : il était passé pour valider notre proposition et nous avait suivies jusqu'ici. Maintenant il essayait de commander à boire au zinc. Lourde tâche car un consommateur insultait l'une des barmaids. Elle était étrangère – indonésienne, ou quelque chose dans le genre – et l'homme prétendait qu'elle ne lui avait pas servi la boisson qu'il avait demandée. Visiblement, elle comprenait à peine ce qu'il disait.

— Regardez-moi quand je vous parle, criait-il.

Todd revint en serrant bien fort le verre de Meg, les deux miens et sa bière.

— Ils n'ont pas voulu me donner d'eau du robinet, expliqua-t-il. C'est de l'eau minérale.

J'en sirotai une gorgée.

— Ainsi, vous aimez le danger, fis-je.

— Au ton que vous employez, ça doit paraître stupide, mais, en un sens, oui.

Todd, tout fier, entreprit de nous raconter les vacances qu'il avait passées avec un groupe d'amis en Afrique du Sud. Ils avaient fait du rafting en Zambie, du canoë au milieu des hippopotames du Botswana, du saut à l'élastique du haut d'un téléphérique ralliant Table Mountain et de la plongée sous-marine avec les grands requins blancs.

— Ça a l'air génial ! observa Meg. Je ne crois pas que j'aurais le courage de le faire.

— C'était grisant, acquiesça-t-il. Et terrifiant. Je crois que j'apprécie encore plus cette expérience avec le recul.

— L'un de vous s'est-il fait dévorer par des squales ? m'enquis-je.

— En fait, on plonge dans des cages, m'expliqua-t-il. Et nous n'avons vu aucun requin.

— Dans des cages ? m'exclamai-je en faisant la grimace. Je pensais que tu aimais le *danger* !

Il eut l'air perplexe.

— Tu plaisantes ? J'aimerais bien te voir sauter d'un téléphérique à des centaines de mètres d'altitude avec un simple élastique en guise de protection.

Je ris, mais pas méchamment, espérai-je.

— Tu n'as pas lu notre brochure ? lui demandai-je. Nous organisons des sauts à l'élastique. Nous nous occupons de la gestion des risques et de l'assurance. Je peux te dire que c'est moins dangereux que de traverser la rue.

— C'est tout de même une poussée d'adrénaline, insista Todd.

— L'adrénaline, tu en trouves n'importe où, rétorquai-je.

Allait-il être vexé ou allait-il sourire ?

Il haussa les épaules comme pour se dénigrer et sourit.

— Alors, quelle est ta conception du danger ? me demanda-t-il.

Je réfléchis un instant.

— Eh bien… Rechercher des mines qui n'ont pas explosé pour les désamorcer. Exercer un boulot de mineur – mais pas en Grande-Bretagne. En Russie ou dans le tiers-monde.

— Qu'est-ce qui t'effraie le plus ?

— Des tas de choses. Les ascenseurs, les taureaux, l'altitude, les cauchemars. Presque tout dans mon métier. L'échec. Parler en public.

Todd rit.

— Je n'arrive pas à y croire, observa-t-il. Tu as fait une bonne présentation, aujourd'hui.

— J'étais terrorisée juste avant de me lancer. C'est toujours le cas.

— Donc, tu es d'accord avec moi. Tu aimes les défis.

Je secouai la tête.

— Sauter à l'élastique et frayer avec des hippopotames ; tout cela, tu l'avais lu dans la brochure. Tu savais à l'avance ce qui t'attendait.

J'entendis un brouhaha derrière moi et me retournai. Les plaintes du grossier personnage se faisaient plus véhémentes : la serveuse essayait de s'expliquer, au bord des larmes.

— Et toi, Meg ? demanda Todd en se tournant vers elle.

Elle lui adressa un sourire timide et ouvrit la bouche, mais je l'interrompis :

— Tu dis que tu aimes le risque ?

— Oui.

— Les poussées d'adrénaline ?

— J'imagine.

— Veux-tu me le prouver ?

— Holly ! protesta Meg, nerveuse.

Todd cilla. Je détectai de l'excitation, mais aussi de l'anxiété. Qu'allait-il se passer ?

— Que veux-tu dire ?

— Tu vois l'homme au bar, celui qui agresse la fille depuis tout à l'heure ?

— Oui.

— Tu ne trouves pas qu'il dépasse les limites ?

— Probablement, oui.

— Alors, va lui demander d'arrêter et de présenter des excuses pour son comportement.

Todd voulut parler, mais se mit à tousser.

— Ne sois pas cinglée, finit-il par dire.

— Tu as peur qu'il te frappe ? Je croyais que le danger t'attirait.

L'expression de Todd se durcit. Cela n'avait plus rien de drôle. Et il ne m'appréciait plus.

— C'est juste une manière de frimer, rétorqua-t-il.

— Tu as une peur bleue de le faire.

— Bien sûr que oui.

— Si tu es terrorisé, le seul moyen de te débarrasser de ce sentiment, c'est d'y aller. C'est comme plonger avec les requins. Mais sans cage.

— Non.

Je reposai mes deux verres sur la table.

— Très bien, fis-je. *Je* vais le faire.

— Non, Holly, ne..., s'écrièrent Meg et Todd de concert.

C'était le seul et unique encouragement dont j'avais besoin. Je me dirigeai vers l'homme au bar. Il portait un costume. Comme tous les autres mâles présents dans cette salle. Il devait avoir dans les trente-cinq ans et se dégarnissait, surtout sur le sommet de la tête. Il arborait un teint rubicond – sans doute dû à la chaleur et à son excitation cumulées. Je n'avais pas remarqué qu'il était gros – sa veste tombait bizarrement sur ses larges épaules – ni qu'il se trouvait en compagnie de deux autres hommes. Il continuait à grommeler à l'adresse de la serveuse.

— Que se passe-t-il ? m'enquis-je.

Il se retourna, très surpris et furieux.

— Qui êtes-vous, bordel ? s'exclama-t-il.

— Vous devez présenter vos excuses à cette femme, poursuivis-je.

— Quoi ?

— On ne parle pas comme ça aux gens. Vous devez vous excuser.

— Allez/vous/faire/foutre !

Il sépara bien les mots, de sorte qu'il y eut une pause entre chacun. Croyait-il que j'allais tourner les talons ? Que j'allais me mettre à pleurer ? J'attrapai son verre sur le bar. Je le brandis vers lui, le plaçant juste sous son menton. Il serait excessif de prétendre que le silence s'abattit sur le bar, comme dans un vieux western, mais il n'y eut plus qu'un murmure d'attention. L'homme baissa les yeux sur le verre, comme s'il essayait d'y voir son nœud de cravate défait. Les idées semblaient se bousculer dans sa tête : cette femme est-elle folle ? Va-t-elle vraiment me jeter un verre à la figure ? Pour si peu ? Et de mon côté je devais penser à peu près la même chose : s'il était capable d'insulter et d'invectiver cette pauvre femme derrière le bar parce qu'elle s'était trompée de boisson, comment allait-il réagir à mes menaces ? Et j'aurais dû penser, comme Todd l'avait sûrement fait, que cet homme venait tout juste sortir de prison. Il devait avoir une propension naturelle à la violence. Il devait tout particulièrement aimer s'en prendre aux femmes. Rien de tout cela ne m'est venu à l'esprit. Je me contentai de le regarder dans les yeux. Je sentis la pulsation dans mon cou. J'eus le sentiment vertigineux d'ignorer totalement ce qui allait se produire dans les cinq prochaines secondes.

Puis le visage de l'homme se détendit en un sourire.

— Très bien, dit-il en ôtant délicatement le verre de ma main, comme s'il allait exploser. (Il le descendit en moins de deux.) À une condition.

— Quoi ?

— Je vous offre un verre.

Je commençai par refuser et cherchai Todd des yeux. Il avait disparu, Meg également. Je me demandai à quel moment ils avaient fui ce spectacle. Était-ce en prévision de ce qui risquait de se passer ? Ou lorsqu'ils virent ce qui s'était réellement passé ? Je haussai les épaules.

— Faites, dis-je.

Il se comporta alors en gentleman. Il fit signe à la barmaid nerveuse. Il me désigna d'un signe de tête :

— Cette femme… Comment vous appelez-vous ?

— Holly Krauss.

— Holly Krauss m'informe que j'ai été grossier envers vous et que je dois vous présenter des excuses. Après réflexion, je crois qu'elle a raison. Je suis vraiment désolé.

La fille me regarda, puis le regarda de nouveau. Je ne pense pas qu'elle ait bien compris ce qui se passait. L'homme, qui s'appelait Jim, me commanda un double gin-tonic et un autre pour lui.

— À la vôtre ! lança-t-il. Et, soit dit en passant, cette barmaid ne connaît vraiment rien à son boulot !

Je descendis mon verre d'un trait ; il m'en commanda un autre et, à partir de là, la soirée s'accéléra. C'était comme si je m'étais trouvée sur des montagnes russes qui n'avaient pas cessé de grimper toute la journée et qui, lorsque j'avais mis le verre sous le menton de Jim, étaient parvenues à leur point culminant, où elles étaient restées perchées un moment, avant de redescendre brusquement de plus en plus vite. Le bar commençait à ressembler à une soirée où je connaissais un tas de gens, où je voulais les connaître, où ils voulaient me connaître. Je parlai à Jim et à ses amis, qui trouvèrent l'épisode du verre très drôle, et n'arrêtèrent pas de le taquiner à ce sujet.

Je discutai avec un homme qui travaillait dans le bureau en face du nôtre, de l'autre côté de la cour, et quand il partit dîner avec des amis dans une boîte privée, il me proposa de les accompagner et j'acceptai. Les événements s'enchaînèrent rapidement, mais également en instantanés, comme des moments qu'illuminait une lumière stroboscopique. Le club se trouvait dans un hôtel particulier du XVIIIe siècle, tout en boiseries miteuses et planches nues. C'était une soirée où tout semblait facile, accessible et possible. L'un des hommes à la table où nous dînions était le directeur du club, de fait il plaisantait avec le serveur et nous faisait goûter à des plats spéciaux. J'eus une longue et intense conversation avec une femme qui travaillait pour quelque chose de prestigieux, une boîte de photo ou de cinéma ou un magazine, et plus tard, je fus incapable de m'en souvenir. La seule chose dont je me souviens c'est que lorsqu'elle se leva pour s'en aller, elle m'embrassa sur les lèvres à pleine bouche, de sorte que je goûtai à son rouge à lèvres.

Quelqu'un suggéra que nous allions danser. Il dit qu'une nouvelle boîte venait d'ouvrir dans le coin et que ça devait commencer à bouger justement. Je regardai ma montre et constatai qu'il était minuit passé. J'étais debout depuis cinq heures et demie du matin. Mais peu importait.

Nous nous y rendîmes tous ensemble à pied, un groupe d'une dizaine de personnes qui, une heure plus tôt, ne se connaissaient pas. Un homme passa son bras sur mes épaules quand nous marchâmes et nous nous mîmes à chanter en espagnol ou en portugais, quelque chose comme ça. Il avait une voix magnifique, très grave, qui retentissait dans l'air doux de l'automne, et quand je levai les yeux, je constatai qu'il y avait des étoiles dans le ciel. Elles brillaient tellement et si près que je crus que si je tendais la main, je pourrais les toucher. Je chantais quelque chose moi aussi, je ne me souviens pas quoi, et tout le monde se joignit à moi. Des gens riaient, s'étreignaient. Nos cigarettes rougeoyaient dans l'obscurité.

Nous atterrîmes de nouveau près du bureau. Je me rappelle avoir songé que j'étais revenue à mon point de départ, et que j'étais moins fatiguée que lorsque j'en étais partie. Je dansai avec l'homme qui avait chanté en espagnol et avec un autre qui prétendait s'appeler Jay, puis je me retrouvai dans les toilettes pour dames avec quelqu'un qui me fit prendre une ligne de coke. Le club était petit et bondé. Un homme noir aux yeux doux me caressa les cheveux et me lança que j'étais superbe. Une femme – je crois qu'elle me dit s'appeler Julia – vint me voir et m'annonça qu'elle rentrait chez elle et que je devrais peut-être en faire autant, avant qu'il ne se passe quoi que ce soit. Est-ce que je souhaitais partager un taxi ? Mais je voulais qu'il arrive quelque chose, je voulais que tout arrive. Je ne voulais pas que la soirée se termine déjà. Je ne voulais pas éteindre les lumières. Je dansais encore, me sentais si légère que c'était presque comme si je volais, jusqu'à ce que la transpiration dégouline sur mon visage, me pique les yeux, que mes cheveux soient trempés et que mon chemisier me colle à la peau.

Puis nous nous en allâmes. Jay était là, je crois, et peut-être le chanteur. Une femme, aux magnifiques cheveux bruns, qui sentait le patchouli, et d'autres personnes dont je ne me souviens que de la silhouette qui se découpait sur le ciel. Il faisait si merveilleusement frais au-dehors. J'aspirai l'air dans mes poumons et sentis la transpiration sécher sur ma peau. Nous nous assîmes près de la rivière, qui était noire et profonde. On entendait l'infime claquement des vagues sur la rive. Je voulais nager dedans, m'allonger dans ses courants obscurs, et me laisser emporter jusqu'à la mer où personne ne pourrait me suivre. Je jetai une poignée de pièces, mais seules quelques-unes tombèrent dans l'eau, et demandai à tout le monde de faire un vœu.

— Quel est ton vœu, alors, Holly ?

— J'aimerais que la vie soit toujours comme ça, répondis-je.

Je fourrai une cigarette dans ma bouche et quelqu'un se pencha vers moi, le briquet dans ses mains en coupe. Quelqu'un d'autre la retira de ma bouche et la tint pendant qu'il m'embrassait et que je l'embrassais en retour, l'attirais vers moi, et attrapais sa main dans mes cheveux, puis une autre personne m'embrassa également, colla ses lèvres dans mon cou, et je basculai la tête et le laissai faire. Tout le monde m'aimait et j'aimais tout le monde. Ils avaient tous des yeux tendres et brillants. Je déclarai que le monde était un endroit plus magique que nous le pensions. Je me levai et traversai le pont en courant. J'avais l'impression que je ne reposerais plus jamais le pied par terre, mais j'entendais le bruit de mes pas qui résonnait autour de moi, puis le bruit d'autres pas qui me suivaient, mais sans parvenir à me rattraper. Des gens criaient mon nom, comme des hiboux qui hululaient. « Holly ! Holly ! » Je ris intérieurement. Une voiture me dépassa, me prit dans ses phares et me laissa repartir.

Je m'arrêtai enfin pour reprendre mon souffle près d'une galerie marchande, et c'est là qu'ils me trouvèrent. Ils étaient deux, je crois. Peut-être que oui, peut-être que non. L'un m'agrippa par les épaules et me poussa contre un mur, dit qu'il m'avait enfin attrapée et qu'il ne me laisserait pas partir. Il ajouta que j'étais déchaînée, mais qu'il pouvait l'être, lui aussi. Il ramassa une brique. Son bras décrivit un arc au-dessus de sa tête, à quelques centimètres de moi seulement, et je vis la brique fendre l'air. Il s'ensuivit un claquement bruyant et une étoile se dessina violemment dans la baie vitrée devant nous, une pyramide de boîtes de conserve s'effondra des étagères. Et l'espace d'une seconde, j'eus l'impression que nous allions pénétrer par cette étoile parfaite dans un monde différent, où je pourrais devenir quelqu'un d'entièrement nouveau. Nouveau, frais et entier.

Puis l'alarme se déclencha, des petits cris nasillards qui semblaient provenir de partout, et il me prit par le poignet. « Courons ! »

Nous courûmes. Je crois que nous étions encore trois, mais peut-être n'étions-nous plus que deux. Nos pieds semblaient synchros. Je ne sais pas pourquoi nous nous sommes arrêtés de courir, mais je sais que nous nous retrouvâmes dans un taxi qui filait à toute allure dans les rues vides, passâmes devant des boutiques aux rideaux de métal et des maisons enténébrées. Un renard s'immobilisa sur place lorsque le taxi approcha, orange et immobile sous les lampadaires. Il se faufila dans un jardin, telle une ombre mince, et disparut.

Après cela, il y a des scènes dont je me souviens et d'autres que j'ai oubliées, comme quelque chose qui arrive à quelqu'un d'autre, dans un film ou dans un rêve que vous faites, vous le savez, mais dont vous n'arrivez pas à vous réveiller. Ou plutôt, c'était comme si quelque chose m'arrivait, mais que j'étais quelqu'un d'autre. J'étais moi et je n'étais pas moi. J'étais une femme qui riait quand elle monta l'escalier devant lui ; une femme debout dans une pièce à l'étage, illuminée d'une faible lumière dans un coin, avec un vieux canapé avec des tas de coussins et, accrochée au plafond, une perruche turquoise en cage. Y avait-il vraiment une perruche qui chantait d'une voix flûtée et la regardait avec des yeux indulgents, ou était-ce une étrange hallucination qui s'était frayé un chemin dans la fièvre éblouissante de la soirée ? Une femme qui regardait par la fenêtre des toits et des jardins dans la nuit, qu'elle n'avait jamais vus auparavant.

— Où suis-je, bordel ? dit-elle en faisant glisser sa veste par terre dans une flaque d'obscurité, mais sans vouloir réellement connaître la réponse. Qui es-tu, bordel ? demanda-t-elle ensuite, mais sans vouloir le savoir non plus. Peu importait. Et de toute façon il se contenta de rire, de tirer les rideaux, et d'allumer une cigarette, ou peut-être était-ce un joint, et il la lui passa. Elle sentit l'excitation battre fort le long de ses veines, elle s'assit bien confortablement dans le canapé, contre les coussins, ôta ses chaussures d'un coup de pied et plia ses jambes nues sous elle.

— Qu'allons-nous faire maintenant ? demanda-t-elle, mais naturellement elle le savait très bien. Elle défit un bouton de son chemisier et il l'observa. La perruche l'observa, elle aussi, des trilles aigus et loufoques sortant de son bec. Elle but quelque chose de transparent et de très épicé et sentit sa chaleur transpercer son corps jusqu'à ce qu'elle fût en fusion. Il y avait de la musique et elle avait l'impression qu'elle provenait de l'intérieur de son crâne. Elle ne parvenait pas à faire la différence entre la pulsation de ses sentiments et les notes de la chanson. Tout se mélangeait.

Pendant un instant, elle se retrouva seule dans la pièce avec la musique, puis elle ne fut plus seule du tout. Je n'étais plus seule. Je m'allongeai, me sentis aussi douce que la rivière au bord de laquelle nous nous étions assis, et je le laissai m'ôter mon chemisier. Nous étions sur le canapé, puis par terre. Des doigts tripotaient mes boutons. Si je fermais les yeux, des lumières clignotaient derrière mes paupières, et c'était comme s'il existait tout un monde étrange, sur lequel je n'avais aucun contrôle, qui attendait d'exploser dans mon cerveau. Je gardais donc les yeux ouverts sur ce monde, mais je ne sais pas ce que j'ai vu. Des fissures au plafond, le pied d'une chaise, un mur à quelques centimètres, un visage qui s'approchait du mien, une bouche qui se tordait. Je sentis le goût du sang et passai la langue sur mes lèvres. Mon sang ; bien. Le tapis me brûlait la peau ; bien. Des doigts durs sur mes bras, sur mon corps, qui s'enfonçaient en moi. Moi et pas moi, moi et cette autre femme qui ôtait son chemisier, des boutons qui s'éparpillaient par terre, retombaient sur le lit, des cheveux qui s'étalaient sous elle ; des mains qui défaisaient son soutien-gorge ; un poids sur elle. Fermer enfin les yeux et se retrouver dans un monde qui brille, empli d'ombres et de couleurs qui explosent, et d'obscurité qui se déchaîne.

— C'est tellement étrange, dit-elle. (Dis-je.) Ne t'arrête pas.

2

Quelque chose rampait le long de ma joue. Une mouche descendait vers le coin de ma bouche. Sans ouvrir les yeux, je bougeai la main et la chassai, puis l'entendis s'en aller lentement en bourdonnant. Sans la voir, je pouvais deviner qu'il s'agissait de l'une de ces grosses mouches de fin d'été, pleine de sang et de pourriture. Si je l'écrasais, elle laisserait une tache marron pourpre.

Je ne bougeai pas, mais je savais que quelque chose n'allait pas. Je réussis à ouvrir un œil et sentis la douleur s'immiscer dans mon cerveau. Je touchai mes lèvres avec ma langue desséchée. Elles étaient gonflées et gercées. Il y avait un goût infect dans ma bouche : un vilain goût de fumée, de graisse, de sale.

Toute la couleur avait disparu à présent. Mon seul œil ouvert regardait à travers les ténèbres une porte sur laquelle était accroché un peignoir gris miteux à un crochet. Je fis pivoter mon regard sur la gauche et vis le demi-jour gris et morne de l'aube filtrer à travers les rideaux épais. Je retins mon souffle et ne bougeai pas du tout. Je fermai mon œil et restai allongée pendant que les dernières parcelles de mon rêve se dissolvaient jusqu'à ce que, enfin, je me retrouve confrontée à cette journée et à cette partie de moi-même. Je touchai mon visage qui me sembla engourdi et caoutchouteux, comme un masque. En silence, je comptai jusqu'à cinquante, puis ouvris les deux yeux et bougeai délicatement la tête, sentant une douleur nauséeuse suinter derrière mon front et affluer dans mes tempes.

Progressivement, je distinguais des objets autour de moi. J'étais allongée sur le côté gauche d'un lit deux places, sous une couette pâle de travers, arborant une grande déchirure en forme de L au milieu. Il y avait une seule fenêtre carrée haut dans le mur, un vélo d'appartement en dessous, drapé d'un jean et d'un soutien-gorge. Un sac de sport en nylon se trouvait près de la porte, avec une raquette de squash au-dessus. Une armoire à moitié ouverte révélait quelques chemises sur des cintres. Un tas de magazines chancelait dans un coin.

Une bouteille de vin s'était renversée sur le côté. L'orteil d'une tennis dépassait de sous le lit. Un mouchoir en papier était ratatiné en boule. Un cendrier, à quelques centimètres de mon visage, débordait de mégots de cigarettes éparpillés sur un boxer-short à rayures. Un réveil à affichage numérique indiquait un 4:46 d'un vert nauséeux.

Alors que je me relevais peu à peu en position assise, je distinguai des taches de sang sur le drap, comme si elles avaient été peintes en quelques coups de pinceau délicats. Je regardai droit devant moi puis, la mort dans l'âme, je balançai mes pieds par terre. Je me levai et le sol bascula sous moi. Je m'ordonnai de ne pas regarder autour de moi, mais j'eus l'impression qu'un fil de fer invisible tirait mon regard et je ne pus m'empêcher de jeter un coup d'œil à la forme allongée dans le lit. Je vis des jambes poilues dépasser de sous la couette, une tignasse de cheveux plutôt bruns, un bras sur les yeux, une bouche mollement ouverte. C'était tout. Je me détournai de nouveau. Je ne savais pas qui il était. Ne voulais pas le savoir. Ne le devais pas.

J'avais envie de faire pipi et rampai donc vers la porte que je tirai prudemment, grimaçant en entendant son petit grincement. Il y avait des lattes granuleuses sous mes pieds et en face de moi, une porte, que je poussai. Elle ne donnait pas sur la salle de bains attendue. En revanche, il y avait un tapis, un lit, une silhouette qui bougea puis leva la tête et marmonna quelque chose d'une voix pâteuse, dans un profond sommeil. Je fermai la porte. Je me sentais moite, nauséeuse.

Je trouvai les minuscules toilettes et m'assis en tremblant sur la cuvette des W.-C. J'avais l'impression que mon corps froid et poisseux ne m'appartenait pas, et je dus faire un énorme effort pour me relever et retourner dans le séjour. Une odeur de transpiration et une odeur de pub de fin de soirée, de fumée et de bière me frappa instantanément. La pièce était jonchée de vêtements – les siens, les miens. La table était par terre, de guingois, un mug cassé à côté ; un autre cendrier gisait parmi des mégots par terre, des canettes de bière écrasées heurtèrent mon pied et une bouteille de schnaps clair était renversée. Une photo aux couleurs criardes était scotchée de travers sur le mur, où s'étalait une tache rouge, barbouillée à côté. Par terre il y avait aussi un cercle étrangement net de ce qui ressemblait à du riz brun. En proie à un souvenir soudain, je levai les yeux et vis la cage de la perruche qui pendillait au-dessus des graines renversées. L'oiseau dormait.

J'attrapai ma jupe derrière le canapé et trouvai mon chemisier en boule dans le coin. Il ne restait qu'un bouton et il était déchiré sous l'aisselle. Il y avait une chaussure sous la table, le talon bancal. À force de tâtonnements nerveux, je trouvai l'autre dans le couloir devant la salle de bains. Retenant mon souffle, je me frayai de nouveau un chemin dans la chambre et récupérai mon soutien-gorge sur le vélo d'appartement. Il empestait l'alcool – le schnaps, peut-être. Il y avait quelque chose de poisseux sous la plante de mes pieds et quand je baissai les yeux, je constatai que je me tenais sur un préservatif usagé. Je le décollai de mon pied et le jetai par terre.

Je ne trouvai pas ma culotte. Je m'agenouillai et regardai attentivement sous le lit, puis revins sur mes pas dans le couloir, sans succès. Je devrais m'en aller sans elle. Il fallait que je parte avant que l'homme, ou la personne dans l'autre pièce – ou l'oiseau, tant qu'à faire –, ne se réveille et ne me voie. Jupe, soutien-gorge, chemisier déchiré, dont je nouai les bords autour de ma taille. Pieds irrités dans des chaussures au talon bancal. Veste par-dessus tout le reste, mais c'était l'un de ces vêtements idiots avec un unique bouton décoratif qui cachait difficilement le désordre en dessous. Je mourais d'envie d'être en pyjama de flanelle, sous des draps propres, haleine fraîche, après une bonne douche… Sac, où était mon sac ? Il se trouvait près de la porte d'entrée, son contenu se déversait en tas. Je refourrai le tout à l'intérieur, ouvris la porte et la refermai doucement derrière moi, descendis précipitamment l'escalier et sortis dans la rue grise, où la fatigue me gagna. L'espace d'un instant, je dus me courber pour reprendre mon souffle.

Où étais-je ?

Je me rendis au bout de la rue et lus le nom : Northingley Avenue, SE7. Où était-ce ? Quel chemin avais-je pris pour me retrouver par ici ? Ma montre, encore miraculeusement à mon poignet, m'indiqua qu'il était cinq heures dix. Je balayai des yeux la rue désertée, comme si un taxi allait brusquement apparaître pour me prendre, puis je respirai profondément et m'en allai au hasard. Il me fallait énormément de temps pour parcourir la moindre distance ; rien ne semblait jamais se rapprocher. Il faisait froid avant que le soleil ne se lève pour de bon, et je rampai comme une limace crasseuse le long de la route de maisons éteintes.

Enfin, je parvins dans une rue où il y avait des magasins et dont l'un, un kiosque à journaux, venait d'ouvrir. Je me faufilai sous sa grille à moitié relevée et m'approchai de l'homme derrière le comptoir. Il leva les yeux des journaux qu'il empilait, l'air ébahi.

— Que… ? bafouilla-t-il. Vous êtes-vous fait… ?

— Pourriez-vous m'indiquer le chemin pour me rendre au métro le plus proche, s'il vous plaît ?

Son regard se durcit en une espèce de dégoût. Je

relevai une main pour bien refermer ma veste et tentai d'avoir l'air nonchalant.

— Tout droit sur huit cents mètres environ.

J'achetai une bouteille d'eau et un petit paquet de mouchoirs en papier, puis fouillai au fond de mon sac pour trouver de la monnaie.

— Merci, dis-je, mais il se contenta de me dévisager.

Je tâchai de sourire, mais mon visage refusait de m'obéir. Mes lèvres semblaient trop serrées pour bouger.

Des gens étranges prennent le métro à l'aube. Des gens qui rentrent chez eux en titubant à l'issue de la journée précédente se mélangent avec ceux du début de la journée suivante, les yeux encore troublés de sommeil.

Un homme aux longues dreadlocks magnifiques vint s'asseoir à côté de moi à la station pendant que j'attendais le premier train et joua de l'harmonica. J'essayai de lui donner de l'argent, mais il me répondit qu'il n'était pas un mendiant, juste un ménestrel ambulant, et que, de toute évidence, j'étais une damoiselle en détresse. Je lui offris donc mon paquet de cigarettes et il me baisa la main. Mes articulations étaient écorchées ; mes ongles, sales.

Une fois dans le métro, je versai de l'eau sur des mouchoirs en papier et tamponnai mon visage. Mascara, sang. J'essayai de voir à quoi je ressemblais dans la vitre, mais je n'étais qu'une masse indistincte et pâle. Je passai une brosse dans mes cheveux et changeai pour la Northern Line & Archway.

J'arrivai devant ma porte vert foncé à six heures moins dix, avec l'impression d'avoir gravi une montagne et couru un marathon pour y parvenir. J'ouvris la porte avec le double des clés et me frayai un chemin dans l'entrée. Je posai mon sac par terre, près de l'escabeau en métal et des boîtes en fer-blanc de peinture non ouvertes. J'ôtai mes chaussures d'un coup de pied puis me rendis dans la cuisine où je bus deux verres d'eau d'affilée. Dehors, il faisait gris, il n'y avait pas de vent. L'arbre dans le jardin de derrière bougeait à peine. J'enlevai mon chemisier, le jetai tout au fond de la poubelle avant de le recouvrir avec des boîtes de conserve et des grains de café que je mis par-dessus.

L'escalier me paraissait si abrupt que je le montai à quatre pattes. Je rampai dans la salle de bains où je finis de me déshabiller. Je fis une boule de mes vêtements et les fourrai au fond du panier à linge, sous les autres. Je me regardai dans le miroir et il fut difficile de ne pas hurler en voyant la personne qui me rendait mon regard : la femme sale, souillée, barbouillée, en sang, aux yeux chassieux et rougis, aux lèvres enflées, et aux cheveux emmêlés comme un nid d'oiseau. On aurait dit une chose que l'on mettait dehors sur le trottoir à l'intention des éboueurs.

Je pris une douche la plus chaude possible, puis encore plus chaude jusqu'à ce qu'elle brûle comme des aiguilles qui me piquent la peau. Je me lavai les cheveux jusqu'à ce que mon cuir chevelu me fasse mal. Je savonnai et frictionnai mon corps, comme si je pouvais faire disparaître une couche entière de peau en frottant et en ressortir toute neuve, non contaminée. Je me brossai les dents jusqu'à ce que mes gencives saignent. Je me gargarisai avec un bain de bouche. Je frottai de la crème sur mon visage, m'aspergeai de lotion et de talc comme une folle, puis passai du déodorant sous mes bras.

J'allai dans ma chambre, où, à travers les rideaux, le jour avait remplacé l'aube. Le réveil indiquait six heures onze. Je m'assurai qu'il était réglé sur sept heures dix comme d'habitude, me glissai sous la couette et entourai mes genoux de mes bras.

— Holly ? marmonna Charlie. Heure il est ?

— Chut. Rendors-toi. Tout va bien.

En m'endormant, je me rappelai que j'avais oublié de remettre mon alliance.

3

— Holly, Holly, je t'ai apporté du café. Il est sept heures vingt.

L'espace d'un instant, je restai allongée, un bras sur les yeux pour les protéger de la lumière éblouissante du matin. Mes membres étaient lourds, ma bouche desséchée, ma tête m'élançait et j'avais mal à la gorge. Je ne pouvais pas affronter cette journée ; je ne pouvais pas affronter Charlie.

— Holly, répéta-t-il.

Je bougeai le bras, réussis à ouvrir les yeux et regardai son beau visage, ses yeux noisette, où je ne perçus ni dégoût ni surprise.

— Bonjour, Charlie. Tu es matinal.

Il était chaleureux et stable, dans un genre simple, minable et pas rasé. Il travaillait à la maison et n'était donc pas obligé de revêtir un costume et un personnage public comme je le faisais chaque jour, de se planter devant le miroir pour endosser un visage brillant, du rouge à lèvres et des yeux menteurs. Souris, Holly, souris. Il portait simplement son vieux pantalon de velours côtelé gris et une chemise moutarde à manches longues au col râpé.

Je me relevai non sans mal sur un bras et avalai une gorgée de café. Fort, chaud, noir.

— Rentrée tard ? demanda-t-il.

— Ça n'en finissait pas.

— Je ne t'ai pas entendue.

— Tu dormais à poings fermés. Mon Dieu, quelle heure est-il ? Je n'ai pas dû entendre le réveil. Je descends dans une minute.

Je fermai de nouveau les yeux et l'entendis partir. J'avais dormi à peine une heure d'un sommeil haché, et voilà qu'il me restait trois minutes avant d'être contrainte de redevenir une personne parmi toutes ces autres qui faisaient semblant d'exister. Je tirai la couette sur ma tête et me forçai à réfléchir aux événements de la soirée de la veille. Je n'avais pas réellement l'impression de penser. J'avais la sensation que quelqu'un, compétent dans ce genre de domaine, me donnait des coups de poing, portait les coups sur les parties molles de mon corps où ils ne laisseraient aucune trace. J'avais du mal à respirer. Je haletais et toussais, comme si une grosse vague m'avait rejetée sur le rivage. Je songeai à cette femme hier soir – moi – qui riait, flirtait et était irresponsable, soumise à toute tentation. Non, pas « soumise à », « *à la recherche de* » toute tentation. Le boute-en-train de service. Là, elle avait tout bonnement l'air d'un raseur de bas étage à la mine de déterré. Je pensais à moi dans cette pièce, cet autre lit, avec cet homme – quel qu'il fût.

Voilà le problème de l'amour et du sexe : les gens écrivent des chansons, des poèmes et font des films, et nous nous pâmons d'admiration et fantasmons dessus et nous aspirons tous à l'amour ou à un amour meilleur. Mais, au final, lorsque cela se produit, lorsque vous avez quitté la boîte de nuit, lorsque vous vous êtes déshabillée, vous ne trouvez qu'un dos boutonneux, des draps tachés et un appartement sordide, quelque part dans un coin dangereux de Londres où vous ne vous étiez jamais rendue auparavant, et un préservatif visqueux et tout fripé sur le tapis qui vous donne envie de vomir. Je songeai à descendre dans la cuisine, à m'asseoir en face de Charlie et à lui avouer ce que j'avais fait la nuit dernière pendant qu'il dormait paisiblement dans notre lit. L'absurdité absolue, sordide, horrible et ignoble de la situation. J'imaginai comme l'expression changerait sur son visage lorsque je le lui dirais, et je m'enfonçai encore plus sous la couette, grommelant à voix haute dans l'obscurité sourde, dégoûtée par ce que j'avais fait. Si je pouvais revenir en arrière, quitter le bar en même temps que Meg, quitter le bruit, les lumières et les rires, rentrer chez moi retrouver mon mari, me coucher, innocemment recroquevillée à son côté dans des draps propres, me réveiller ce matin la conscience tranquille… Si seulement, si seulement…

Une partie de moi savait parfaitement que je venais de changer ma vie. Une petite voix dans ma tête me disait : « Tu as commis l'adultère. » Je me souvins des cours d'éducation religieuse à l'école, de fragments de la Bible selon lesquels on pouvait commettre l'adultère dans son cœur rien qu'en regardant quelqu'un avec désir. Mais je n'avais pas commis l'adultère dans mon cœur, ni même dans ma tête. Je l'avais commis avec mon corps, le corps que j'avais frictionné si férocement sous la douche, comme si je pouvais faire disparaître la faute en frottant bien. Je ne pouvais pas en parler à Charlie. Ce serait cruel et, comme une grosse tache, cela polluerait tout dans notre vie.

Je sais bien mentir. J'ai toujours su le faire. Depuis cette journée d'automne voilà onze mois, si radieuse, venteuse et pleine de promesses, où je l'ai entraîné dans le bureau d'état civil, suivis par les deux témoins médusés et timides que nous avions trouvés dans la rue, j'ai menti à de nombreuses reprises, menti, feint et simulé, mais jamais comme hier soir. C'était une première.

J'entendis Charlie en bas, le tintement de la porcelaine, le bruit du courrier qui tombait par la boîte aux lettres sur les planches nues de l'entrée et j'enlevai la couette de mon visage et regardai la pièce en plissant les yeux. J'avais mal aux jambes, aux yeux et il y avait des ganglions enflés dans mon cou. Peut-être ai-je attrapé la grippe, songeai-je pleine d'espoir. Ainsi aurais-je une raison de me cacher du monde un peu plus longtemps. Mais je savais que je n'avais pas la grippe, juste la gueule de bois et une conscience coupable.

« Debout, Holly », m'ordonnai-je et, comme un automate obéissant aux ordres de son maître, je m'assis sur le lit, la migraine produisant un bruit métallique dans mon crâne, et posai mes pieds par terre. J'attendis que la pièce se stabilise, puis me rendis dans la salle de bains en traînant les pieds, où je lavai mon visage à l'eau froide. Je contemplai mon reflet dans le miroir : les cheveux plutôt blond foncé qui, comme Charlie aimait à le dire, ressemblaient à une crinière de lion, les yeux gris qui me regardaient d'un air candide sous d'épais sourcils, la grande bouche qui me souriait si jovialement. Comment était-ce possible que mon esprit soit recouvert d'une couche de crasse noire de suie alors que mon visage était si frais, si heureux ?

— Tu ne me duperas pas, sifflai-je à mon reflet, en étirant mes lèvres en un sourire hideux. Je te connais, Holly Krauss. Tu ne me duperas pas.

*

— Vas-tu travailler à l'heure habituelle ? me demanda Charlie en sortant une lettre de son enveloppe et en y jetant un coup d'œil avant de la froisser en boule.

— Il le faut. Je vois Meg à neuf heures. Et il y a quelqu'un dont je dois m'occuper avant.

Charlie regarda autour de lui.

— Ça ne présage rien de bon.

— Je sais, acquiesçai-je. Et ensuite nous allons être débordées, à préparer le week-end prochain. Ça va être un cauchemar. De qui était cette lettre ?

— Le week-end prochain ? Je n'étais pas au courant. Que se passe-t-il ?

— Je te l'ai dit. Douze cadres qui traverseront un étang en radeau. Pour les aider à créer des liens. Que fais-tu aujourd'hui ?

— Des trucs, tu sais. Tu veux prendre ton petit déjeuner ?

— Peut-être, répondis-je d'un ton dubitatif.

Je m'étais réveillée en estimant qu'un café me suffirait pour le reste de ma vie mais, d'un seul coup, je ressentis ce genre de faim de loup qui vous fait croire que vous allez vous évanouir. Avais-je mangé quelque chose hier soir ? Je me repassai la soirée, comme une vidéo sur avance rapide. Il y avait beaucoup de bavardages, de beuveries et de cigarettes. De temps à autre, j'apercevais de la nourriture sur ma vidéo interne, mais bien que je l'eusse triturée dans mon assiette, je n'avais pas beaucoup mangé. Je regardai plus loin dans la journée. J'avais oublié le déjeuner, et très probablement le petit déjeuner, bien que je me fusse levée à cinq heures et demie. Étais-je devenue une nouvelle espèce d'être humain qui n'avait pas besoin de dormir ni de manger ?

Je fourrageai dans le frigo et me retrouvai en train de grignoter une tranche de pâté en croûte, puis de boire du yaourt liquide. Tout avait le goût de craie, et le mélange des différents aliments l'empirait encore, différentes sortes de craies recouvraient ma langue et la voûte de mon palais. Quelle chose étrange, songeai-je, de prendre des éléments du monde extérieur, de les broyer dans votre bouche et de les fourrer dans votre corps de sorte qu'ils faisaient désormais partie de vous. Cela suffirait à dégoûter n'importe qui de la nourriture, sauf que j'avais un besoin maladif insatiable dans mon estomac. Ce n'était pas tant l'appétit que le genre de signal qu'un robot pourrait envoyer quand il avait besoin de se recharger.

Charlie me scrutait minutieusement.

— Tiens, reprends du café. Je peux te préparer quelque chose si tu veux.

— Ça va.

— Œufs au bacon, omelette, saucisses, sauf que nous n'avons plus de saucisses. Ni de bacon, en fait. Et je ne sais pas s'il nous reste des œufs. Nous avons du pain, en revanche.

— Non, non, dis-je en riant – en essayant de rire, des aiguilles de douleur dans la tête. (Je me trouvais à la fois dans le public et sur scène ; je me regardais incarner une femme normale.) Quels sont tes projets pour hier soir ?

Charlie eut l'air perplexe.

— As-tu dit *hier* soir ? me demanda-t-il.

— J'ai dit ça ?

— Hier soir j'étais là. Ce soir, je ne sais pas. Et toi ?

— Nous pourrions faire quelque chose. Ou rien. Ce serait bien. (J'allai me mettre à côté de lui, passai les mains dans ses épais cheveux et me penchai pour sentir son odeur propre du matin avant de déposer un baiser sur sa joue chaude.) Charlie ?

— Mmmm ?

— Rien.

Je voulus prendre mon mug de café, mais l'attrapai mal et il s'écrasa par terre, le café se renversant en flaque à mes pieds.

— C'est bon, dit Charlie. Je vais nettoyer.

Il s'accroupit, ramassa les morceaux et épongea la flaque avec de l'essuie-tout.

— C'était celui que nous avions acheté ensemble dans cette poterie près de Brighton.

J'étais au bord des larmes.

— Je vais le réparer.

— Non, tu ne pourras pas. Je suis désolée.

— C'est juste la poignée, Holly. Regarde. Je vais la recoller et tu ne devineras même pas qu'elle a été cassée. Laisse-moi faire.

Je le regardai fixement et me dis : « Maintenant. Dis-lui maintenant. Ne t'enfuis pas au boulot. Prends-lui plutôt la main et regarde-le dans les yeux. Parle-lui honnêtement, pour une fois dans ta vie stupide. » Mais on frappa à la porte.

— J'y vais, dis-je.

C'était Naomi, la voisine. Elle avait emménagé ici au début de l'année et était notre seule amie dans la rue. Elle avait l'air aussi débraillée que moi. Ses cheveux foncés rebiquaient en boucles folles et elle portait des pantoufles.

— Je cherche quelqu'un à taxer, déclara-t-elle en entrant dans le hall. Je n'ai plus de café.

— Nous en avons plein et il en reste dans la cafetière. Prends une tasse.

Elle laissa aller nerveusement son regard de Charlie à moi.

— Si tu es sûre…

— Je suis sur le départ, mais Charlie est là.

Je les laissai tous deux dans la cuisine et sortis avec gratitude dans la rue, où personne ne connaissait ni mon nom ni mon visage.

J'aime bien avoir des projets impossibles parce que, alors, les gens vous sont reconnaissants lorsque vous réussissez un minimum. C'est comme cela que Meg et moi nous sommes rencontrées voilà près de cinq ans déjà, bien que parfois nous ayons l'impression de nous connaître depuis toujours, et c'est presque un choc de réaliser qu'elle n'était pas présente dans mon enfance ni durant mon adolescence. Nous occupions toutes les deux notre premier boulot et jouions les bonnes à tout faire dans une entreprise en pleine pagaille. Un jour, une femme arriva pour vérifier les dispositions prises pour le lendemain, et Derek, notre chef, avait complètement oublié. Comme si cela ne suffisait pas, il s'enferma dans son bureau. Au bout d'une heure, j'entrai sans frapper et il pleurait. Même aujourd'hui, je me souviens encore de son visage malheureux et tout fripé, et de ses yeux rouges. Comme il avait l'air désespéré, je lui assurai que tout irait bien. Nous ferions tout pour. Il prit ma main dans les siennes et me confia que sa femme était partie avec son décorateur.

Nous n'avions rien à perdre. Nous n'avions que vingt-deux ans et tout semblait possible. Nous appelâmes la femme, obtînmes des informations à propos de la société puis trouvâmes un hôtel et concoctâmes ensemble des exercices après avoir parlé aux gens dans le bureau. Nous veillâmes toute la nuit à préparer des cartes et de petits discours. Le lendemain, eh bien ce ne fut pas la plus grande journée de formation professionnelle de tous les temps, mais Meg et moi avions travaillé comme des folles pour faire traverser aux gens un tapis avec seulement une planche, un seau, une corde et d'autres choses stupides, et nous avons flirté et brillé jusqu'à ce que nos visages nous fassent mal – le mien, en tout cas. Meg est le faire-valoir de notre duo. Elle ne flirte pas – lorsqu'elle aime un homme, elle devient toute gauche et brusque, rit quand il ne le faut pas, rougit jusqu'à la racine des cheveux. Et elle ne frime jamais. Moi si, et quand c'est le cas, elle me regarde avec une expression qui est un mélange d'indulgence et de légère angoisse. Elle a une petite ride entre les sourcils, obtenue à force de les froncer. On dirait alors qu'elle est sur le point de fondre en larmes.

Nous avons fait cela toute la journée et avons continué au bar toute la soirée. Juste après minuit, la femme de la société est venue, nous a serrées dans ses bras et nous a dit merci, merci, merci, que nous avions sauvé son boulot, puis Derek, le lendemain, était tellement ému qu'il s'est remis à pleurer. Je lui répétai des choses rassurantes, et le regardai. Je me souviens que je frissonnais. Nous étions tous deux sur la corde raide, faisant comme si. Il suffisait d'un regard vers le bas, pour nous apercevoir qu'il n'y avait pas de filet de protection, et l'on glissait et tombait.

Et pourtant, en même temps, c'était le plus grand record que j'avais réalisé dans ma vie, sans exception. J'ai entendu des gens raconter qu'ils faisaient souvent le même cauchemar : ils se trouvaient sur scène, une pièce se jouait, et ils ne connaissaient pas leur texte. Ce jour-là m'a montré que ce n'était absolument pas mon ultime cauchemar. Bien au contraire : c'était quelque chose que je recherchais. Mon cauchemar commence quand la pièce est terminée.

Il ne fallut pas longtemps avant que Meg et moi ne décidions de faire cavalier seul. Je n'avais jamais rencontré quelqu'un que j'aimais autant qu'elle. Je crois qu'elle était presque la première personne dans toute ma vie adulte avec laquelle je ne me sentais pas obligée de jouer un rôle, que je n'essayais pas de charmer ou d'impressionner. J'ai toujours su qu'elle avait bon cœur, et bizarrement, j'avais l'impression d'être quelqu'un de meilleur – ou de moins mauvais – en sa présence. Peut-être, à vingt ans, avais-je enfin trouvé ma première véritable amie.

Nous aurions pu donner à notre entreprise un nom *new age*, du style Bruissement, Ensorcellement ou Aspiration, mais nous nous en tînmes à KS Associates, l'association originale de Krauss, mon nom de famille, et de Summers, celui de Meg. Pour concevoir notre logo, nous payâmes cinq mille livres un ex-petit ami de Meg qui avait fait les Beaux-Arts. Imaginez le K et imaginez qu'un V transversal constitue la moitié supérieure du S, qui continue en dessous puis remonte en courbe pour effleurer la partie droite du K. Difficile à concevoir tant que vous ne l'avez pas vu. Nous le trouvions plutôt classe, mais lorsque nous avons organisé la soirée au bureau pour fêter le lancement de la société, quelqu'un a fait remarquer, tard le soir, alors que nous étions tous passablement éméchés, qu'il ressemblait au fauteuil roulant que l'on trouve sur la porte des toilettes pour handicapés. Mais il était trop tard pour changer et, de toute façon, Meg et moi décidâmes que c'était probablement un effet que seuls les plus saouls remarqueraient.

J'aime l'impossible, mais il y a des limites même à l'impossibilité. La semaine dernière, une fille de notre équipe est partie en congé maternité et une autre a démissionné, et deux journées de formation nous attendaient, quelque chose d'énorme, de très lourd. Alors que je me tenais sur le quai du métro, pour la deuxième fois de la matinée, avec ma migraine, mon mal de gorge et une sensation de désastre qui planait autour de moi comme un miasme toxique, je commençais à réaffecter les fonctions des deux absentes dans ma tête, à élaborer un pré-planning, et à penser à ce qui nous attendait pour les trois jours à venir. Le train surgit alors du tunnel et je songeai brusquement : « Ce serait bien, non, si je me laissais tomber devant lui comme un arbre ? » Je n'aurais plus jamais à trouver de solutions. Après tout, dans cent ans, je serai morte de toute façon. Tout le monde sur ce quai bondé sera mort. La plupart après des années de solitude et de maladie. J'arriverai juste en avance. Et il n'y a pas de tableurs dans la tombe. Et pas de grisaille. Juste le noir, ou rien. Ou peut-être, en guise de bonus surprise, ce serait le paradis et j'y retrouverais mes vieilles perruches, mes hamsters, mon lapin et mon chat de quand j'étais petite fille. Et je reverrais mon père.

Mais je vis alors le visage du conducteur – ordinaire, les joues flasques et non rasées – terriblement près, et je nous vis, la foule sur le quai, de son point de vue, tous prêts à tomber sur les rails. Faisait-il des cauchemars en imaginant qu'un jour quelqu'un sauterait ?

Notre bureau ne ressemblait en rien à ce que mon père aurait qualifié de bureau normal. Non pas qu'il ait jamais travaillé dans un bureau normal. Du moins, ce n'est pas ce que les pères normaux auraient appelé un bureau normal. Nous l'avons trouvé à la lisière de Soho et avons repris le bail de la société point com qui avait fait faillite. Il n'avait pas de murs, pas de cloisons, pas de portes. Juste une série de tables parallèles comme un réfectoire de moines moderniste. Il y a une prétendue salle de conférences exiguë et sombre, mais, en général, quand nous avons une réunion avec des clients, nous l'organisons autour d'une autre longue table sur une estrade au bout de laquelle s'assoirait le père supérieur.

Des lumières style industriel sont accrochées au plafond, et les employés ont des casiers, mais pas de bureau et d'ordinateur attitrés – à part moi, car apparemment, où que je m'installe, je fiche un tel bazar que personne ne veut occuper ma place. Nous avons hérité du design de la société point com, et n'avons jamais trouvé le temps de le changer. Meg et moi nous sommes promis qu'un jour nous le transformerions en vrai bureau avec des murs, pour ne pas avoir à nous regarder toute la journée, mais je doute que nous nous donnions ce mal.

Je passai la porte à huit heures cinq, ce qui, vu les circonstances, méritait à mon avis une entrée dans le *Livre Guinness des Records*. Le bureau était vide et silencieux. Bien. Je disposais à peu près d'une demi-heure. Je me préparai une tasse de café et me mis à travailler. J'entendis un bruit et me retournai d'un coup. C'était sûrement quelque chose dehors dans la rue. La situation me faisait sourire nerveusement, c'était plus fort que moi. Je me sentais comme un cambrioleur dans mon propre bureau. Il ne me fallut qu'un moment pour localiser les dossiers de Deborah. Ce n'était pas difficile car je savais ce que je cherchais. Comme tout voleur rusé, j'avais surveillé la maison bien longtemps à l'avance et je savais où se trouvait le butin. Je ressentis une brève satisfaction lorsque les faits me donnèrent raison, mais elle fut rapidement remplacée par l'aigreur que suscitèrent les faits en question. Je photocopiai certains documents, puis replaçai les dossiers dans le casier juste au moment où j'entendis des pas dans l'escalier.

4

Je savais que c'était Meg, toujours la première à débarquer au bureau. Excepté aujourd'hui. Elle portait un chemisier en coton blanc et ses cheveux étaient dégagés de son visage. Il y avait de petits clous en argent dans ses oreilles, mais pas de maquillage sur son visage. Je trouvai qu'elle avait vraiment l'air fraîche, comme un fruit sans tache, une pomme ou une pêche. Elle sursauta de surprise en me voyant, puis vint s'asseoir à côté de moi.

— Je pensais que tu arriverais en retard, me dit-elle. Après la nuit dernière. Qu'est-ce que tu as fabriqué ?

Je fis une espèce de haussement d'épaules qui signifiait : « Plus tard. Nous en parlerons plus tard. »

Elle me regarda fixement.

— Tu as fait quelque chose d'idiot, n'est-ce pas ?

Il est important de ne pas sous-estimer Meg. Elle lit en moi. Elle lit même dans mes haussements d'épaules.

— Ce n'est pas le moment, dis-je. Je suis arrivée tôt parce que je voulais vérifier ça. Regarde.

J'étalai les photocopies devant elle.

Elle les regarda en fronçant les sourcils de concentration.

— Tu vas devoir m'expliquer ce dont il s'agit.

— Ce sont les prétendus documents de Deborah, expliquai-je. Factures, rapports, notes de frais, projets, tu sais. Le genre de truc que nous faisons.

— Oui, je vois.

— C'est n'importe quoi, repris-je. Regarde cette note de frais. Elle n'était même pas là pour le boulot dans le Sussex !

— Oui, mais…

— Et l'estimation du week-end organisé dans quinze jours. Celle qu'elle a rédigée toute la semaine, celle qu'elle prétendait avoir terminée. La voici.

Meg attrapa une feuille de papier presque vierge.

— Comment le sais-tu ? me demanda-t-elle. Elle a peut-être le reste chez elle.

— J'ai tout épluché. La seule question que je me pose encore, c'est : est-elle malhonnête ou croit-elle réellement à ses mensonges chroniques ? Au fait, le train qu'elle a loupé l'autre jour en rentrant des obsèques de son ami : ce train n'existe pas. J'ai vérifié.

Meg fut clairement choquée.

— Es-tu sûre ?

— Oui.

— Nous devons lui parler.

— Nous devons la licencier.

— Holly, nous ne pouvons pas. Il y a des procédures.

— Nous sommes une toute petite entreprise, Meg. Une employée comme Deborah pourrait nous discréditer. Nous pouvons nous en occuper proprement. Nous lui parlerons, lui expliquerons la situation, lui annoncerons qu'elle doit partir. Nous pourrions même lui suggérer de voir un médecin. Nous le ferons aujourd'hui. À la minute où elle passera la porte.

— Elle est absente aujourd'hui et demain, souviens-toi, elle assiste à cette conférence.

— Quand elle rentrera alors. On ne repousse pas à plus tard.

Meg se mordit la lèvre.

— Je ne sais pas, dit-elle. Nous ferions mieux d'en parler à Trish.

— Trish a beau diriger le bureau, c'est notre entreprise. C'est notre décision.

— Nous formons une sorte de famille.

— Raison pour laquelle nous ne pouvons pas survivre avec quelqu'un comme Deborah.

Les joues de Meg étaient devenues roses, comme toujours en cas de forte émotion.

— Comment peux-tu faire cela ? me demanda-t-elle, tout étonnée.

— Quoi ?

— Hier soir, tu as failli te battre dans un pub. Ensuite, tu bois un verre avec l'homme qui aurait pu te tuer. C'est à ce moment-là que nous sommes partis, une fois que nous étions sûrs que tu ne risquais plus rien. Où es-tu allée ensuite ? J'ai appelé chez toi quand je suis rentrée. Tu n'y étais pas. Et voilà que tu débarques ici quasiment à l'aube et que tu joues les Sherlock Holmes. Comment arrives-tu à compartimenter ta vie ainsi ? Les choses n'interfèrent-elles pas les unes avec les autres ?

— C'est justement le but des compartiments, expliquai-je en rangeant les photocopies. C'est ce qui a provoqué le naufrage du *Titanic*. Le trou n'aurait posé aucun problème si des barrières avaient pu confiner l'eau, mais elle s'est répandue partout et le bateau a coulé. Si le navire avait été compartimenté, il aurait poursuivi son petit bonhomme de chemin jusqu'à New York.

— Le *Titanic* ? Mais qu'est-ce que tu racontes ?

J'assistai à la réunion, une expression de vigilance professionnelle sur le visage. Je maîtrisais les faits. Je notai les suggestions de nos clients et les assurai que le week-end prochain répondrait à toutes leurs attentes. Je me penchai vers eux avec un sourire d'écoute. Je parvins même à ne pas me montrer impolie envers le cadre supérieur arrogant de l'entreprise pharmaceutique.

— Renforcement d'équipe, déclara-t-il en se caressant le menton. Le sentiment d'un objectif commun, d'une aventure intellectuelle, d'une mutualité et d'intérêts partagés, la conviction que nous allons tous dans la même direction. Voilà ce qu'il nous faut.

Ou une augmentation de salaire, songeai-je. Et un nouveau chef.

— Voilà la raison pour laquelle nous sommes là, répondis-je.

— Un de mes collègues vous a recommandés. Il m'a raconté que vous les aviez laissés tout pétillants d'excitation à l'issue de ces deux jours. C'est ce que nous souhaiterions.

— Pétillants, dis-je. Nous ferons de notre mieux.

J'entendis l'une de nos stagiaires réprimer une toux et la fixai en guise d'avertissement.

Je lui serrai fermement la main lorsqu'il partit, avant de le gratifier de mon sourire le plus aimable.

*

— Bien, fit Meg en me tendant mon manteau. Café.

— Nous pouvons en prendre un ici. Nous avons tant à…

— Tu ne t'en tireras pas aussi facilement. Allons chez Luigi's et nous pourrons parler tranquillement.

Nous sortîmes donc sous le vent qui soufflait en rafales et descendîmes la rue jusqu'à un petit café sombre, dont l'intérieur était aussi chaud et douillet qu'une cabine de bateau, avec ses lumières tamisées et ses machines à espresso qui sifflaient.

— Me suis-je montrée horrible avec ce type l'autre soir ? demandai-je. Comment s'appelait-il ?

— Todd, répondit Meg. Je crois que tu l'as un peu effrayé.

— Il avait l'air sympa, tout de même.

— Très sympa, acquiesça Meg d'un ton neutre. (J'arquai les sourcils à son intention. Elle rougit violemment et détourna les yeux.) Qu'as-tu fabriqué hier soir ? me demanda-t-elle après une pause.

Je regardai son doux visage rond, qui m'avait toujours paru édouardien avec sa fossette au menton et sa crinière bouclée. Comment pourrait-elle jamais comprendre ?

— Oh, tu sais, on a juste traîné un peu. (Je sirotai mon café et me brûlai la lèvre supérieure, savourant la douleur.) J'ai peut-être un peu trop bu en fin de soirée.

— Vers la fin ?

— Tu es mon amie, pas ma mère. Je m'amusais, voilà tout.

— T'es-tu rendue quelque part, ensuite ?

— Oui. Nous sommes…

Je m'arrêtai net. Je ne savais pas qui était « nous » et je ne savais pas où nous étions allés. La soirée ne s'emboîtait pas dans ma tête. Elle bougeait en fragments nauséeux. Une pièce enténébrée bondée de monde, une rive, du verre qui se brise en éclats, un taxi, une fièvre torride au lit. Une petite sauterie. Je me frottai les tempes, tentant d'en extraire doucement les images.

— Alors ?

Je finis mon café et reposai le mug dans un bruit sec.

— La vérité, Meg, si tu veux vraiment le savoir, c'est que je ne me souviens pas de grand-chose.

— Tellement tu étais saoule ?

— C'est comme si j'avais rêvé, tu sais.

— À quelle heure es-tu rentrée chez toi ?

— J'ai eu l'impression de redevenir adolescente, poursuivis-je. Un peu avant six heures.

Il y a cinq heures à peine, songeai-je. Comment cinq heures pouvaient-elles passer si lentement ?

— Six heures ? Bon sang, Holly, comment peux-tu être encore en état de marche ? Qu'a dit Charlie ?

— Pas grand-chose. Il dormait et ensuite, c'était l'heure d'aller au boulot.

— Il s'en moque ?

Je revis Charlie, accroupi par terre dans la cuisine, occupé à ramasser soigneusement le mug que j'avais cassé.

— Je crois que nous devrions rentrer au bureau.

— Il y avait un homme dans l'embrouille ?

Elle le formula sur un ton tel que cela tenait davantage de l'affirmation que de la question.

— Quoi ?

— Hier soir.

— Plus ou moins, marmonnai-je avant de me forcer à regarder Meg dans les yeux d'un air de défi.

— Plus ou moins ? Tu insinues que tu as couché avec quelqu'un d'autre ?

— Ça ne voulait absolument rien dire.

— Comment ça, ça ne voulait absolument rien dire ?

— J'étais bourrée et surexcitée. J'ai couché avec un inconnu. Fin de l'histoire.

— Ou début de l'histoire. Holly, tu ne t'entends pas ?

Si, je m'entendais. Ma voix venait de très très loin et je l'écoutais attentivement, tâchant de comprendre les mots qui semblaient ne pas avoir de limites, mais qui se mélangeaient tels des déchets dans une rivière sale, de sorte que je devais me concentrer pour saisir leur signification.

— Et Charlie ?

Elle prononça son nom d'une voix très douce, mais empreinte de gravité.

— Charlie, c'est Charlie, répondis-je bêtement.

— Vas-tu le lui dire ?

— Pour quoi faire ? Pour qu'il se sente très mal lui

aussi ? Ça s'est passé, c'est terminé et ça ne se reproduira plus.

— Comment le sais-tu ?

— Je… je ferai en sorte que cela ne se reproduise pas. C'était… (Dans le brouillard de mon cerveau, je cherchai le mot.) Une aberration.

Meg me regarda longuement. Mon cœur battait si vite que ça en était désagréable, mais je me forçai à la foudroyer du regard. Je n'allais quand même pas baisser les yeux. Au final, je dus m'y résoudre, tant elle semblait sérieuse et méditative, comme si elle était en train de prendre une décision. On aurait dit, songeai-je brusquement, qu'elle avait pitié de moi. Je ne pouvais pas le supporter.

C'était Meg qui m'avait présentée à Charlie. Elle l'avait rencontré car il avait fréquenté les Beaux-Arts avec son cousin Luke et elle m'avait invitée à les accompagner tous trois au cinéma. Je me souviens du film : *Lost In Translation*. Je me souviens du temps, chaud et venteux, des feuilles tourbillonnant autour de nous lorsque nous grimpâmes la route ensemble. Je me souviens de ma tenue : jean déchiré aux genoux, bottes en toile et ma plus vieille veste en cuir. Je n'avais pas pensé que ce serait une journée à part. Et je me souviens de la tenue de Charlie. Meg et Luke étaient relégués au second plan. C'était Charlie dont j'avais conscience – chaque geste qu'il faisait, chaque mot qu'il disait, chaque regard infime qu'il lançait dans ma direction. Je savais, avec ce sentiment de terreur, délicieux et imbattable, qu'il ne voyait que moi, lui aussi. Au bar, nos mains s'effleurèrent, et cela envoya de petites décharges électriques en moi. Au cinéma, nous étions séparés et j'étais assise à côté de Meg qui avait un mauvais rhume. Elle n'arrêtait pas de moucher son nez rougi. Ses yeux étaient larmoyants. Je me suis dit : « Meg apprécie Charlie elle aussi, tu ne dois pas faire ça » ? Oui. Mais je me suis aussi dit : « Il me regarde en ce moment, je sens le poids de son regard sur moi comme quelque chose de tangible. » Et puis j'ai pensé : « Quelque chose doit se passer. »

Ensuite, Luke et Charlie nous invitèrent à manger avec eux dans la brasserie en face, mais Meg déclara qu'elle devait rentrer se coucher et je l'accompagnai. Nous prîmes un taxi et, au début, nous assîmes dans un silence gêné, sans nous regarder. Puis nous arrivâmes à son appartement, elle posa une main sur mon genou et me dit : « C'est bon, tu sais, Holly. Tu lui plais, pas moi. » Je grommelai quelque chose d'inadéquat puis – n'est-ce pas typique de la générosité de Meg ? – elle ajouta : « Même s'il ne t'aimait pas, cela ne voudrait pas dire qu'il m'aime, moi. Tu ne me le piques pas, ni rien. » Elle se moucha bien fort, m'embrassa sur la joue et descendit du taxi.

Qu'aurais-je fait si elle n'avait rien dit ? J'aimerais croire que je n'aurais rien fait du tout, mais qui sait ? J'attendis qu'elle ouvre sa porte d'entrée et disparaisse à l'intérieur, puis demandai au taxi de faire demi-tour et de refaire le trajet en sens inverse. Luke et Charlie mangeaient encore quand j'arrivai et je m'assis avec eux, bus du vin rouge dans leurs verres, piquai leurs chips et tâchai de ne pas penser à Meg au fond de son lit, les yeux humides. J'avalai une cuillerée de sorbet au citron, posai ma main sur la cuisse de Charlie, qui mit sa jambe sur la mienne. Nous nous rapprochâmes l'un de l'autre et feignîmes d'écouter Luke. Plus tard, il m'amena chez lui.

Meg avait dit qu'il me plairait et ce fut le cas. Elle avait dit qu'il était timide au début, mais lorsque l'on apprenait à le connaître, il était drôle – et c'était le cas. Il me fit rire à la minute où nous fîmes connaissance. Elle avait dit que c'était un artiste talentueux. Il pouvait faire n'importe quoi – peinture à l'huile, aquarelle, croquis au charbon. Aux Beaux-Arts, il avait imaginé une bande dessinée sur un super-héros minable, devenu une idole locale. Pour son expo de licence, il avait pris le contenu d'une benne qu'il avait transformé en installation. J'ai vu les photos, c'était fantastique. Dès que je le rencontrai, je songeai : « Tu es l'homme de ma vie. » Je l'aurais épousé le lendemain de notre rencontre si la loi l'avait permis. Mais cela me prit un mois.

Depuis ce jour-là dans le taxi, Meg ne m'a jamais rien dit, à part des choses gentilles, et je ne lui ai jamais rien dit, à part des choses gentilles. Et nous n'en parlerons probablement jamais avec aisance, pas même quand nous serons vieilles et que la fièvre pressante de l'amour appartiendra au passé. Mais cela ne sert à rien de faire semblant. J'ai toujours su qu'elle désirait Charlie et elle n'avait pas cessé de le désirer parce qu'il avait craqué pour moi. Elle n'est pas comme ça. Son fusible met du temps à s'allumer puis se consume lentement, régulièrement, pour s'éteindre difficilement. Charlie et moi n'en avons jamais parlé non plus, mais il se montre tout particulièrement sympathique avec elle – chaleureux et légèrement allumeur – alors qu'elle est timide avec lui, gênée et légèrement brusque. Maintenant, alors que je lui avoue mon infidélité, je me sens vraiment honteuse d'avoir bafoué tant de choses précieuses.

— Le fait est, dis-je lentement, enfin honnête, le fait est, Meg, que je ne sais pas pourquoi j'ai agi comme ça. Je ne fais pas comme s'il ne s'était rien passé. Je ne veux pas le dire à Charlie parce que, dans ce cas, cela prendrait un sens alors qu'en réalité, c'était absurde. (Cela ne suffisait pas. Je me ménageais un peu trop.) Horriblement, cruellement absurde.

Un long silence s'ensuivit. Je regardai son visage et je fus incapable de deviner ce qu'elle pensait. Elle passa un doigt sur le bord de sa tasse de café et fronça les sourcils.

— Les choses vont-elles mal entre Charlie et toi ? demanda-t-elle enfin.

Je secouai la tête en signe de dénégation.

— Notre mariage n'est pas… eh bien, j'allais dire comme celui de mes parents, mais ils ne sont pas vraiment un modèle, n'est-ce pas ? Comme celui de tes parents, alors. Nous vivons souvent chacun notre vie. Je cours toujours dans tous les sens à cause du boulot, et lui il essaie d'avancer, de faire marcher tranquillement ses affaires. Il peut s'enfermer pendant des heures dans son bureau, et quand je rentre, il me regarde comme si j'étais une étrangère. Je sais que tout s'est passé très vite. Notre mariage, je veux dire. Je n'étais pas franchement du genre à me caser, de toute façon, mais je sais que nous avons eu raison. Enfin, j'ai eu raison. Peut-être pas Charlie, peut-être qu'il aurait pu mieux tomber. Mais on devrait arrêter de trop réfléchir à des choses comme le mariage, on devrait foncer, voilà tout. Se raccrocher à ce que l'on veut. Se raccrocher à l'amour.

Je me carrai dans mon siège, exténuée. J'ignorais si je croyais ce que je venais de dire ou si, du moins, une partie de moi y croyait mais sans que je ne puisse l'atteindre et qu'elle devait donc articuler silencieusement les mots, imiter les sentiments, et attendre qu'ils se réalisent de nouveau. C'est ainsi qu'il faut faire : feignez d'être vous-même et peut-être le redeviendrez-vous alors.

— Ne te sens-tu pas très très mal ?

— Je ne serais pas contre me coucher tôt. Mais ça ira. Ce n'est pas ce que tu voulais dire, n'est-ce pas ?

Elle me regarda curieusement et porta un doigt sur le côté de sa bouche, chose qu'elle fait quand elle réfléchit.

— Tu devrais faire plus attention, mon amie, me dit-elle.

J'appelai Charlie à la maison.

— La journée se passe bien ? m'enquis-je.

— Oui, répondit-il.

— As-tu commencé l'illustration ?

— Pas encore. Il me faut du temps.

— Je sais, mais ce serait dommage de perdre cette commande et tu sais combien nous avons besoin de…

— J'ai dit que je le ferais. Je suis désolé. On ne peut pas entreprendre dix mille choses avant le petit déjeuner.

Je sentis une giclée de rage chaude dans ma poitrine, suivie immédiatement d'une secousse de honte liquide. Qui étais-je pour me mettre en colère contre quelqu'un, surtout contre Charlie ?

— Tu as raison, dis-je.

Je lui annonçai que je rentrerais à dix-huit heures. J'achèterais quelque chose à manger ou nous pourrions commander des plats tout prêts.

— Super, lança-t-il.

— Je t'aime, fis-je, mais il avait déjà raccroché.

Comme convenu, je quittai le travail à l'heure dite. J'avais prévu de passer au supermarché et de me comporter en vraie épouse, de remplir le chariot de nourriture pour la semaine, de prévoir à l'avance plutôt que de vivre au jour le jour. Je pourrais cuisiner un vrai repas, un poulet : même moi je dois savoir cuisiner un poulet, quand même. L'idée de manger me donna envie de vomir même si, en même temps, j'avais faim.

En me rendant au métro, je passai devant une rangée de boutiques. L'une, un petit magasin d'alimentation, avait une vitrine fracassée, recouverte d'une feuille de plastique qui voletait au vent. Une Asiatique en blouse de travail de nylon gris était courbée sur le trottoir. Un souvenir nauséeux se fraya un chemin dans ma conscience.

J'étais venue ici cette nuit. C'était de ma faute. Elle leva les yeux sur moi lorsque je m'arrêtai à côté d'elle.

— C'est terrible pour vous, dis-je.

Elle se contenta de hausser les épaules. Elle avait l'air fatiguée et presque résignée, comme si c'était une partie de la vie avec laquelle il fallait composer, comme le vent et la pluie.

— Ce n'est pas la première fois.

Je ramassai un panier devant la boutique.

— Je dois acheter des trucs de toute façon, repris-je. Je ne comprends pas pourquoi je ne suis jamais venue ici auparavant. C'est sur la route pour rentrer chez moi.

Ce ne serait plus du poulet. J'achetai un paquet de café moulu, des sachets de thé, deux demi-litres de lait, qui, découvris-je en rentrant chez moi, avaient été mécaniquement traités afin de ne pas tourner et étaient imbuvables. Je choisis également deux pommes jaunes ratatinées dans un paquet sous Cellophane, huit rouleaux de papier-toilette rose extra-doux, et du liquide vaisselle, quatre paquets de cigarettes, une demi-bouteille de gin hors de prix, du jus de citron vert, du concentré de jus d'orange que je déteste mais que Charlie déteste encore plus. Je dus prendre un deuxième panier pour du muesli, du pain aux graines de sésame, un pot de confiture, des sablés et de la bière. Lorsque je payai, je soulevai les sacs et les poignées me coupèrent les doigts. Je m'apprêtai à m'en aller.

Dans l'autre rue, je passai devant une succursale de ma banque. Je m'arrêtai au distributeur extérieur pour consulter mon solde. Cent quarante-deux livres et quarante-trois pence. Je retirai cent quarante en billets propres et brillants qui sortaient tout droit de l'usine. Je fourrageai dans mon sac où je trouvai une vieille enveloppe. Je mis l'argent à l'intérieur et griffonnai dessus, de ce que j'estimais être l'écriture d'un crétin de hooligan : « Pour la vitrine. » Je respirai profondément et retournai à la boutique. Il y avait un homme à la caisse. Je supposai que c'était le mari de la femme que j'avais vue dehors. Je posai l'enveloppe sur le comptoir.

— J'ai trouvé ça dehors sur le trottoir, mentis-je. Ça doit être pour vous.

Il eut l'air médusé, et je m'en allai. Quand je sortis, il se mit à pleuvoir, le genre de grosses gouttes qui vous trempent instantanément. J'espérais que mon histoire se révélerait suffisamment convaincante et qu'il ne remettrait pas l'argent à la police. Que dirait Dieu, s'Il existait ? Il dirait probablement que j'aurais dû me confesser. Mais je restai immobile sous la pluie, que je laissai me tremper complètement.

Je criai en arrivant, mais il n'y eut pas de réponse. Je rangeai les courses et passai la tête par la porte du bureau de Charlie. Il n'était pas là, bien que la radio fût allumée, et un bazar catastrophique régnait dans la pièce. Des feuilles de papier étaient éparpillées partout par terre, des piles de livres s'étaient renversées, des cendriers poussés sous la chaise et la planche à dessin, des CD étaient prêts à tomber sur la moindre surface libre. Sur le bloc à dessin de son bureau, un léger trait de crayon se terminait en griffonnage élaboré. Il y avait aussi cinq tasses de thé à moitié finies, deux trognons de pomme marron, et la peau d'une satsuma. Et sur le rebord de fenêtre, le mug que j'avais fait tomber ce matin. Je l'examinai : on voyait à peine la légère fissure à l'endroit où Charlie l'avait recollée. Je fermai la porte.

Si j'allais me coucher maintenant, je ne pourrais jamais me réveiller. J'enfilai donc un vieux jean et l'un des T-shirts de Charlie éclaboussé de peinture, et me forçai à entrer en action. J'allumai toutes les lumières en bas, simulacre de journée en pleine soirée, puis tirai l'escabeau au milieu du couloir pour pouvoir arracher le papier peint. C'était un boulot que j'avais commencé voilà plusieurs mois lorsque nous avions emménagé, mais que je n'avais jamais trouvé le temps de finir. Étrange comme vous pouvez vous habituer à vivre dans une maison avec des murs déplaisants qui tombent en lambeaux et du plâtre nu.

Et c'est ainsi que Charlie me trouva, trois quarts d'heure plus tard, lorsqu'il passa la porte dans l'adorable veste de suédine que je lui avais achetée. Je descendis de l'escabeau et l'embrassai sur les paupières, et il étreignit mon corps sale, endolori, fatigué et coupable.

— Ce que je veux savoir, c'est où tu trouves toute cette énergie ? Puis-je en avoir un peu ?

À cet instant, j'aurais pu reculer d'un pas, le regarder dans les yeux et lui dire : « Hier soir, Charlie, je ne sais pas pourquoi, je ne sais pas avec qui, mais j'ai couché avec un inconnu. » Un petit frisson me parcourut, comme un frisson de froid absolu et infini, comme si la terreur m'effleurait délicieusement.

Je lui rendis son sourire, l'innocence incarnée.

— Gros dilemme : on mange chinois, indien ou thaï ?

Plus tard, nous couchâmes ensemble, fîmes l'amour, baisâmes. Je ne sais pas comment l'appeler, car je ne voulais rien faire d'autre à part fermer les yeux et dormir, dormir, dormir, mais je ne pouvais pas le lui dire. Pas après tout ça. Donc quand il me sourit à sa façon bien à lui, je lui souris en retour, bien que mon visage fût tout tendu et mes yeux, irrités. Et lorsqu'il me prit dans ses bras, je fis de même et l'attirai contre moi en murmurant à son oreille. Et il ignora, il ne devina pas le moins du monde, que j'étais complètement ailleurs.

5

Debout dans le métro, tanguant entre deux hommes corpulents en sueur, j'avais la sensation d'une liberté existentielle. Aucune loi de la nature, comme la gravité, ne me forçait à retourner travailler, à demeurer sur le droit chemin de mon ancienne vie. Je pourrais rester dans le métro, changer à Leicester Square, aller à Heathrow, prendre n'importe quel avion et ne jamais revenir en Angleterre pour le restant de ma vie. D'abord, je devrais rentrer chez moi chercher mon passeport. Et l'argent ? Tout était investi dans la maison. C'était sûrement un bon investissement, mais il y avait certainement un problème de liquidités. À l'étranger, c'était tout aussi difficile. La notion de liberté existentielle avait sûrement dû être inventée à une époque où les visas n'étaient pas aussi importants, et où vous ne vous faisiez pas cuisiner dans les halls d'arrivée d'aéroport sur la durée de votre séjour et sur votre intention de trouver un boulot. Il y avait des limites à la liberté, des limites à celui ou celle que vous pourriez devenir.

Je descendis donc du métro, pris les escalators et sortis sous la bruine d'un matin gris. Je pensai à Charlie toujours au lit et me demandai si du boulot l'attendait. Je décidai de l'appeler. Je fouillai dans mon sac, mais ne trouvai pas mon portable. Je ne le trouvai pas non plus en arrivant au bureau. J'essayai de me rappeler la dernière fois où je l'avais utilisé, mais j'en fus incapable. La veille je m'étais servie du téléphone du bureau. Il se trouvait soit à la maison, soit je l'avais fait tomber quelque part, très probablement lors de ma soirée de débauche. On avait sûrement dû le voler depuis, mais peut-être qu'un être humain normal l'avait aussi récupéré. Je passe ma vie à casser et à perdre des choses. Je ne crois pas avoir jamais gardé un parapluie plus d'une semaine. Je laisse tout – porte-monnaie, lunettes de soleil, clés, chapeau, tout ce qui n'est pas en permanence boutonné ou attaché à mon corps – traîner. Un téléphone portable présente au moins un avantage : vous ne pouvez pas appeler des lunettes de soleil pour leur demander où elles se trouvent. Je composai mon numéro et, au bout de quelques sonneries, un homme répondit.

— Vous avez mon téléphone, dis-je.

— Je ne l'ai pas volé, répondit la voix, avant de rire comme s'il venait de faire une grosse blague.

— Je vous crois sur parole. Je crois que je l'ai laissé dans un pub ou dans un club à Soho.

— Un pub ou un club ?

— Je n'ai pas une bonne mémoire des noms. Ça devait être un pub sur Wardour Street ou… il y a un club à l'angle, qui s'appelle « The House… » quelque chose.

— The Red House.

— Exactement. C'était donc là-bas. Je suis vraiment désolée. Je l'oublie partout. Je me demandais s'il y avait un moyen pour que vous me le rendiez. Je pourrais envoyer un coursier.

— Où travaillez-vous ?

— Soho.

— Je suis dans le Strand. Je vous le déposerai à l'heure du déjeuner.

— Ce serait fantastique.

— Tout le plaisir serait pour moi.

— L'avez-vous avec vous ? Désolée, c'est vraiment une question stupide ! Évidemment que vous l'avez avec vous !

— J'étais en train de me demander ce que j'allais en faire.

— Eh bien, maintenant, vous le savez.

Je lui donnai le nom d'un café sur Dean Street, pour treize heures, raccrochai puis attaquai ma journée comme si je m'étais bouché le nez et avais sauté dans un torrent écumeux. J'avais dressé une liste « À faire », longue de deux feuilles : c'était un mélange de coups de fil à passer, de messages à écrire, de réunions à organiser, de dispositions à prendre, d'idées à avoir. C'était comme une créature alien malveillante dans un vieux film de science-fiction. Plus vous en coupiez des parties, plus elle devenait agressive.

Je n'avais pas le temps de penser ni de ressentir. Tout ce que je faisais, c'était réagir aux stimuli immédiats, m'en occuper et les écarter. Les choses allaient et venaient dans mon champ visuel. Il y avait surtout Meg. Ensemble, nous parlions et prenions des décisions rapides. Des tasses de café pleines étaient poussées devant moi, et des vides, emportées. J'avalai des bouchées de nourriture sans savoir ce que je mangeais. Puis je levai les yeux et constatai qu'il était une heure dix. Je jetai un œil autour de moi, hébétée. Je savais à peine où j'étais. Ma liste était illisible sous une série de flèches, de notes griffonnées et de mots barrés. Mon bureau était net, spirituellement, sinon en réalité. Tout se trouvait dans un dossier, ou devenait le problème de quelqu'un d'autre. Je rassemblai ce qui restait en pile et poussai le tout dans mon casier. Je criai à Meg que je reviendrais dans une minute. Celle-ci me hurla une réponse, mais je ne l'entendis pas quand je descendis bruyamment l'escalier.

Je le vis dès que j'entrai dans le café. Il était gros, robuste. Sa veste pendillait sur le dos de sa chaise et il avait remonté les manches de sa chemise. Il avait d'épais cheveux foncés soigneusement peignés en arrière. Un portable trônait sur la table devant lui.

— Mon téléphone, je présume, dis-je avec désinvolture.

Il se leva, sourit et me tendit la main, mais lorsque je la pris, il ne la lâcha pas tout de suite et serra mes doigts entre les siens.

— Bonjour, Holly, lança-t-il. Ma jolie Holly.

La certitude rampa dans mon cerveau comme un petit insecte. Je pouvais presque la sentir se frayer un chemin au-devant de ma conscience. Oh non, songeai-je. Pas ça. Je vous en prie. J'envisageai de récupérer le téléphone et de sauter sur l'occasion pour m'enfuir, mais mon corps était lourd, en plomb. Tu peux courir, mais tu ne peux pas te cacher. C'était ce que hurlait mon père quand il jouait à chat avec moi dans le parc près de chez nous. Même à l'époque, cela me terrorisait. Je retirai ma main de la sienne.

— Aussi belle en plein jour, ajouta-t-il.

— Je suis désolée… Je ne… je ne peux…

— Ne sois pas désolée.

— Je veux dire, c'était une stupide erreur.

— Oh non, je ne crois pas, répondit-il dans un sourire. Moi, c'est Rees, au fait. Au cas où tu ne te le rappellerais pas.

— Je ne veux pas me souvenir. J'étais ivre. C'est tout.

— Tu étais déchaînée.

— Je m'en vais maintenant.

— Non, tu ne pars pas.

Je fis mine de prendre le téléphone, mais il m'attrapa fermement par le poignet et me tira violemment vers lui.

— Lâchez-moi.

— Ne me dis pas que tu n'en veux plus ? Pas après notre nuit ensemble ?

— Lâchez-moi, répétai-je plus fermement.

— Tu en voulais pourtant l'autre soir, tout autant que moi. Tu disais…

— Ne soyez pas ridicule.

— Mariée, n'est-ce pas ? fit-il en tournant mon poignet de sorte que mon alliance soit visible. À qui ? À quel pauvre con ? Fais-moi voir, David, ou Connor ou Fred ou Charlie ou Wesley ? Ah, Charlie, n'est-ce pas ?

— Enlève tes mains tout de suite, espèce de salopard !

— J'ai mis son numéro en lieu sûr, dans mon portable de toute façon. Avec d'autres.

Je me forçai à le regarder dans les yeux, et penser à lui et à ce que nous avions fait fit monter une vague de nausée en moi.

— Ne sois pas pathétique, dis-je. Laisse tomber.

— Et j'ai ta culotte. Tu te rappelles ? Un truc en dentelle noire ?

Un brouillard rouge apparut devant mes yeux. Je tirai brusquement sur mon poignet, mais il me tenait fermement. Ses doigts s'enfoncèrent dans ma chair.

— Quoi ? fis-je. Si tu crois que tu peux me faire chanter, tu es encore plus stupide que tu en as l'air.

— Ouais ? Si tu crois que tu peux passer la porte et faire comme si rien ne s'était passé, alors…

Il ne finit pas sa phrase. Je retirai l'autre main, celle qu'il ne tenait pas, et le giflai le plus fort possible, laissant les marques rouges cuisantes sur mes doigts disparaître lentement.

— Espèce de petite salope ! haleta-t-il.

— Excusez-moi, mais si c'est pour faire ça, dit une voix derrière nous, faites-le dehors.

— Je m'en vais justement, lançai-je. Et tu ferais mieux de rester en dehors de mon chemin.

— Tu cherches les problèmes ! cria-t-il alors que je m'en allais. Et je te jure que tu vas les trouver ! Tu es foutue, tu m'entends !

6

Je me promenai dans le quartier pendant une heure. Mon déjeuner consista en une nectarine que j'achetai au marché. Pourtant, lorsque je rentrai au bureau, je fulminais encore. J'étais tellement furieuse contre cet homme, et si dédaigneusement et amèrement furieuse contre moi, si humiliée et bouleversée que j'errais dans mon propre brouillard émotionnel. J'entrai d'un pas chancelant dans notre prétendue salle de conférences, où je trouvai Meg et Trish qui parlaient à voix basse. Meg se retourna vers moi, l'air embarrassé, comme si je l'avais surprise en train de faire quelque chose qu'elle n'aurait pas dû.

— J'ai touché un mot à Deborah, me dit-elle, à propos des différents problèmes que nous avons.

— Deborah ? fis-je. Je croyais qu'elle était à la conférence.

— Elle est partie tôt, expliqua Trish. Elle vient de rentrer.

— Et ?

— Nous avons soulevé certains problèmes avec elle. Nous voulions entendre sa version de l'histoire. Elle a reconnu qu'elle avait pris du retard. Elle n'avait pas voulu nous en parler car c'était la faute de Lola.

— Quoi ?

Lola nous avait rejoints quelques mois plus tôt. Elle était jeune et zélée. Elle apprenait vite, mais ses responsabilités se limitaient à faire le café et à transporter des dossiers.

— Elle essayait de l'impliquer dans le compte Cook.

Trish s'embarqua dans une histoire compliquée de ce qui était censé s'être mal passé, mais je l'interrompis.

— Non, non, non, protestai-je. C'est n'importe quoi. Laisse-moi m'en occuper. Je vais moi-même parler à Deborah. Demande-lui de venir me voir dans cinq minutes, veux-tu, Trish ? J'ai d'abord un coup de fil à passer.

*

Même là, je pouvais voir Deborah telle que Meg et moi l'avions vue lorsque nous lui avions fait passer son premier entretien. Elle était grande, impeccablement pomponnée et dégageait une confiance totale. On aurait presque dit que c'était elle qui dirigeait l'entretien. Si elle ne nous avait pas franchement séduites, c'était en partie pour cela justement : nous ne cherchions pas de nouvelle meilleure amie. Nous voulions quelqu'un qui travaillait dur, quelqu'un d'efficace et de généralement redoutable. Deborah avait l'air de tout ça sitôt qu'elle passa la porte. Ses références étaient un peu étranges. Il était clair qu'elle s'était fâchée avec son ancien employeur, mais même cela ne nous avait pas inquiétées. Surtout moi. J'aimais l'idée d'embaucher quelqu'un de caustique. Je confiais à Meg qu'il nous fallait un mauvais flic au bureau. Nous en avions déjà assez de bons. Le problème, c'est qu'elle était censée être un mauvais flic avec les autres, pas avec nous.

Lorsqu'elle entra dans la salle de conférences, elle était impressionnante, comme toujours.

— Comment c'était Roehampton ? demandai-je.

— C'était bien, répondit-elle.

— Rien de particulier ?

Elle haussa les épaules.

— Pas vraiment. Je suis partie tôt.

— Oh arrête ! Je viens d'appeler Jo Palmer, qui, en l'occurrence, organise la conférence. Tu n'as même jamais pointé.

Je dois reconnaître que j'ai été impressionnée par l'aplomb avec lequel Deborah a réagi après avoir été prise en faute. Elle avait l'air médusée et légèrement blessée.

— Est-ce que tu m'espionnes ? me demanda-t-elle.

— C'est mon boulot. Je dirige cette entreprise.

— Je suis allée à la conférence, reprit-elle. J'ai peut-être oublié de passer mon badge.

Mais j'avais mon dossier avec moi. Je l'ouvris et étalai devant elle les photocopies que j'avais faites, comme j'aurais abattu une quinte flush.

— De quoi s'agit-il ? s'enquit-elle.

— Tu sais ce que c'est. Nous avons parlé de ce que nous allions faire de toi et j'ai eu un moment de faiblesse en pensant que nous pourrions te laisser t'en tirer avec un avertissement. Mais tu as essayé de rejeter la faute sur Lola. Pourquoi donc ?

— Elle n'a pas d'expérience, expliqua Deborah. Je la couvrais.

— Es-tu cinglée ? N'abandonnes-tu donc jamais ? Regarde ces papiers. Tu mens. Tu escroques la société.

Elle me regarda, imperturbable.

— Je fais bien mon boulot. Tu le sais.

— Tu es licenciée, déclarai-je. (Je regardai ma montre. Impossible de me rappeler la date. Impossible même de me rappeler l'époque de l'année. Les feuilles tombaient, n'est-ce pas ?) Nous te paierons jusqu'à la fin du mois. Mais je ne veux plus te voir au bureau.

Une longue pause s'ensuivit. J'avais toute son attention.

— Tu ne peux pas faire ça, reprit-elle. J'ai quitté un bon boulot pour venir ici. J'ai un appartement. J'ai un emprunt immobilier.

— Tu as raison. Tu fais bien ton travail. Je ne sais pas ce qui a cloché. Tu ne peux clairement pas continuer ici. Mais je me demande si tu n'as pas besoin d'aide…

Deborah fit la grimace, comme si une odeur atroce flottait brusquement dans la pièce.

— Je n'ai pas besoin de ta condescendance, espèce de bêcheuse… (Elle marqua une pause, comme si elle était incapable de trouver un qualificatif assez méchant pour moi.) Personne ne t'aime ici, tu sais. Tu te crois géniale, à courir dans tous les sens, à jouer les folles et les ivrognes et à gagner les gens à ta cause. Mais personne n'est dupe. Tu es pathétique, vraiment. Tu es un imposteur.

Je respirai un bon coup et me forçai à parler calmement et doucement.

— Tu ferais mieux de partir maintenant, la sommai-je.

Elle rit.

— Tu te crois tellement intelligente, putain ! Un jour, quelqu'un fera quelque chose à ta petite gueule de bêcheuse !

Je ne pus m'empêcher de sourire.

— Me menaces-tu, Deborah ?

Elle se leva, un éclat féroce dans les yeux.

— Tu crois que tout le monde est prêt à tout encaisser pour toi, voilà ce que tu crois. Un jour quelqu'un se réveillera et là, tu verras. Il suffira d'une fois.

Elle s'en alla tel un mini-ouragan, balayant le bureau. Quand elle fut partie, j'allai jusqu'à Old Compton Street. À la pâtisserie, ils préparaient un gâteau à la crème bien particulier, avec une pâte toute légère sur le dessus – c'est vraiment l'une des plus grandes créations du monde occidental. J'en achetai dix, un pour tout le monde au bureau, et dix cappuccinos. Je les rapportai au bureau. Trish et Meg avaient l'air légèrement abasourdies. Je m'approchai d'elles.

— Vous croyez que je n'ai pas fait ce qu'il fallait ?

Elles se regardèrent.

— Je ne sais pas, dit Meg. C'était compliqué.

— Non, ce n'était pas compliqué, rétorquai-je.

Je convoquai tout le monde. J'évoquai très brièvement les problèmes au bureau, et qu'il était important que nous nous parlions lorsque les choses allaient mal, mais ce sermon inspiré se transforma subtilement en hommage aux gâteaux à la crème et en quelques minutes tout le monde avait le nez dedans et l'on se serait cru à la fête d'anniversaire d'un enfant en bas âge.

Quarante-cinq minutes plus tard, Meg et moi sortions de Londres en voiture. Meg lisait la carte avec une grande précision, et je conduisais trop vite. Nous étions en route pour inspecter le site où se déroulerait notre séminaire du week-end. Le terme « site » en donnait une idée terne et formelle, comme un hôtel moderne avec des chambres identiques, des minibars bien approvisionnés et hors de prix, une salle de gym mignonnette où des hommes d'affaires s'asseyaient sur des rameurs pendant un quart d'heure avant leur réunion de neuf heures du matin, et des salles de conférences. Ce n'était pas le cas. C'était un moulin à eau à moitié aménagé et recouvert de vigne vierge, dans l'Oxfordshire. Tout comme le ruisseau qui le traversait, il y avait un petit lac couvert de lentilles d'eau au bout de la parcelle de terrain enchevêtrée, une douzaine de chambres pêle-mêle et un soupçon d'humidité sous le papier peint. C'était parfait : des arbres auxquels les adultes grimperaient, de l'eau dans laquelle ils tomberaient, une longue salle à manger munie de volets où ils devraient s'asseoir autour d'une table unique le soir, aucune autre habitation à des kilomètres. Des amis d'amis de Meg l'avaient acheté récemment, dans l'espoir de fuir leur vie stressante à Londres, et découvraient à présent ce qu'était le véritable stress, sous les arbres qui dégouttent et parmi les bouses de vache.

— Ça fait du bien, déclarai-je. Cela me rappelle l'époque où il n'y avait que toi et moi.

— C'est vrai, acquiesça Meg avec un rire creux. C'était la belle époque. (Elle marqua une pause. Je pensais qu'elle regardait la carte.) J'imagine que tu as eu raison. À propos de Deborah. J'espère qu'elle ne nous poursuivra pas.

— J'espère que si. Nous lui apprendrons.

Meg se contenta de tousser.

Londres paraissait différente selon la route que vous preniez pour en sortir. Lorsque vous vous dirigiez vers Oxford, elle semblait s'étendre doucement sur des kilomètres, puis vous cilliez et, d'un seul coup, tout devenait vert. De l'eau jaillit sous les roues des voitures alors que la pluie, menaçante toute la matinée, décida enfin de tomber. Je mis les essuie-glaces en route et, à travers les arcs décrits sur le pare-brise, je distinguai un paysage gris, trempé et vide. J'allumai la radio, tripotai les boutons, passai d'une station à une autre, puis abandonnai et l'éteignis de nouveau.

Corinne et Richard nous attendaient. Ils avaient allumé un feu dans le grand salon et préparé du café. Corinne fit passer des petits biscuits de Savoie, avec des framboises sur le dessus, et j'en dévorai deux, l'un après l'autre, mes joues gonflées comme celles d'un hamster. J'étirai les jambes pour sentir la chaleur des flammes et soupirai. Le ruisseau murmurait au-dehors, et lorsque le soleil surgit derrière les nuages épais, il projeta de faibles traits de lumière sur le sol en bois.

— Je devrais peut-être le faire, lançai-je.

— Faire quoi ?

— M'enfuir de Londres.

— S'enfuir, c'est un bien grand mot.

— M'échapper, rectifiai-je d'un ton rêveur. Recommencer apéro.

— Quoi ? Apéro ?

— Recommencer à zéro, me corrigeai-je.

Mes paupières se fermaient toutes seules, je les rouvris donc d'un coup, avalai mon bon café corsé et écoutai la pluie sur les vitres. Dehors le jardin était vert et humide. Samedi, sept hommes et cinq femmes y joueraient à des jeux.

— Bien, dis-je en prenant le dernier gâteau. Au boulot.

Nous commençâmes par les chambres – parfaites, sauf qu'une couverture antifeu et un mini-extincteur étaient indispensables sur le palier du dernier étage. Puis nous visitâmes la cuisine, pourvue d'une demi-porte divine donnant sur le ruisseau qui glougloutait.

— N'est-ce pas dangereux ? demanda Meg, toujours pragmatique.

— Nous n'allons pas ouvrir de crèche ici, répondis-je.

— Nous la gardons fermée à clé, expliqua Richard. C'est une particularité architecturale.

Non sans mal, j'enlevai la série de lourds verrous, poussai la petite écoutille et passai la tête dehors. De petites gouttes d'eau me piquèrent les joues et le vent plaqua mes cheveux sur mon visage. Je soupirai et fermai les yeux.

— Holly ?

— Mmmm. J'arrive.

Je rentrai la tête et fermai la porte.

— Voulez-vous discuter des menus pour samedi soir ?

— Je suis sûre que c'est parfait.

— J'ai élaboré un menu pour le déjeuner, un petit déjeuner pour dimanche, et dressé une liste des ingrédients qu'ils pourront utiliser dans le curry que vous désirez qu'ils cuisinent, si vous voulez bien y jeter un œil et…

— Je suis sûre que c'est parfait, répétai-je.

— Oh. (Corinne eut l'air interloquée, mais elle se reprit brillamment.) Ensuite il y a la boisson.

— Je vous fais entièrement confiance.

— Mais…

— Assurez-vous simplement qu'il y en a plus que ce que vous estimez nécessaire, puis doublez la quantité. Allons jeter un œil dehors.

— Voulez-vous que je vous prête des bottes ? L'herbe est encore mouillée.

— Ce n'est pas grave.

Meg et moi passâmes devant le ruisseau, puis traversâmes ce qui avait autrefois dû être un potager puis le sol spongieux en direction du lac. Il était somptueusement froid, humide et vert. Je ramassai une pierre que je jetai dans l'eau, observai les lentilles d'eau se refermer immédiatement dessus sans laisser aucune trace. Nous nous regardâmes et rîmes bêtement.

— J'ai hâte de les voir tomber là-dedans de leur radeau, dis-je.

— Nous avons intérêt à ce qu'ils nous recommandent à leurs amis, me rappela Meg.

— Nous leur donnerons des couvertures et nous leur ferons des œillades. Ils nous recommanderont.

Meg fit la grimace.

— Tu nous fais passer pour des *escort girls*.

— N’est-ce pas ce que nous sommes ?

— Arrête, Holly ! Ne parle pas comme ça ! Tu as vu les lettres que nous avons reçues – productivité augmentée, moral remonté.

Je passai un bras sur ses épaules, et elle mit sa main sur la mienne.

— C’est vrai, ma chère, acquiesçai-je. J’ai lu la brochure. Tu ne remarques rien ?

— Quoi ?

— Les oiseaux font un bruit ennuyeux et le vent souffle dans les arbres, mais, à part ça, c’est presque tranquille. Difficile de croire que Londres fait partie du même monde.

— Nous sommes sur le point d’y retourner.

— Ce que j’aimerais vraiment faire, c’est vérifier une des chambres par moi-même, me coucher, et tu pourrais me réveiller quand tu viendras pour le week-end.

— Malheureusement, tu as une vie dont tu dois t’occuper. Et un mari.

Pour le retour, Meg conduisit et je tâchai de lire la carte et parlai.

— Comme je n’ai pas pu réserver de chambre, ce que j’aimerais vraiment faire, c’est grimper à l’arrière et dormir.

— Fais comme chez toi, me dit Meg.

C’est ce que disent toujours les gens quand ils se sentent le plus en sécurité. Leurs parents les reconduiraient tard le soir et ils pourraient dormir en toute quiétude. Le principal souvenir que j’ai de mon père me ramenant de quelque part, c’était quand nous étions sortis de Londres pour nous rendre dans une soirée que nous n’avions pas trouvée, puis mes parents se sont mis à se disputer, et mon père a perdu le contrôle du véhicule, il a quitté la route et nous avons atterri dans un fossé. Un fermier dut nous tirer avec son tracteur. C'était très drôle, en fait.

Je ne rampai pas à l'arrière, mais je m'endormis tout de même et me réveillai seulement lorsque Meg se gara devant chez moi et m'annonça gaiement que nous étions arrivées.

— Tu es le meilleur chauffeur au monde, lui dis-je. Je n'ai absolument rien senti.

7

Puis ce fut dimanche soir et tout fut terminé. Je revins à la maison où je trouvai Meg dans la cuisine de Corinne et Richard, les mains en coupe autour d'une tasse de café.

— Tu peux sortir maintenant, dis-je. Ils sont partis.

Meg m'adressa un sourire las.

— Es-tu sûre qu'il n'y en a pas un qui se cache quelque part ?

Je secouai la tête en signe de dénégation.

— Je les ai tous comptés, répondis-je. En reste-t-il ?

Meg désigna d'un signe de tête la cafetière près de l'évier et je versai du café noir dans une tasse décorée d'un message enjoué.

— J'ai toujours l'impression qu'il manque quelque chose, repris-je. Des acclamations, des « encore » et des bouquets de fleurs.

— Tant que notre chèque n'est pas sans provision, observa Meg. Combien d'heures as-tu dormi ?

— Je ne sais pas. Ai-je dormi ?

— Moi oui.

— Tu dors toujours.

— Ce n'est pas un crime, tu sais. Ce n'est ni immoral ni paresseux de dormir. Tu n'es pas obligée de rester debout toute la nuit pour faire tes preuves.

— Je sais. Meg ?

— Oui ?

— Ne te sens-tu jamais vidée ?

— Vidée ?

Comme ces vieux torchons dont tu te sers pour laver le sol. Ensuite, tu les tords et des tonnes d'eau sale immonde s'en déversent à flots.

— Mettons les choses au clair, dit Meg. Dans cette image, si tu es le vieux torchon, l'eau sale immonde doit représenter les employés de Macadam Associates avec qui nous venons de passer le week-end.

— Ensuite tu ranges le torchon dans un placard, et quand tu le ressors plus tard, il est devenu tout dur, tout sale et il sent mauvais.

Son ton devint plus sérieux.

— C'est dimanche soir, il pleut. Tu as travaillé sans répit pendant des jours.

— Je ne sais pas si « sans répit » est le mot qui convient. « Sans dépit » peut-être ?

— Tu es fatiguée, poursuivit-elle. Tu as besoin de rentrer chez toi, de voir Charlie, de prendre un long bain et de dormir sans mettre le réveil.

— Ouais.

— Nous pourrons arriver au travail plus tard que d'habitude demain. Je pense que l'on se doit bien ça, au moins.

— Au lieu de nous rémunérer.

— Nous pourrons peut-être toucher un vrai salaire d'ici peu. Nous nous en sortons bien.

— Parfois je me dis que le seul aspect adulte de mon

mariage, c'est que l'on commence à s'inquiéter de notre emprunt.

— Ça ira, me rassura Meg.

— Tu es très rassurante ce soir.

Elle me jeta un bref coup d'œil.

— C'est mon rôle, n'est-ce pas ? dit-elle d'un ton sec.

— Et toi ? fis-je.

— Comment ça ?

— Vois-tu ce type ? Todd ? Ou ai-je été tellement infecte avec lui que je l'ai fait fuir, aussi loin de toi que de moi ?

— Je ne sais pas.

Elle regarda droit devant elle.

— L'as-tu vu…

— Laisse tomber. Je ne veux pas en parler.

— Comme tu voudras…

J'allais ajouter autre chose, mais je ne parvins pas à trouver les mots qu'il fallait.

Chacun a sa propre histoire, mais parfois on ne sait pas quelle est l'histoire ou à quel moment l'on s'intègre dedans. Disons que vos parents vous considèrent comme inconstant et irresponsable ; disons que vos amis vous considèrent comme un joyeux extraverti ; disons qu'au travail, on insiste pour que vous soyez le boute-en-train de service ; et voilà que vous vous retrouvez coincé dans une version de vous-même, dans vos marges étroites, et ce qui est terrible, c'est que, la plupart du temps, vous ne le savez même pas. Et comme nous constituons tous un mystère pour nous-mêmes et avons besoin des autres pour nous aider à nous réaliser, vous vous voyez peu à peu comme cela également. C'est l'histoire dans laquelle vous pensez être. Une comédie. Une farce. Vous perdez d'autres parties de vous-même. Mais une fois de temps en temps, vous avez le droit de vous voir différemment, de vous raconter différemment ; vous devenez une tout autre histoire, plus profonde, plus étrange, et plus intéressante, avec de nouvelles significations.

Meg et moi gagnons notre vie en secouant les gens, en essayant de modifier leur vision des choses. Mais ensuite ils rentrent chez eux et nous rentrons chez nous, et qu'est-ce qui a vraiment changé ? Votre ancien monde se referme sur vous, votre ancien moi revient. Les gens croient qu'ils peuvent transformer leur vie et leur personnalité. Construire un radeau et traverser un lac, jouer un jeu où vous devez vous détendre et tomber dans les bras de votre collègue, vous asseoir en cercle pour parler de toutes ces choses dans votre vie que vous avez mal faites et de tous les choix que vous regrettez. Ensuite, vous pourrez recommencer.

Quand je dis « vous », je parle de moi, naturellement. Moi, Holly Krauss, à qui je ne peux échapper en dépit de tous mes efforts. Je m'étais tellement démenée ce week-end, encore plus que d'habitude, pour être la personne la plus énergique parmi cette foule de gens survoltés, que mon réservoir était vide, et mes ressources, taries.

Je pensais à Stuart, l'un des participants. Dégingandé, il avait la quarantaine, voire un peu plus, de longs cheveux couleur paille légèrement sales, et un air vaguement décadent. Il fumait des cigarettes roulées à l'odeur nauséabonde du coin de la bouche et portait par tous les temps une veste en cuir usée. C'était le cynique de la bande, celui qui gardait toujours un petit sourire sarcastique pendant les activités de groupe. Il était mon défi, celui que j'allais désarmer. Je le traquai donc après le dîner et nous veillâmes tard, très tard, jusqu'à ce que tous les autres soient allés se coucher et qu'il ne reste plus que le bruit du vent et du ruisseau au-dehors. Après avoir bien entamé la bouteille de scotch que Richard avait laissée sur la table, il me parla de ses deux fils.

— Ce sont presque des hommes, me confia-t-il. J'ai quitté leur mère quand ils avaient deux et trois ans. J'étais désespérément amoureux d'une autre femme, mais cela n'a pas duré. Bref, ce sont des adolescents aujourd'hui. Fergal a presque dix-neuf ans, pour l'amour de Dieu ! Ils ont des petites amies, ils se droguent et c'est comme si j'étais invisible à leurs yeux. Ils font comme s'ils ne me voyaient pas. Je dis des choses et on dirait qu'ils ne les entendent pas.

— Cela changera quand ils seront plus vieux, dis-je.

— Peut-être. Sûrement. Mais c'est très étrange comme sentiment, comme si je n'existais pas. Je traverse ma vie comme un fantôme.

Il roula une autre cigarette et la fourra dans un coin de sa bouche.

— Je parie que vous n'avez jamais ressenti cela, reprit-il après l'avoir allumée et tiré une longue bouffée. Je parie que personne ne peut vous ignorer. Comment serait-ce possible ? De toute façon, vous ne les laisseriez pas faire, n'est-ce pas ?

Il rit.

— Je ne sais pas, répondis-je. J'aimerais bien. Je crois que cela me plairait.

Je lui demandai de me rouler une cigarette et il s'exécuta en quelques mouvements experts. Je nous resservis du whisky.

— Et vous ?

— Moi ?

— Quelle est votre histoire ?

Mon histoire. J'envisageai la multitude d'anecdotes qui avaient été maintes fois servies et qui ne faisaient presque plus mal à présent : les entreprises de mon père qui semblaient drôles à l'époque, mais plus aussi drôles quand j'y repensais des années plus tard. Ou était-ce l'inverse ? Sont-elles devenues drôles lorsqu'elles sont devenues des anecdotes ? Ou mes deux expulsions de l'école, pour indiscipline (la première), et pour consommation de drogues (la seconde). Ou la fois où je me suis enfuie de chez moi, à l'âge de onze ans, en emmenant le chien adoré de la famille avec moi, jusqu'au coin de la rue. C'était une histoire charmante. Je pourrais la lui raconter, celle-ci. Je secouai la tête.

— Une autre fois ; là il faut que j'aille me coucher.

— Je déteste vieillir, déclara-t-il.

Je poussai un grognement intérieur. C'était la partie la plus sombre de la nuit : premières heures du matin, l'heure des aveux abrutis par le whisky.

— Pourquoi donc ?

— Pour tout, vraiment. Des portes qui se ferment. Des rêves qui s'évanouissent. Les enfants qui vous traitent comme si vous étiez un *has been*. Tout semblait si facile quand j'avais votre âge. Vous vous bourrez la gueule et le lendemain matin, tout va bien. Je serai tout vasouillard demain matin, mais je parie que vous, vous serez fraîche comme une rose.

— En parlant du matin…

— Vous vous dites : « Est-ce donc ça, la vie que j'ai voulue ? Est-ce donc ça et rien d'autre ? »

— Quel âge avez-vous ? Quarante ? Quarante et un ? Il est sûrement un peu tôt pour…

— Puis il y a le sexe…

— Stuart…

— Je ne sais pas pourquoi je vous raconte cela. Quelque part, je me dis que vous n'allez pas vous moquer de moi. Contrairement à d'autres. Vous voyez, j'ai toujours été bon au lit.

Comme si le sexe était du saut en hauteur ou du calcul mental, songeai-je.

— Ça n'a jamais posé problème, poursuivit-il. (Il versa du whisky dans son verre qu'il descendit d'un coup.) Jusqu'à ces deux dernières années.

— Ah, dis-je d'un ton neutre.

— Maintenant, eh bien, je ne peux plus, vous savez, compter sur moi. Si vous voyez ce que je veux dire.

— Je crois que oui.

— C'est un cercle vicieux – plus je perds confiance, plus cela devient un problème. Les femmes ne savent pas ce que c'est. (Il devint tout rouge.) Je savais me contrôler. Maintenant, eh bien... ça se termine trop vite. Vous comprenez ce que je veux dire ?

J'émis un bruit indéterminé.

— Maintenant vous devez me trouver pathétique.

— Pas du tout. Je parie que vous allez apprendre que vous avez des tas d'amis qui ont vécu le même genre de choses, seulement ils n'en parlent jamais.

— Vous croyez ?

— J'en suis sûre.

— Je n'arrête pas de me dire qu'il doit bien y avoir une femme sur terre qui pourrait m'aider à vivre ça. J'ai une image, dans ma tête, de quelqu'un d'extérieurement calme et serein.

Au moins, il ne pensait pas à moi.

— Mais intérieurement, elle est tourmentée et passionnée.

— Eh bien..., commençai-je.

— Je n'aurais jamais dû tromper ma femme. Tout irait bien alors. Peut-être que je récolte ce que j'ai semé. La vengeance de Dieu, de faire de moi la risée de tous. Avez-vous déjà trompé votre mari ?

— Non. (Je parvins à adopter un ton outré qu'il ose

me poser une telle question et ajoutai :) Nous ne sommes mariés que depuis un peu plus d'un an.

— Comment s'appelle-t-il ?

— Charlie.

— J'espère que Charlie réalise la chance qu'il a.

Meg me déposa chez moi juste après neuf heures. Elle me dit qu'elle ne s'arrêterait pas, qu'elle m'avait assez vue de tout le week-end, mais entra tout de même avec moi. Dans la maison, nous trouvâmes Charlie avec son vieil ami Sam en train de regarder un DVD dans le noir. J'embrassai Charlie sur le sommet de la tête et bus une bonne gorgée de son verre de vin.

— Salut, dit-il en tendant une main. Bonjour, Meg.

— Bonjour.

J'observai son visage devenir tout rouge.

— Bon week-end ?

— Crevant.

— L'une de vous veut-elle boire quelque chose ? Ou manger, même ? Il reste peut-être de la pizza.

— Juste une tasse de thé. Je vais la chercher.

— Ne t'inquiète pas. Je ne comprends rien au film de toute façon.

Il disparut dans la cuisine, suivi quelques minutes plus tard par Meg. Je les entendis parler à voix basse, puis il éclata de rire. Je m'assis dans le canapé à côté de Sam et regardai l'écran. Quelque chose explosa.

— Que se passe-t-il ? demandai-je.

— C'est un peu compliqué, répondit Sam. C'est un assassin qui a accepté de faire un dernier boulot. Et sa fille s'est fait enlever. On pense que les deux événements seraient liés.

— As-tu fait ta comptabilité ? criai-je à Charlie.

— J'ai commencé, répondit-il.

— Je croyais que tu avais du retard.

Pas de réponse.

Je sortis dans le jardin, qui ressemblait quelque peu à un terrain vague, mais Charlie et moi avions des projets pour lui. Nous allions faire un chemin pavé qui serpenterait au milieu, une pelouse de chaque côté, planter un pommier et un cerisier au fond et – c'était la tâche qui m'incombait – construire un petit patio couvert de gravier près de la porte de la cuisine que j'allais agrémenter de douzaines de pots en terre cuite remplis d'arbustes, de fleurs odorantes et d'arbres ornementaux. J'avais déjà commandé un laurier-sauce. Je m'adossai au mur où j'allais faire pousser du jasmin, du chèvrefeuille, et m'imaginai assise là en été sans rien à faire, un verre de vin blanc frais à la main, en train d'observer Charlie s'affairer au barbecue qu'il allait fabriquer, prétendait-il.

Mais il faisait froid dehors, et sombre, et au bout de quelques minutes, je rentrai. Meg m'annonça qu'elle allait partir et, pour une fois, je ne tentai pas de l'en dissuader. Je pris une douche. J'étais exténuée et pourtant toujours tout excitée du week-end, comme si je voulais que l'eau éteigne quelque chose en moi pour que je puisse me coucher et dormir. J'enfilai le pyjama que Charlie m'avait offert et rejoignis les hommes, mais le film était trop cacophonique, tout allait trop vite et il m'énerva encore plus. Je montai et attrapai un roman, mais au bout de quelques pages, je n'étais absolument pas rentrée dans l'histoire et je dus recommencer au début. Je n'étais pas d'humeur à lire ; il fallait que je fasse quelque chose de bêtifiant. Je descendis de nouveau l'escalier et jetai un œil dans le bureau de Charlie. Je ne pus m'empêcher de grimacer.

Lorsque j'ai appris que Charlie était illustrateur, je pensais savoir ce que cela signifiait. « Illustrateur » n'était pas la même chose qu'« artiste », un terme vague, vaste et splendide, empreint de mouvement et de danger. C'était une notion plus nette et plus précise, avec des frontières claires et de l'esprit. Un illustrateur avait une commande et des délais à respecter, un sujet et un book. J'imaginais que les rédacteurs en chef appelleraient Charlie pour lui demander de faire un dessin pour un journal pour le lendemain, un autre pour un magazine pour la semaine suivante, une jaquette de livre pour dans plusieurs mois. Il ferait peut-être également des illustrations pour enfants. Je l'avais imaginé dans une pièce propre, claire et spacieuse, agrémentée d'une grande table et d'un tas de crayons bien aiguisés dans un mug. Et cela semblait correspondre à ce que j'avais vu de lui – qu'il était rêveur et profond, sérieux et plein d'humour, distrait mais d'une intelligence scrupuleuse et concentrée sur la tâche qui l'attendait. Il avait des mains délicates et rêches. Il savait fabriquer des choses – sculptures en bois, étagères et boîtes compliquées, un kart pour le petit autiste qui vivait trois maisons plus loin – et en réparer – fenêtres, vélos, toutes les assiettes et les tasses que j'avais cassées, même le lave-linge.

Ce dont je ne me rendais pas compte, c'est que le métier d'illustrateur était une activité aussi dure et sordide que n'importe quelle autre. Vous deviez chercher des contacts, trimballer votre book de rédactions en agences. Tout était une affaire de contacts, et ensuite il fallait les exploiter. J'avais peu à peu compris que Charlie sentait confusément, lorsque nous étions allongés au lit ensemble, lorsque nous étions ailleurs, que chaque année, un autre torrent, un autre Niagara de nouveaux illustrateurs talentueux et affamés se déversait des écoles des Beaux-Arts dans les rues avec leurs books, leurs ambitions et leurs nouvelles idées toutes fraîches.

Je mourais d'envie de me battre pour lui comme un

tigre, d'être sa muse, son agent, sa tueuse à gages, mais il était trop relax pour cela. Peut-être était-il trop artiste. J'adorais cette part de lui, je la détestais et voulais griffer les murs de frustration. Je me mordais la langue tant il était merveilleusement talentueux et j'essayais de l'expliquer aux gens. Mais les seuls qui comprenaient véritablement étaient ceux qui le connaissaient, qui avaient vu ses dessins ou, mieux encore, qui l'avaient vu travailler. Il y avait une lueur dans ses yeux lorsqu'il fixait le papier ; il faisait preuve d'une économie et d'une dextérité merveilleuses avec un trait et une tache de couleur ; il avait un feeling incroyable pour dessiner au bon endroit, et s'arrêter quand il le fallait. Je ne serai pas la mégère qui l'empêcherait d'exploiter son potentiel. J'avais vu ce vieux film. Je ne serai pas la harpie qui dirait : « Très bien, Léonard, va peindre *La Cène* si tu veux, mais ne compte pas sur moi pour être là à ton retour. »

Il répétait toujours qu'il ferait comme il voudrait et quand il voudrait. Parfois cela signifiait qu'il ne ferait rien du tout. Les délais passaient. Cela m'insupportait. Ce n'était pas seulement une question d'argent, bien que Dieu seul sût combien nous en avions besoin, avec notre immense emprunt et l'entreprise que Meg et moi avions montée. C'était le gâchis que je ne supportais pas. Je ne le supportais tellement pas que la rage me prenait lorsque cela se produisait. Je m'adjurais de ne rien dire, de ne pas le harceler ; cela ne faisait qu'empirer les choses. Mais le plus souvent, je ne pouvais pas me taire. J'avais lu autrefois un recueil de lettres de Van Gogh. C'était le livre préféré de Charlie. C'était sa bible. Je ne cessais de me dire que ce dont Van Gogh avait besoin en réalité, c'était d'une femme attentionnée, et d'une aide médicale. Mais il peignait ses tableaux. Et s'était suicidé.

Il y avait des papiers partout par terre. Il y avait des

enveloppes, certaines non ouvertes. Il y avait des livres à l'envers, au dos craquelé – un sur les trous noirs, un sur les nouvelles théories de l'évolution, une anthologie de parties d'échecs. Les lettres de Van Gogh. Je pouvais non sans mal imaginer le week-end de Charlie : tasses de thé, café. Un footing à Highgate Woods. Un peu de télé. Un livre ou un magazine vite feuilleté. Deux, trois choses commencées dans la maison. Un verre avec des amis. Quelques heures sur Internet. Un plat déjà tout prêt. À un moment donné, il s'était armé de courage pour s'attaquer à sa comptabilité. Il avait pris les grosses piles de papiers sur son bureau et à côté, puis les avait réparties en plus petits tas qu'il avait disposés dans toute la pièce. Face à cette vision d'horreur, il était sorti. C'était probablement à ce moment-là qu'il avait appelé Sam. C'était dans ce genre de moments que vous aviez besoin d'amis, pour vous changer les idées de ce que vous aviez à faire.

On aurait dit que la cuisine avait été cambriolée et vandalisée. De fait, pendant qu'ils regardaient leur film, je nettoyai, récurai, passai la serpillière, rangeai des choses dans des placards, puis sortis des choses des placards, les regardai et les fourrai dans un sac-poubelle, avant de remettre le reste à sa place. Lorsque Charlie entra, je venais de terminer et j'avais l'impression d'avoir gravi une montagne et de me tenir sur le sommet, d'où je contemplais une magnifique vallée inondée de soleil.

— J'allais le faire, me dit Charlie.

— Ce n'est pas grave. J'avais l'intention de mettre de l'ordre.

— De mettre de l'ordre ?

— J'ai aussi fait les placards. J'ai jeté des tas de trucs. Comme la sorbetière avec l'agitateur, sauf qu'il manquait l'agitateur.

— J'allais le remplacer.

— Comment ? Où ? Nous ne sommes pas au XIXe siècle. Il n'y a plus de quincailleries où tu peux te procurer des pièces de rechange. Acheter une nouvelle sorbetière revient moins cher. Si nous en avons besoin. Ce qui n'est pas le cas parce que nous ne faisons jamais de sorbet. Ni de pâtes maison. J'ai aussi jeté cette machine. Elle était rouillée. Nous ne faisons jamais rien, en fait, à part des toasts et des œufs au bacon.

— Comment peux-tu faire cela après ton week-end ? Je parie que tu n'as quasiment pas dormi. Tu n'es pas crevée ?

— Bien au contraire. Cela m'aide à me détendre.

— Tu sais, je t'adore dans ce pyjama, mais parfois je regrette de te l'avoir acheté.

Je savais ce qu'il insinuait, mais je fis celle qui ne comprenait pas. Mon corps allait très mal. Je ne pouvais pas supporter l'idée que quelqu'un le touche.

— J'ai regardé dans ton bureau…, commençai-je.

— Je sais, je sais.

— Ta feuille d'impôts. Elle était pour la semaine dernière, n'est-ce pas ? Ou pour celle d'avant ?

— Je vais bientôt m'en occuper.

— Laisse-moi y jeter un œil.

— Ne sois pas ridicule. Il est onze heures et demie. Tu n'as probablement pas dormi de tout le week-end, telle que je te connais. Et tu as ta propre entreprise à diriger.

— Je ne suis pas fatiguée. Je veux juste y jeter un œil. Viens.

J'enfilai des chaussons, une robe de chambre et entraînai Charlie dans son bureau. Cet endroit fichait vraiment la frousse.

— C'est le diagramme de l'intérieur de mon cerveau, déclara-t-il avec un sourire.

— Ne dis pas ça.

— Je m'en occuperai demain, je te le promets. J'ouvrirai même certaines lettres. Celles avec les trucs rouges dessus.

Je respirai profondément.

— Le principal conseil que l'on nous a donné lorsque l'on a lancé KS, c'était de rester en contact avec les gens. Ils s'inquiètent lorsque tu les laisses sans nouvelles. Ça (je lui montrai la scène atroce) c'est comme quand un enfant met la main sur ses yeux et croit que personne ne le voit.

Il fit la grimace.

— Nous n'avons pas intérêt à perdre la maison, Charlie, ajoutai-je.

— Les choses ne vont pas si mal, répondit-il d'un ton léger. Tu pourrais toujours me tuer et toucher l'assurance.

J'allai chercher un sac-poubelle, mon deuxième de la soirée, et un carnet, et me mis au travail. J'ouvris toutes les lettres que j'entrepris de ranger par piles : de vraies piles, classées avec sérieux et conscience. Au début, Charlie protesta, mais il s'allongea ensuite sur le vieux canapé et sombra dans un demi-sommeil duquel je le réveillais occasionnellement en lui criant mes demandes de renseignements. Des enveloppes, de la paperasse et autres détritus partirent dans le sac. Puis je lus tout attentivement et rangeai d'abord par sujet, puis dans l'ordre de ce qui faisait le plus peur au moins peur. Charlie n'avait pas tenu de comptabilité à proprement parler, je constituai donc un livre de comptes tout prêt et approximatif qu'il pourrait présenter à un inspecteur des impôts.

Je réveillai Charlie; il alla nous préparer un chocolat chaud dans lequel nous trempâmes des sablés. J'avais les pieds frigorifiés et je sentais que je commençais à ralentir. Une grosse fatigue se cachait derrière mes yeux, prête à attaquer. Je posai par terre la pile de papiers que l'on pourrait oublier. Je griffonnai dans le livre de comptes, je pris des notes, je secouai Charlie, réduisis et reclassai les papiers, les re-réduisis jusqu'à ce qu'il n'en reste que six incontournables. Trois étaient des factures impayées, trois autres des factures qu'il n'avait jamais envoyées.

Alors que Charlie piquait de nouveau du nez, je tombai sur une lettre dans le tiroir du bas, toute chiffonnée, comme si Charlie en avait fait une boule furieuse dans son poing avant de la balancer dans le tiroir. Elle faisait trois lignes, sans compter la signature, venait d'une maison d'édition qui rejetait sa proposition de bande dessinée sur laquelle il travaillait et dont je n'étais même pas au courant. Je refermai doucement le tiroir et regardai Charlie, la tête inclinée de côté, ses cheveux doux tombant sur un œil, la bouche à moitié ouverte, et un tout petit gargouillement au fond de la gorge. Il ne m'en avait pas parlé. Il l'avait cachée et fait comme si elle n'existait pas. Un violent spasme de tendresse me parcourut, me laissant tremblante et inquiète.

— Certains sont vraiment bons, dis-je d'un ton enjoué lorsqu'il se réveilla, en désignant la pile de dessins que j'avais posés sur le bureau, à l'exception de celui de Meg et moi, où j'avais l'air maigre et folle, digne d'une caricature humoristique, et dont j'avais fait une balle que j'avais subrepticement jetée dans le sac-poubelle.

— Ce n'est rien, répondit-il en se frottant les yeux. Juste des griffonnages stupides.

Je le regardai d'un air curieux.

— Ça ne te plaît plus, n'est-ce pas ?

— Quoi ?

— Le dessin.

Il haussa les épaules.

— C'est du boulot, rien de plus.

— Ce n'est pas simplement du boulot. Tu es bon, vraiment doué. Dieu, si seulement j'avais eu un don comme le tien ! Et tu as toujours adoré dessiner.

— C'était avant d'être obligé de le faire. Avant que cela ne devienne un boulot. Comme tu n'arrêtes pas de me le répéter, il faut que l'on rembourse notre emprunt.

— Tu penses vraiment que ce n'est qu'une corvée ?

— Ce n'est pas le moment d'en parler, Holly. Il est deux heures du matin.

— Alors arrête de le faire. Tu n'es pas obligé.

— Qu'est-ce que tu racontes ?

— Tu sais ce que tu aimes vraiment faire ? Ce qui te satisfait ? Créer des choses, réparer des choses. J'ai vu l'expression sur ton visage. Voilà ce que tu devrais faire.

— Je devrais réparer des choses ?

— Oui. Laisse tomber l'idée d'être un artiste ou un illustrateur. Recycle-toi. Recycle-toi en… en *plombier*. Je lis tout le temps que les plombiers peuvent demander le prix qu'ils veulent, tellement ils sont sollicités. Nous pourrons prendre une nouvelle hypothèque sur la maison et tu suivras un apprentissage. Tu adorerais ça.

— Alors, c'est ce que tu penses de moi, n'est-ce pas ? Je devrais réparer des canalisations, des tuyaux cassés et des gouttières bouchées.

Je reconnus les signaux d'alarme, mais les ignorai.

— Ce serait mieux que de rester assis jour après jour sans arriver à travailler, à regarder dans le vide, et à se sentir super mal. Avec moi qui t'en veux de plus en plus. Lançons-nous.

— Toi, tu joues les consultantes à Soho, ou les je-ne-sais-quoi, bordel ! « Et que fait votre mari ? – Oh, il est plombier. Si jamais vos toilettes sont bouchées, vous savez qui appeler. »

— Pourquoi pas, Charlie ? Où est le mal à être plombier ?

— Je pensais que tu croyais en moi.

— Je… Bien sûr que oui.

— Je pensais que tu disais qu'un bel avenir m'attendait.

— Je veux juste que tu sois…

Le téléphone sonna. Nous nous regardâmes, médusés.

— Qui peut donc nous appeler à une heure pareille, putain ?

Un frisson d'inquiétude me parcourut et je bondis pour décrocher le téléphone, mais Charlie y parvint avant moi.

— Oui ? Oh… (Son expression changea et sa voix perdit quelque peu de son agressivité.) Non, aussi incroyable que cela puisse paraître, nous ne dormions pas. Oui, oui. J'arrive tout de suite.

Il raccrocha.

— Qu'est-ce qui ne va pas ?

— Naomi est paniquée. Elle veut que je l'aide.

— À cette heure de la nuit ?

— Elle a vu nos lumières allumées.

— Qu'est-ce qui peut être si urgent ?

— Elle sent quelque chose qui brûle. Elle a peur que ce ne soit un radiateur électrique.

— Elle ne peut pas appeler quelqu'un ?

— Elle a appelé quelqu'un. Elle nous a appelés.

— Nous sommes en plein milieu de la nuit.

— Je sais, je sais. Et je suis plombier, pas électricien. Mais c'est notre voisine. Si sa maison brûle, elle va emporter la nôtre avec elle.

— Reviens vite, Charlie. Nous ne pouvons pas en rester là.

— Je croyais que tu avais tout réglé, lança-t-il, et il partit.

J'entendis la porte d'entrée claquer et ses pas retentir dans le silence.

Je restai assise quelques instants, repassai la conversation dans ma tête, me remémorai son visage dur et furieux. Puis je rangeai chaque tas de papiers dans un dossier différent. Je ramassai tous ses crayons et stylos que je mis dans un pot en verre. Je jetai des détritus dans le sac-poubelle. Je rapportai toutes les tasses et les cendriers dans la cuisine. Je nettoyai la moindre surface avec un torchon. Enfin, je m'assis à son bureau dans la pièce propre et rangée, posai ma tête sur mes bras et me laissai sombrer dans un sommeil peu profond et agité.

Lorsque je me réveillai en sursaut, j'étais toute courbaturée et absolument pas reposée. Je regardai ma montre et constatai qu'il était près de cinq heures. Je me traînai péniblement à l'étage, mais comme Charlie n'était toujours pas revenu, je préparai une grosse cafetière de café bien fort, puis appelai Naomi.

— Naomi. C'est Holly.

— Holly ! Oh mon Dieu, je suis désolée si j'ai gâché ta nuit ! Charlie m'a sauvé la vie. C'était un câble électrique. Les fils électriques étaient exposés et ils ont horriblement chauffé. Pour l'instant, il l'a rafistolé, mais il a dû dévisser cette boîte sur le mur et ouvrir…

— J'ai assez de renseignements, dis-je, le regard trouble. Je nous ai préparé une pleine cafetière. Venez la boire.

— Je n'ai pas ton énergie. Il faut que j'aille me coucher, pas que je boive du café pour me réveiller.

Dix minutes plus tard, Charlie revint. Il avait l'air hébété et déconnecté, mais je l'emmenai dans son bureau. Il regarda la pièce en cillant. Tout était bien rangé. La pièce était presque dépouillée.

— Tiens, dis-je en lui tendant mon bout de papier. (Il le

regarda d'un air absent.) J'ai tout consigné par écrit pour toi. C'est très simple. Tu dois passer quatre coups de fil, l'un après l'autre, en commençant à dix heures du matin. Et tu dois écrire trois lettres. Je t'ai fait un brouillon. Ce n'est pas aussi dur que ça en a l'air. Et envoie tes factures. Les gens vont peut-être t'envoyer de l'argent, comme ça.

Il regarda le papier puis me regarda.

— Comment fais-tu ? s'enquit-il.

— Une fois que j'ai commencé quelque chose, je ne peux pas le laisser tant que je n'ai pas terminé.

— Je ne sais pas quoi dire.

— Je suis désolée pour tout à l'heure.

— Non. Non, ce serait plutôt à moi d'être désolé.

Je le pris dans mes bras.

— Tout va bien entre nous, n'est-ce pas ?

— Je vais prendre une douche, répondit-il. Ensuite nous devrions essayer de dormir un peu.

— Il est bien trop tard pour aller me coucher, rétorquai-je, en faisant comme si je n'avais pas remarqué qu'il n'avait pas répondu à ma question. Je pensais que l'on aurait pu prendre le petit déjeuner. Aller nous balader avant que je ne parte travailler.

— Tu ne tombes pas de sommeil ?

— Le sommeil, c'est surfait, rétorquai-je. Il y a tant d'autres choses intéressantes… (Les mots butaient les uns contre les autres et restaient coincés dans ma bouche, comme quelque chose qui est trop sec pour le manger.) D'autres choses. Tu vois ce que je veux dire ?

— Je ne sais pas, répondit Charlie. Tu me dépasses complètement.

— Est-ce un compliment ? fis-je, mais il ne répondit pas.

8

Il est plus facile de penser quand vous marchez, et plus facile de ne pas penser, également. Vous avancez à grands pas, vos pieds touchent le trottoir et l'air froid vous submerge. Vous voyez les choses sans les voir, les entendez sans y faire attention.

Je me rendis au travail à pied, d'Archway à Soho, peut-être dix kilomètres le long de grandes routes animées. Traversai le pont à vous donner le vertige tout en essayant de ne pas regarder en bas, ce matin. Descendis la colline, Kentish Town Road, Camden High Street. Je pris une tasse de café parfaite dans un petit bistrot, fumai une cigarette illicite que je tapai à une jeune femme, et surpris une conversation entre deux collégiennes sur la difficulté de se bécoter correctement lorsque vous portiez un appareil dentaire. Puis je longeai Hampstead Road, direction Tottenham Court Road, où je me retrouvai à deux pas de notre bureau. Je consultai ma montre. Apparemment, il ne m'avait pas fallu plus d'une heure et demie, y compris l'arrêt au café, ce qui me semblait plutôt rapide. Peut-être n'y avait-il pas dix kilomètres après tout, ou peut-être avais-je marché très vite. Je constatai que mes joues étaient rouges, et que mes cheveux restaient collés à mon front en sueur.

J'achetai un muffin aux graines de pavot chez Luigi's et le mangeai adossée au mur devant le bureau, m'autorisant à me détendre. Une femme en rollers se faufila gracieusement vers moi et me gratifia d'un grand sourire en passant. Peut-être, songeai-je, devrais-je en acheter. Ainsi pourrais-je descendre en piqué au boulot tous les matins. Ça n'avait pas l'air trop dur.

— Salut !

— Meg ! Je ne t'avais pas vue. J'étais dans mon monde.

— Bien dormi ?

— Bien.

— Je me suis couchée avant dix heures et me suis levée à huit. Le bonheur suprême.

— Tu as l'air différente, constatai-je. Que t'es-tu fait ?

— Rien !

— Si. Tu as fait quelque chose à tes cheveux.

Elle rougit et leva la main.

— J'ai acheté un de ces trucs pour lisser les cheveux dans un catalogue et quand je me suis réveillée ce matin, je l'ai essayé, voilà tout. Je me suis regardée dans le miroir et j'ai vu le même visage que celui que je vois toujours, frisotté sur le dessus. (Puis, sur la défensive :) Est-ce que je suis horrible ?

— Non, mais tu n'as pas de frisottis, tu as des boucles. Elles sont adorables. Si seulement j'avais les mêmes cheveux que toi…

— Oh que non, Holly, bon sang ! dit-elle. (Et l'espace d'une minute, sa bouche se serra, ses yeux se plissèrent et elle ressembla à quelqu'un d'autre. On aurait dit Charlie la nuit précédente, lorsque je lui avais suggéré d'être plombier. Puis elle sourit.) Oh, eh bien, ça change. Ils refriseront tout seuls lorsque le vent changera. Autre chose…

Elle se tut.

— Quoi ?

— Je ne sais pas si je devrais te le dire.

— Vas-y. Maintenant c'est trop tard.

— Quelqu'un m'a appelée. Un homme. Il n'a pas dit qui il était, mais qu'il te connaissait et que tu cherchais les problèmes. Que l'on récoltait ce que l'on semait, quelque chose comme ça. Il avait l'air plutôt sinistre.

— Portait-il une faux ?

— Holly ! me lança-t-elle sur un ton de reproche.
Je n'avais rien trouvé d'autre à répondre.

Il y avait trois toilettes dans notre bureau. À midi moins neuf, j'entrai dans les plus vastes, roulai mon manteau en traversin que je plaçai sur la cuvette fermée des W.-C. Puis j'ôtai mes chaussures d'un coup de pied, m'assis par terre et posai ma joue avec reconnaissance sur la chaleur rêche du manteau. Je fermai les yeux.

Dans la cabine à côté de la mienne, quelqu'un tira la chasse d'eau. Je rouvris les yeux et consultai ma montre. Midi et quart. L'étrange bourdonnement semblait avoir disparu de ma tête, je me levai donc, enfilai mes chaussures, attrapai mon manteau et sortis de la cabine. Je me lavai les mains et le visage, me brossai les cheveux devant le petit miroir et retournai au bureau d'un pas énergique.

— Nous avons une lettre de l'avocat de Deborah, il menace de nous poursuivre pour licenciement abusif, m'annonça Meg quand je m'assis en face d'elle.

— Est-ce un problème ?

— J'ai demandé à Chris de passer cet après-midi pour que nous en parlions.

— J'ai peut-être ruiné la société. Je suis désolée.

— Et il y a quelqu'un qui monte te voir.

— Qui donc ?

Je me mis à feuilleter l'agenda en désespoir de cause.

— Il ne l'a pas précisé. Il a juste dit qu'il était venu voir Holly Krauss. J'ai supposé…

— Ce n'est pas grave.

Mais c'était grave. Le sourire de Rees ne vacilla pas quand il s'approcha de moi depuis l'autre bout de la pièce. Une fois de plus, je ressentis cette répugnance à vous donner des haut-le-cœur.

— Bonjour bonjour, Holly.

Je sentis plusieurs paires d'yeux qui me regardaient avec curiosité.

— Je n'ai rien à te dire, rétorquai-je d'un ton froid. Va-t'en, s'il te plaît.

— Oh, je ne suis pas vraiment venu te voir. Comme je ne savais pas trop quoi faire de ma peau, je voulais juste jeter un œil à l'endroit où tu travaillais. Essayer de comprendre ta vie, tu sais, ce genre de choses. Et vous devez être Meg ?

— C'est exact. Puis-je vous aider ?

— Nous avons discuté hier soir au téléphone. Vous vous souvenez ?

— Auquel cas, je pense que Holly a raison et que vous devriez vous en aller immédiatement, répliqua-t-elle splendidement. Ou dois-je appeler la police ?

— Que des femmes ici, n'est-ce pas ?

Meg attrapa le téléphone.

— Ne vous inquiétez pas. Je m'en vais. (Il me regarda puis pinça ma joue entre son doigt et son pouce et me fit mal.) J'attends ton appel, Holly. Mais je n'attendrai pas longtemps. Et je ne disparaîtrai pas.

Des nombres et des dates glissaient mystérieusement dans les bonnes grilles sur mon écran. Comment fai sais-je ? Je sentais que Meg était toujours là.

— Quoi ?

— Cet homme, il est dangereux, me dit Meg.

— Oh je ne crois pas, ce n'est qu'un sale type.

— Holly, tu ne t'entends pas ?

— Non.

— En as-tu parlé à Charlie ?

— Tu sais, quand une machine fonctionne parfaitement, que les rouages tournent très bien, que tout est bien huilé et que tu sens que tu peux continuer à travailler comme ça pendant des années ? Puis c'est là que Rees surgit, il est comme un boulon de rechange que l'on a fait tomber dans ta machine qui marche parfaitement, et tu sais que si tu ne te débarrasses pas de lui tout de suite, il se produira cet horrible crissement de métal, des étincelles et des choses qui te sauteront dessus. Et dans un grincement, dans un violent mouvement de torsion, dans un crissement rouillé, toute la machine s'arrêtera. Tu connais ce sentiment ?

— Tu ne l'as pas dit à Charlie, alors.

— Non. Je ne vais pas le faire… Quoi ? Tu ne crois pas sincèrement que je devrais le faire ?

Meg me regarda et je fus incapable de déchiffrer son expression. Puis elle détourna les yeux et tapa des doigts sur son bureau.

— Parfois, dit-elle d'une voix si basse que je dus tendre l'oreille pour l'entendre, mieux vaut exprimer les choses au grand jour.

— Parfois oui, acquiesçai-je. Parfois, pas du tout.

— Holly…

Elle hésita.

— Oui ?

— Peu importe. Tu devrais au moins appeler la police.

— Non.

— Alors tu vas continuer à l'ignorer en espérant que tout disparaîtra tout seul ?

Je réfléchis un moment.

— Je pense que la plupart des choses disparaissent d'elles-mêmes, si tu les ignores suffisamment.

9

Il y a des moments où j'ai peur d'aller me coucher. Cela ressemble trop à la mort. Ce soir-là, je n'osai pas dormir, bien que tombant littéralement de sommeil. Je picorai le plat tout prêt que Charlie avait commandé pour nous et parlai sans arrêt afin qu'il ne me pose aucune question. Dès qu'une seconde de silence terrifiant s'installait, je m'empressais de la combler. Nous regardâmes les informations à la télé, puis un jeu. Je n'arrêtai pas de hurler les mauvaises réponses. Enfin, Charlie éteignit le poste, m'annonça qu'il était fatigué et qu'il allait se coucher.

— Je vais bientôt te rejoindre, répondis-je. Dans une minute.

Je me préparai une tasse de thé, dans l'espoir que cela me calme, mais il avait un goût étrange, de paille moisie. Je rallumai la télé et zappai, attendant que quelque chose captive mon attention. J'étais incapable de me concentrer sur quoi que ce soit plus de quelques minutes. Des visages me lançaient des regards mauvais depuis l'écran, des mots battaient très fort dans mes oreilles, mais ne voulaient rien dire. À une heure et demie, je finis par monter à pas de loup, me cognai l'orteil dans la porte de la chambre et criai de douleur.

Charlie ouvrit l'œil droit à moitié.

— Holly ? marmonna-t-il.

J'attendis qu'il se soit de nouveau complètement rendormi avant d'allumer la lampe de ma table de nuit. J'aime lire des poèmes quand je n'arrive pas à dormir. Des poèmes, des livres de cuisine. Je ne cuisine jamais, mais un jour je m'y mettrai, et ma tête sera alors remplie de recettes appétissantes, comme celle du haddock fumé et de la tarte aux moules.

Je réalisai que j'avais faim, me traînai hors du lit, et redescendis à pas feutrés vers le frigo. Nous avons un frigo immense – bien trop grand pour deux personnes – et il est presque toujours vide, hormis du café, de la bière et les petits yaourts à boire que Charlie insiste pour acheter et qui me rappellent du blanc-manger artificiellement sucré. Ce soir, il y avait des anchois marinés que je ne me souvenais pas avoir vus auparavant, j'en mangeai donc la moitié d'un, mais ça ne convenait pas pour un festin de milieu de nuit. Trop salé. Je pensais à des vagues qui s'écrasaient contre des rochers couverts de patelle. Des hommes aux doigts écorchés tirant des filets remplis d'argent.

Lorsque je revins me coucher, je collai mon corps glacé et tendu contre celui de Charlie, chaud et endormi, et tâchai de compter combien d'heures de sommeil j'avais eues la semaine dernière, mais le calcul me parut extrêmement difficile. Je n'arrêtais pas de perdre le fil. Je pris Charlie dans mes bras – mon adorable mari, mon mari affectueux et stable, mon gentil mari trop confiant – et posai mes lèvres sur sa nuque.

— Je vais être très gentille maintenant, dis-je dans sa peau tendue. Je vais être extraordinairement gentille. Tu ne me reconnaîtras pas. Une tout autre femme.

L'aube arriva doucement. Mes yeux s'ouvrirent d'un coup. Je me souvins que je n'avais pas déniché les informations sur les journées de formation que j'avais promises à Trish et, à un moment pendant la nuit, je m'étais rappelée que j'avais promis de déposer une couverture à une sans-abri toujours assise devant la station de métro sur la route que je prenais pour aller au bureau. Je m'habillai rapidement – en pantalon de cuir parce que j'allais parler à un groupe d'hommes en costume – et descendis l'escalier quatre à quatre. Je mis l'eau à bouillir et ranimai mon ordinateur d'un clic.

À sept heures, je réveillai Charlie avec un café puis fourrageai dans le placard pour trouver des céréales. Je déteste les céréales, avec leur texture de carton sucré en bouillie. Je donnai des petits coups de cuillère à mes corn-flakes, puis vidai le bol dans la poubelle. Charlie regardait fixement le journal sans tourner les pages. Il ne s'était pas rasé ce matin.

— As-tu bien dormi ? lui demandai-je.

Il grommela quelque chose.

— Pas moi. Insomnie, encore.

Je regardai le dos de son journal du coin de l'œil.

— « A peur de déranger les vipères. » Dix lettres. Appréhende. *Yes !* Remarquable, non ? « Grand nom qui apparaît la nuit ? » VIP. Non. Star. *Star*[1] ! OK, en treize lettres. « Type vigilant qui ne fait jamais une journée de travail… »

Charlie plia le journal et les mots croisés disparurent.

Meg m'appela dès que j'arrivai au bureau, d'une voix pâteuse.

— Holly, est-ce que ça te dérange si je prends la journée ? Je me sens patraque.

— Bien sûr que non, répondis-je. Installe-toi bien confortablement avec une bouillotte. Puis-je faire quelque chose pour toi ?

— C'est sûrement un début de rhume, plus la fatigue. Je ne suis pas increvable comme toi. Je serai là demain. Le seul problème, c'est que j'allais me rendre sur ce site

1. *Star* : étoile en anglais. *(N.d.T.)*

près de Bedford pour y jeter un œil cet après-midi. Nous pourrons le reporter. Je pense que ce ne sera pas grave.

Je fis des calculs frénétiques dans ma tête. Je devais parler à un groupe de consultants en management plus tard dans la matinée, mais ça ne tomberait pas en même temps. Je pourrais repousser ma réunion avec les informaticiens.

— Je m'en occupe.

— En es-tu sûre ? Je ne veux pas te rajouter du boulot. Tu travailles si dur.

— Non, honnêtement, ça ira. Pas de problème. Laisse-moi faire.

Il y a quelques années, lorsque j'étais célibataire et bien que je ne fusse pas ce que l'on appelle une vieille fille – j'avais vingt-quatre ans –, des amis m'invitaient parce qu'ils croyaient avoir trouvé quelqu'un qui me plairait. Ces soirées n'étaient généralement pas couronnées de succès. Suivre des plans, ce n'est pas mon truc. On ne peut pas partir à la recherche des choses importantes de la vie. Elles surviennent en périphérie de votre vision lorsque vous pensez que vous faites autre chose. Donc, lorsque l'on me disait que X était tout à fait mon genre, je prenais comme un léger affront l'idée que quelqu'un puisse vraiment comprendre qui était mon genre. Je passais une soirée entière à discuter vivement avec la femme mariée assise en face de moi, ignorant le jeune homme placé délibérément à ma droite. Pis encore, il se présentait des occasions où des amis essayaient d'être plus subtils et je ne pigeais pas, du moins pas avant des semaines. J'étais comme un poisson qui n'avait pas mordu à l'hameçon car j'ignorais jusqu'à l'existence de l'hameçon. Je portais une tasse de café à mes lèvres, m'arrêtais et me disais : « C'était donc ça, le but de la soirée ? »

Parfois, c'était l'inverse qui se produisait. Une fois, j'avais dîné avec une amie que je connaissais vaguement et trois ou quatre autres personnes que je ne connaissais pas du tout. C'était l'une de ces soirées où tout semblait en accord, les couleurs un peu plus vives, la mise au point plus nette. Un homme splendide était assis à côté de moi. Il était si parfait sous toutes les coutures qu'il ressemblait presque à un acteur de film porno. Il avait un boulot génial qui consistait à organiser des courses de voiliers à travers le monde, il était grand et bronzé et je me souviens même de son prénom : Glenn. Je décidai que j'allais le faire tomber amoureux de moi le soir même, et j'étais éblouissante. On aurait dit que je pensais deux fois plus vite que tout le monde. J'avais toujours un train d'avance sur eux. Je ressentais ce que devait ressentir un acteur lors d'une grande soirée au théâtre lorsque vous savez – vous *savez*, voilà tout – à la qualité du silence mais aussi des rires ou des applaudissements – que vous contrôlez complètement le public. En partant, j'avais le sentiment que c'était la meilleure soirée que j'avais passée de toute ma vie. J'étais heureuse et je savais que j'étais heureuse, ce qui me rendait encore plus heureuse.

En rentrant chez moi, je m'aperçus que je n'avais pas le numéro de Glenn et qu'il n'avait pas le mien, mais peu importait. Il n'aurait pas à traverser tout Londres avec une pantoufle de verre pour me trouver. Il demanderait mon numéro à cette amie et, plus tard, nous repenserions à cette soirée et ririons de la façon dont nous nous étions rencontrés, dont se rencontraient les gens dans les films. Quoi qu'il en fût, la soirée avait été tellement extraordinaire que nous nous reverrions tous très vite, même si je savais parfaitement qu'il fallait toujours se garder d'essayer de revivre une expérience fantastique. J'envoyai à Annie une carte postale enjouée lui disant que j'avais passé une très bonne soirée, avec une allusion sans équivoque à Glenn. Puis plus rien. Je n'entendis plus parler d'elle. Ni de lui. Environ un an plus tard, je tombai sur elle par hasard lors d'une fête. Je lui parlai du dîner et elle se contenta de marmonner quelque chose. Je l'interrogeai sur Glenn et elle resta vague, me dit qu'elle ne savait pas. Elle était ouvertement froide, regardait dans la pièce par-dessus mon épaule et me quitta en bredouillant une excuse bourrue.

Je repassai non-stop la soirée dans ma tête et tâchai de la voir avec d'autres points de vue. M'étais-je fait des illusions ? Avais-je simplement été lourde et impertinente alors que je pensais avoir été charmante ? J'essayai de me rappeler les réponses des autres, en vain. Là résidait peut-être le problème. Peut-être n'avais-je laissé personne en placer une.

Je ne savais pas si c'était moi, ou si chacun vivait cette déconnexion entre ses propres sentiments et ceux de son entourage. Je croyais que Glenn tombait éperdument amoureux de moi et il avait disparu dans un nuage de poussière. Puis il y eut le misérable Rees. Une aventure d'un soir, répugnante, insignifiante et occasionnelle, et voilà qu'il croyait que nous étions liés l'un à l'autre. J'ignorais s'il m'aimait ou me détestait, et ce qui était le pire des deux. Toutes ces divergences. Si seulement le monde correspondait à l'intérieur de notre cerveau. Si seulement l'intérieur de notre cerveau correspondait à celui des autres.

Rien ne collait. Vous portez un casque, vous pensez que vous parlez normalement, et les autres bronchent parce que vous hurlez. Tout était comme ça. Je savais que des choses avaient échappé à mon contrôle, tant dans ma vie que dans ma tête. Une tempête faisait rage en moi et, ce que je devais faire, c'était fermer les écoutilles et laisser passer le grain, comme Glenn avec ses courses de voiliers. Lors de ce dîner désormais légendaire, je lui avais demandé quelle avait été la plus grosse tempête qu'il avait jamais affrontée, mais maintenant que j'y repensais, j'étais incapable de me rappeler sa réponse. Je ne lui avais probablement pas laissé une chance d'en placer une.

Ainsi va la vie. Lorsque vous souhaitez que tout se passe vraiment bien, les choses tournent au désastre. Lorsque vous vous en moquez, tout le monde vous aime. Et donc, alors que je faisais mon discours à ce groupe d'hommes d'affaires – alors que j'avais tant d'autres choses à l'esprit – tout se passa bien. Je ne regardai pas mes notes. Je grimpai simplement sur l'estrade, ouvris la bouche et exécutai mon numéro. L'homme qui m'avait présentée ne voulait plus me laisser partir. Il reprit ce que je venais de dire, m'interrogea sur ma stratégie, me demanda si je pourrais visiter ses locaux et les voir au travail. Ça m'avait tout l'air d'un résultat. Je retournai au bureau à toute allure, organisai une réunion rapide avec Trish pendant que Lola s'occupait de me louer une voiture, je bus un double espresso, puis sautai dans le véhicule qui sentait le cuir, le pin et le propre. Comme toujours, sortir de Londres se révéla laborieux. Je commençais à vivre comme une banlieusarde, mais sans la maison de campagne. Je passai d'une file d'embouteillage à une autre, m'emballai aux feux, jetai un regard anxieux à l'horloge du tableau de bord. Je tenais à arriver là-bas à l'heure, même si je savais que cela n'avait pas grande importance.

Je démarrai au feu à toute allure dans un crissement de pneus. La voiture derrière moi klaxonna furieusement et je levai les yeux lorsqu'elle se rangea aux côtés de mon véhicule. Un homme hurlait en silence derrière sa vitre puis, comme si je n'avais pas compris son message, il brandit son majeur en l'air. Il y avait une femme assise à côté de lui qui criait également. Je regardai son visage, tordu, une gargouille. Je mis mon index sur mon front et articulai : « FOU ! » par la vitre. Leurs visages se tordirent encore plus furieusement. Les feux changèrent et je démarrai, pris la route qui se dégageait devant moi.

Et tout d'un coup, l'Escort rouge me dépassa à toute vitesse et freina devant moi, me forçant à m'arrêter. L'homme descendit de voiture et se dirigea vers moi en se pavanant comme un jeune coq bien gras. J'ouvris la portière et sortis à mon tour.

— Oui ? dis-je.

— Salope ! lança-t-il. À quoi tu joues, bordel ?

Il avança d'un pas. Je baissai les yeux sur ma main gauche, qui montait vers mon visage. Mes ongles étaient un peu trop longs, songeai-je. Je devais me rappeler de les couper ce soir. Mes doigts se refermèrent tout seuls. Je vis mon alliance, mes articulations ; je vis sa bouche qui hurlait. C'est là que je lui assenai un coup de poing, en plein sur les lèvres, y mettant tout le poids de mon épaule, replaçant ses mots dans sa gorge.

Il se replia d'un coup, tomba à genoux à terre. On aurait dit qu'il priait.

— Gardien de nuit ! criai-je. C'est la réponse aux mots croisés que je cherchais ! *Yes !*

Je me reculai de quelques mètres. Il y avait du tapage derrière moi. La femme descendit de voiture et vacilla. Il leva la tête, le visage dénué de toute expression, la bouche ouverte en un ahurissement muet, du sang sur les lèvres. Je retournai furtivement à mon véhicule, et l'observai se déplier et se relever. Très calmement, je montai en voiture et démarrai. Je n'étais même pas en retard.

Charlie et moi allâmes voir un film avec Sam et Luke, le cousin de Meg. J'invitai Meg qui me dit qu'elle se sentait un peu mieux et qu'elle nous rejoindrait peut-être, mais elle annula à la dernière minute sans vouloir m'expliquer pourquoi. Après le film, nous allâmes tous ensemble dîner dans un restaurant indien, mais je feignis de manger, triturant les morceaux de viande rouge et huileuse sur l'assiette, et réalisai de petits tas de riz. Je supposai que je perdais du poids. Je m'étais pesée ce matin, mais les chiffres étaient en kilos. J'avais essayé de les convertir en quelque chose que je comprendrais en le multipliant par deux et des poussières, puis en essayant de le diviser par quatorze dans ma tête, mais le chiffre que j'obtins ne voulait rien dire, du genre trois *stones* ou vingt-sept *stones*[1]. J'avais dû faire une erreur quelque part. Ou peut-être disparaissais-je, je devenais enfin invisible, ou alors j'emplissais même le monde entier, de sorte que très vite, il ne resterait plus de place pour personne d'autre.

À un moment donné, Charlie se pencha par-dessus les assiettes sales et me prit la main. Je bronchai, et vis pour la première fois, avec un léger intérêt calme, qu'il y avait une contusion foncée sur mes doigts. Je ne sus que penser, puis me rappelai l'homme que j'avais tapé. Ce fut uniquement au moment où je remarquai le bleu qu'il se mit à me faire mal.

— Si vous voyiez l'autre type ! dis-je, et ils rirent tous et je ris aussi, plus fort que les autres.

Nous rentrâmes à dix heures et demie. Sam et Luke entrèrent prendre un café puis quelqu'un sonna à la porte. Naomi se tenait sur le seuil, serrant quelque chose.

— Un colis est arrivé pour toi il y a quelques heures,

1. Soit 20 kilos ou 171 kilos. *(N.d.T.)*

me dit-elle. Par coursier. J'ai dû signer et il était trop gros pour entrer dans ta boîte. Je me suis dit que ce serait peut-être important.

— Merci.

Je le lui pris.

— Tu vas bien ? Tu n'as pas l'air dans ton assiette, Holly.

— Je suis juste un peu crevée. Claquée, en fait. Pourquoi n'entres-tu pas un moment ?

— Tu es sûre ?

— Plus on est de fous plus on rit, dis-je et elle me suivit dans le séjour et s'assit entre Sam et Charlie, aussi rondelette et jolie qu'une chatte.

— Ouvre ton paquet, m'intima Luke.

J'essayai d'ouvrir l'enveloppe capitonnée qui, en l'occurrence, était remplie de ces espèces d'horribles peluches grises qui se mettent partout, et, par la même occasion, je plantai mon doigt sur une agrafe et me coupai.

— Je déteste ces satanés trucs ! On devrait les interdire, avec le film alimentaire.

— Tiens, laisse-moi faire, me dit Charlie en prenant l'enveloppe. (Il l'ouvrit d'un coup et passa la main à l'intérieur.) Quel est le problème du film alimentaire ?

— C'est…, commençai-je puis je m'arrêtai net.

— Qu'est-ce que c'est ? s'enquit Charlie.

Je regardai l'objet noir transparent qui pendillait au bout de ses doigts. D'un seul coup, je fus toute fiévreuse. Je sentis des points de sueur sur mon front.

— Une espèce de truc publicitaire débile, lançai-je d'une voix aiguë et joyeuse et je l'attrapai. Qui trouve que c'est une idée intelligente ? Imaginez des tas d'hommes d'âge mûr assis autour d'une table brillante, et l'un d'eux dit : « Nous devrions envoyer de la lingerie sexy à nos clients. »

Naomi retourna l'enveloppe.

— Une publicité pour quoi, Holly ?

— C'est ça le truc, répondis-je. (Je collai la culotte contre ma joue chaude et m'aperçus qu'elle n'avait même pas été lavée. Elle sentait mon odeur. Mon visage brûlait de honte.) C'est censé vous pousser à vous poser des questions.

— Eh bien, ça marche, constata Luke avant de ricaner.

— Puis, plus tard, babillai-je, autre chose va arriver et vous comprendrez le fin mot de l'histoire. Ils font tout le temps ça. Le dernier truc en vogue. Ça me rend folle. Bref, j'espère qu'ils ne m'enverront plus ce genre de choses à la maison. Regardez, ce n'est même pas la bonne taille. Je ne porterai jamais ça, n'est-ce pas ? Je vais la jeter à la poubelle, d'accord ?

Charlie ne dit rien. Il regarda la culotte qu'agrippait ma main en sueur, et il me regarda.

10

Je commandai un jus de tomate épicé au bar. Cinq heures vingt et il commençait déjà à faire nuit. Ce ne serait bientôt plus l'automne mais l'hiver pour de bon, des journées grises et moroses, et de longues nuits noires. Quand je suis d'humeur, j'adore l'obscurité. C'est comme du velours qui m'entoure, non pas angoissant mais protecteur.

— Je savais bien que je te trouverais ici !

Je me retournai et vis un visage que je reconnus, mais hors contexte, je n'arrivais pas à le situer. Un visage blanc et lisse, des cheveux foncés tirés en arrière. Un visage séduisant, bien qu'empli d'hostilité, barré d'une bouche rouge de laquelle des mots se déversaient à flots.

— Holly Krauss. Qui descend son verre comme si elle n'avait pas un seul souci au monde.

— Deborah, dis-je, très surprise. Que…

— Tu pensais ne plus jamais me revoir, n'est-ce pas ? Je t'avais dit qu'on ne se débarrassait pas aussi facilement de moi.

— Que veux-tu ?

— Ce que je veux ? Ce que je *veux* ? Je veux mon boulot. Je veux garder mon appartement. Je veux retrouver ma dignité. Je veux des excuses. Je veux que tu te mettes à plat ventre devant moi. Ou, à défaut, je veux te plumer. Et je le ferai, tu verras.

Je parvins à hausser les épaules, ce qui, d'après moi, montrait que ça ne me dérangeait pas.

— Si tu as quelque chose à dire, adresse-toi à notre avocat.

— Ouais, ouais, nous traitons avec M. Graham. Mais je voulais aussi traiter avec toi, en personne. Tu ne peux pas ruiner la vie de quelqu'un comme ça et espérer passer le relais à un avocat.

Je la regardai, son visage crémeux, ses sourcils épais et ses lèvres rouges.

— Écoute, Deborah, je ne veux pas en discuter ici…

— Tu ne veux pas en discuter, m'interrompit-elle. Ne *veux* pas ? Pauvre Holly !

Elle avança d'un pas et je reculai, de sorte que je me retrouvai coincée contre le bar.

— Je crois que tu as besoin d'aide, dis-je. D'aide médicale.

Tout son visage semblait trembler de rage. On aurait

dit que son masque se déchirait d'un coup et je ne pouvais pas la quitter des yeux.

— Comment oses-tu suggérer que j'ai un problème ? siffla-t-elle. Comment oses-tu ? Premièrement, tu me licencies, et ensuite, tu dis que je suis malade. S'il y a quelqu'un qui me rend malade, c'est toi et seulement toi.

Et elle leva la main et me gifla à toute volée, faisant tomber le verre de ma main. Du jus de tomate gicla en décrivant un arc, nous éclaboussant toutes les deux. Je la regardai, une tache rouge sur son chemisier blanc et le visage dégoulinant de jus épais.

— Oups ! On dirait un tableau de Jackson Pollock ! fis-je d'un ton enjoué.

— Holly ? Vous allez bien ? Puis-je vous aider ?

Un homme grand et dégingandé au nez crochu, aux yeux légèrement rapprochés et au casque de cheveux blonds tirant sur le gris. Chemise blanche, veste en cuir noir, pantalon de velours gris, chaussures en daim lacées arrivant à la cheville. Stuart, du week-end dernier. L'éjaculateur précoce, celui qui avait l'impression d'être invisible pour ses fils. Je lui souris. Pour une fois, j'étais ravie de rencontrer un client en dehors des heures de bureau.

— Je parie que je sais d'où viennent tous vos meubles, dis-je, puis je partis d'un gloussement que, même moi, je trouvai un peu fou.

— *Meubles* ?

— Gap. C'est clairement une chemise Gap classique, en tout cas. Eh oui, puisque vous me le demandez, vous pouvez m'aider. Vous pouvez demander à Deborah – voici Deborah, au fait – de m'offrir un autre jus de tomate. Je renoncerai à la note de pressing.

— Est-ce un autre de tes amants ? demanda Deborah. Un autre homme que tu berces de faux espoirs ? Faites attention, ajouta-t-elle en se tournant vers Stuart. Elle vous flanquera dehors dès que vous ne lui serez plus d'aucune utilité.

— Nous sommes en retard pour l'exposition, me dit Stuart, bien qu'il fixât Deborah avec fascination. Mettez votre manteau, on y va.

— Je n'en ai pas fini avec toi, me lança Deborah alors que j'enfilais mon manteau. Tu verras bien. Tu ne peux pas briser la vie des gens sur une lubie et t'en tirer comme ça.

Je pris le bras de Stuart.

— Allons-y.

— Au revoir, dit-il à Deborah avec un formalisme curieusement chevaleresque. Je suis désolé que nous nous soyons rencontrés dans ces circonstances.

— Allez, venez !

Il hésita, fixa le visage magnifique et furieux de Deborah puis tourna les talons.

— Je te massacrerai ! cria-t-elle. Ne crois pas que j'en resterai là. Salope !

— Merci beaucoup, dis-je en lâchant le bras de Stuart dès que nous fûmes dehors. Je n'ose pas imaginer ce que vous en avez pensé.

— C'était marrant. J'ai eu l'impression d'être votre sauveur. Que lui avez-vous fait ?

— Juste un problème au bureau.

— Hum. Un problème qui a échappé à tout contrôle, visiblement.

— Ouais. (Mes jambes tremblaient.) Vous avez probablement raison. Elle avait peut-être raison de me traiter de salope. Je ne sais pas.

— Qu'avez-vous fait ?

— Je l'ai licenciée, en gros. Il le fallait. Nous ne sommes qu'une petite entreprise, un peu comme une famille. Nous devons tous nous faire confiance, sinon tout s'effondre. Mais je sais que je peux être agressive. Le compromis n'est pas mon fort. Charlie me dit toujours que dans une dispute, je laisse de côté la partie « accumulation » et que j'explose immédiatement. Mais j'imagine que nous devrions essayer de trouver un accord. Nous serons tous perdants si nous passons des mois avec des avocats. Je sais que c'est ce que pensent Meg et Trish, en tout cas.

— Puis-je faire quelque chose pour vous ? Je pourrais être votre intermédiaire, sans aucun frais de justice.

— Non, ne dites pas de bêtises ! C'est gentil de votre part, mais c'est de ma faute et c'est mon problème, et si quelqu'un doit tout arranger, c'est moi.

— Vous êtes la seule qui ne puisse pas le faire, dirais-je. Bref, c'est ce en quoi consiste mon travail. Je règle des problèmes personnels. Laissez-moi vous rendre ce service.

— Ça ne marcherait pas. Vous avez vu comment elle était ?

— Très fougueuse, en convint Stuart. Laissez-moi au moins essayer. Quel est son numéro de téléphone ?

— Je ne sais pas. Trish devrait l'avoir.

— Trish ?

— Au bureau. Vous pourriez le lui demander. Ou le chercher dans l'annuaire. Elle s'appelle Deborah Trickett et je sais qu'elle habite à Kennington. Willow Lane, je crois.

— Deborah Trickett. Willow Lane, répéta-t-il.

— Je ne crois pas que ce soit une bonne idée.

— C'est un défi.

— Écoutez, Stuart, je devrais rentrer chez moi.

— Mais vous venez à cette exposition. Ce n'était pas une brillante improvisation. Je me rends vraiment au vernissage d'un ami, juste en bas de la rue. Venez. Ça pourrait être sympa.

— C'est très aimable de votre part, et un autre jour peut-être, mais je travaille beaucoup en ce moment et je ne pense pas être partante pour cette soirée. Je n'ai presque plus d'énergie.

— Cela ne vous ressemble pas.

— Que voulez-vous dire ?

— Manquer d'énergie. C'était l'une des raisons pour lesquelles j'ai voulu vous parler. Ce week-end, vous dégagiez quelque chose d'extraordinaire. Ce n'était pas lié à ce que nous avons fait. J'imagine que tout le monde fait ce stupide truc en canoë. Mais les gens du bureau ont retrouvé leur enthousiasme. Grâce à vous.

— Très bien. Je viens un moment.

Je me redressai et remontai mon sac à bandoulière. Mes articulations avaient commencé à m'élancer, et j'avais des ampoules aux talons. Mon visage me picotait un peu, comme s'il était couvert d'épines et d'aiguilles, mais je ne crois pas que l'on puisse avoir des épines et des aiguilles sur son visage. Je levai une main pour me frotter la joue, mais la ratai et me donnai un coup dans le nez.

— De quel genre d'ami s'agit-il ?

— De quel genre d'ami ? Eh bien…

— Non, je veux dire, quel genre d'exposition ?

— Ah, une espèce d'expo d'art. Des objets créés à partir de, vous savez, de choses. C'est un peu difficile à décrire. Certains sont magnifiques, dans un genre étrange.

— Super. Alors allons-y.

Je trébuchai sur le trottoir. Il tendit un bras pour me remettre d'aplomb, et me regarda intensément.

— Vous êtes peut-être un peu fatiguée.

— Je vais bien. Je l'ai décidé.

Mon enthousiasme était forcé, de toute évidence faux.

— C'est par là. À gauche. L'Oryx Gallery.

— Je la connais. Ils y exposaient des chaussures faites avec des aliments il y a quelques semaines.

— Marchez-vous toujours si vite ?

— Je marche vite ?

— Nous ne faisons pas la course, Holly.

— Une course contre le temps. Nous pouvons gagner. Nous y voilà. Avons-nous besoin d'une invitation pour entrer ?

— J'en ai une. Pour deux personnes.

— Deux personnes. Alors quelqu'un vous a laissé tomber ?

— J'ai laissé tomber quelqu'un.

— Ah.

Il poussa la porte et, d'un seul coup, la foule, le vent et la pluie, les vagues étoiles qui vibraient avaient disparu. Nous avions pénétré dans un cocon lumineux de murs blancs étincelants, de lattes lustrées, de lumières qui se reflétaient sur le plafond et sur les flaques de bois parmi un doux brouhaha de voix. Je pris une flûte remplie à ras bord de vin blanc frais, sur un plateau que l'on m'avait tendu, et me frayai un chemin à travers la foule.

— Santé, dit Stuart sur le ton ironique qui lui était habituel, visiblement.

— Santé, répondis-je. (Je levai mon verre de sorte qu'il brille sous les lumières puis bus une grande gorgée.) Allons jeter un œil au travail de votre ami. Est-il là ? Lequel est-ce ? Comment s'appelle-t-il ?

— Laurie. Il est probablement dans la pièce à côté, ou au pub en bas de la rue, en train de se cacher.

— J'aime bien. C'est vrai ; j'aimerais bien avoir ça sur

ma tablette de cheminée. Je ne coucherai pas avec vous, vous savez.

On aurait dit que Stuart avait avalé de travers, et il toussa, impuissant, de sorte que je dus lui taper dans le dos.

— Je suis mariée à quelqu'un qui s'appelle Charlie Carter, poursuivis-je lorsqu'il cessa de postillonner. Je crois que je vous l'ai déjà dit. C'est un artiste, encore que je pense qu'il devrait être plombier. Regardez, je porte une alliance.

— Oui, je vois.

— Bien que je l'enlève parfois. Je ne devrais peut-être pas le faire.

— Vous n'avez rien d'une femme mariée.

— Qu'est-ce que cela veut dire, « une femme mariée » ? Il existe probablement des tas de romans victoriens qui portent ce genre de titre. Je ne sais pas ce que cela veut dire, en tout cas. Est-ce que cela signifie que je devrais confectionner des gâteaux de Savoie avec de la confiture et de la crème au milieu ? Et porter un tablier dans la cuisine ? Et me trimballer partout en disant : « Bonjour, je suis Holly-et-Charlie » ? Et l'appeler pour lui demander la permission, comme maintenant ? (Je sortis mon portable de ma poche et le brandis. De petites éclaboussures de vin jaillirent de mon verre.) Je devrais l'appeler pour lui demander s'il aurait l'amabilité d'autoriser sa femme à se rendre dans une galerie d'art avec un homme d'une cinquantaine d'années habillé en Gap qui s'appelle Stuart ? Écoutez, j'aime bien celui-ci, avec le métal bruni. Doux et éblouissant à la fois. Ça vous donne envie de le toucher, n'est-ce pas ?

Stuart me foudroya du regard, vida son verre cul sec, et le reposa dans un tintement aigu sur un plateau qui passait.

— Êtes-vous toujours aussi grossière ?

— Suis-je grossière ? (Je rangeai mon téléphone dans ma poche, où il se mit immédiatement à vibrer, mais je l'ignorai.) Je suis désolée. Je n'avais vraiment pas l'intention d'être grossière envers vous. Je vous ai dit que j'étais un peu fatiguée, voilà tout. Je ne suis qu'une idiote, une imbécile. Je vous aime bien. Vous ne croyez pas que lorsque vous rencontrez des gens, vous savez immédiatement si vous pourrez ou non être amis ? C'est comme un déclic entre vous. Ou peut-être est-ce davantage une boule dans la gorge, si vous voyez ce que je veux dire ? On raconte que le moment le plus important dans n'importe quelle relation, c'est la première seconde, quelque chose comme ça – ou peut-être cela ne concerne-t-il que les amants. Je ne sais même pas si c'est une pensée glorieuse ou complètement terrifiante. Ça ne vous donne pas l'impression de maîtriser les choses, en revanche, n'est-ce pas ? Probablement pas. Est-ce votre artiste qui nous fait signe ? Dieu qu'il est grand ! C'est presque un géant. Est-il ridicule ou est-ce que, à côté de lui, tout le monde a l'air ridicule ?

— Oui, c'est Laurie.

Comme nous nous frayâmes un chemin vers lui, nous passâmes près d'une grande femme à la magnifique crinière rousse, qui contemplait l'une des sculptures. Elle parlait à son compagnon d'une voix claire et bruyante.

— Plutôt nulle, tu ne trouves pas ?

Je vis le visage souriant et bienveillant de Laurie blêmir comme si quelqu'un avait pris une éponge pour effacer ses dernières traces d'expression. Même ses yeux paraissaient être devenus des trous profonds et dénués d'expression. J'avançai d'un pas vers lui et le regardai fixement.

— J'adore ce que vous faites, déclarai-je, encore plus

fort. J'adore vraiment. Il y a sûrement des gens qui ne comprennent pas le sens de vos œuvres, mais je les aime tant qu'il faut absolument que je vous en achète une. Celle-ci, dis-je en la montrant d'un signe de la main.

— J'en suis ravi, répondit-il, la chaleur regagnant ses traits. Vous devriez voir mon agent. Elle vient vers nous justement.

Derrière moi, Stuart disait quelque chose dans un sifflement urgent, comme quoi ces œuvres coûtaient les yeux de la tête, mais je l'ignorai.

— Je peux faire un chèque, proposai-je. (Mon téléphone vibrait de nouveau dans ma poche, telle une énorme mouche bleue.) Verser un acompte. Comme vous voulez. Dois-je m'arranger avec votre agent ?

— Holly ? fit de nouveau Stuart. (Il avait réussi à se procurer deux autres verres de vin, un de rouge et un de blanc, et buvait une grosse gorgée de chaque tour à tour.) Êtes-vous sûre…

— Absolument. À quoi bon gagner de l'argent si l'on ne peut pas le dépenser ?

Une demi-heure plus tard, je me rendis aux toilettes. J'avais la sensation étrange d'avoir la tête creuse, et un petit tic ennuyeux agitait ma joue gauche par saccades. Les toilettes étaient déjà occupées par quelqu'un qui avait laissé son châle en brocart et ses gants de cuir onéreux sur le bord. Je les reconnus : c'étaient ceux du monstre roux qui parlait fort et qui avait insulté Laurie. Mon cœur se mit à battre par à-coups, ma gorge se referma. Des perles de sueur se formèrent sur mon front. Je laissai échapper un grognement d'hilarité, puis un deuxième, attrapai le châle et les gants et les glissai dans mon sac, puis je me hâtai de sortir lorsque l'on tira la chasse dans la cabine.

— Il faut que j'y aille, dis-je dès que j'eus rejoint Stuart.

— Mais nous…

— Désolée, une urgence. Je vous appellerai ou vous pouvez m'appeler au boulot. Demain ou après-demain. Je serais ravie de vous revoir. Bye.

Je sortis sans façon de la galerie, descendis la rue en courant, serrant mon sac bourré à ras bord bien fort contre moi, secouée par de petits rires. Je filai comme une flèche dans les petites rues étroites, évitai les vélos et les taxis. Des klaxons retentirent sur mon passage. Mon téléphone vibra une fois de plus et cette fois, je le sortis d'un coup de ma poche. C'était Charlie. Il était furieux.

— Holly, je n'ai pas arrêté de t'appeler. Où es-tu, bordel ?

— Je suis quelque part à Soho. Pourquoi ?

— Nous avions rendez-vous. Tu te souviens ?

— Oh, mon Dieu !

La tristesse me prit à la gorge et m'ébranla. Je m'arrêtai net et regardai autour de moi la route enténébrée et jonchée de détritus, les flaques de lumière soufrée où rôdaient des hommes étranges.

— Oh non.

— Tu as oublié.

— Non ! Oui. Oh merde, je suis désolée. Je suis en route. Quelle heure est-il ?

— Presque neuf heures. Ça fait quarante-cinq minutes que je t'attends.

Je restai au téléphone sur tout le trajet, à me répandre en excuses.

11

— Ce que nous devons faire, me dit Charlie, c'est un plan.

— Un plan ?

— Ça n'a pas été ce que l'on pourrait appeler une journée productive.

Ma première pensée fut que si nous en étions arrivés au stade où je faisais confiance à Charlie pour élaborer des plans, c'était que je devais avoir de graves problèmes. Ma deuxième, qu'il avait probablement raison. C'était samedi, le lendemain de ma rencontre avec Stuart, du jour où je m'étais rendue dans cette affreuse exposition et où j'avais oublié de retrouver Charlie. Une autre soirée sympa. À présent, il était seize heures dix. Quand j'avais neuf ans, mes cours finissaient à quatre heures et quart, et entre-temps nous avions chanté plusieurs hymnes, profité de deux récréations, appris des maths, écrit une histoire, bu du lait, déjeuné, créé un modèle en argile. Aujourd'hui, à l'âge de vingt-sept ans, de quoi se composait au juste ma journée ?

De pas grand-chose. J'avais fait un rêve où j'étais censée m'en aller. Je ne sais pas si j'émigrais ou si je partais seulement en vacances, mais peu importait. Je ne trouvais pas mon billet ou mon passeport, et je ne me souvenais pas de ma destination. Puis je réalisais que je n'avais pas fait mes bagages, alors que je pensais les avoir faits, et donc je recommençais. Je ne trouvais pas de sac où ranger mes affaires, et il y avait un autre problème dans la mesure où le sol était jonché de porridge, ce qui me ralentit. Je n'arrêtais pas de regarder ma montre pour voir si j'étais en retard, mais je n'arrivais pas à lire l'heure sur le cadran. Puis je me réveillais et les bagages que je n'arrivais pas à faire dans mes rêves s'animaient de manière tout aussi constructive que je le fus toute la journée.

Il y avait du thé froid à côté du lit. Il me restait un souvenir lointain de Charlie me l'apportant plusieurs heures plus tôt. J'étais censée me lever et m'activer, mais je n'en fis rien. Je ne me sentais pas aussi mal que je l'aurais cru. On n'aurait pas pu me qualifier de malade. J'avais un sale goût dans la bouche et une sensation de légère chaleur sur la peau, qui me prévient en général que je vais attraper la grippe. Je ne pouvais pas sortir du lit. Il me fallait un peu plus de temps. Alors que je restais allongée, je découvris d'autres symptômes. L'intérieur de ma poitrine me faisait mal et j'avais du mal à respirer, comme si l'on avait aspiré l'oxygène dans la pièce. Paniquée, je cherchais mon souffle, mais mes poumons étaient trop petits pour l'air qu'il me fallait. D'un seul coup, je compris ce que cela devait être de se noyer, de résister, de résister, de résister, de ployer sous des spasmes, puis, presque soulagée, d'aspirer de l'eau dans ses poumons. Je m'étranglai, toussai et me sentis respirer.

Je bus une gorgée du thé froid, puis tirai la couette sur ma tête. N'était-ce pas ce dont je rêvais depuis des jours ? Retrouver mon lit et ma sécurité ? Ma peau était moite, et je frissonnais. Je tendis le bras et tirai mieux la couette sur ma tête, mais sans parvenir à la mettre bien droite. Nous avions toujours connu ce problème. Enfin, depuis plusieurs mois. Nous avions fait une erreur en achetant cette couette : la housse était plus grande que la couette. Il aurait peut-être mieux valu qu'elle soit plus petite. Mais, dans le cas présent, ça ne marcherait pas du tout et on serait obligé d'y remédier. Le problème, en l'occurrence, était que la couette n'arrêtait pas de se perdre dans la housse, comme un pois dans une cosse beaucoup trop grande, laissant des petits bouts lâches qui ressemblaient bel et bien à une couette mais qui ne fournissaient aucune chaleur. Pire, elle n'arrêtait pas de se déformer dans la housse. À cet instant, elle foirait tout particulièrement, et mes efforts pour l'arranger ne servaient qu'à empirer les choses. J'avais l'impression que quelqu'un me tirait dans de la crotte de chien pendant que je raclais mes ongles contre un tableau noir et que l'on me nourrissait de pâte d'amandes. Je me retrouvai en train d'arracher l'ourlet de la couette avec rage. Ce que j'aurais vraiment voulu, c'était la déchirer en tout petits morceaux et y mettre le feu pour qu'elle ne me fasse plus jamais souffrir, mais je la serrai encore plus sur moi. Cela ne me satisfaisait pas dans la mesure où je sentais les morceaux durs là où elle s'était repliée.

Ce que je fais en temps normal lorsque je suis couchée et que je ne dors pas, ce sont des projets, mais, ce samedi matin, mon cerveau refusait de fonctionner. Je n'arrêtais pas de ressasser des choses, d'une manière absolument contre-productive. Quand j'avais une douzaine d'années, j'ai mangé un artichaut pour la première et dernière fois de ma vie. En l'occurrence, la majorité des souvenirs de mes repas familiaux lorsque j'étais enfant sont plutôt burlesques. Mon père était fréquemment allongé dans une pièce plongée dans l'obscurité, empestant une odeur mystérieusement médicinale : il était « malade ». Puis, plus tard, il n'était plus là du tout. C'est au moment de sa disparition que ma mère nous avait rapporté du marché cet étrange légume. J'étais tellement enthousiasmée par l'artichaut, par tout le rituel consistant à l'effeuiller et à le tremper dans du beurre fondu, que je me goinfrai. J'arrachais la chair sur les feuilles avec mes dents de devant. Je garde même un souvenir flou de moi à la fin, le visage brillant et graisseux, mais je le vois à travers l'objectif de ce qui s'est produit ensuite : je me réveillai dans la nuit et vomis, vomis, comme si je voulais me mettre sens dessus dessous. Ma mère s'allongea à mon côté, sa main froide sur mon front chaud, et je lui demandai si j'allais mourir. Ce qui est drôle, c'est que je me rappelle ce qu'elle a répondu. Elle n'a pas dit : « Non » comme l'aurait fait toute mère normale. Elle a dit : « Bien sûr, Holly, nous allons tous mourir. Mais pas avant très, très longtemps. » Il m'a toujours fait rire, ce principe d'éducation – tellement débile qu'il en était hilarant.

Depuis ce repas affreux, pourtant si merveilleux quand je le dégustai, rien que de penser à un artichaut me donne envie de vomir. Si j'en vois un dans un magasin, une vague de nausée m'envahit. Je repassai les événements des semaines précédentes et eus l'impression de plonger mes bras dans quelque chose de dégoûtant, quelque chose qui empestait, quelque chose de véreux qui se rancissait. Allongée dans mon lit, frissonnant sous une couette inutile, la sensation de l'artichaut revenait à la charge encore et encore. Je courais dans tous les sens pour me gaver de tout, comme si je n'en avais jamais assez, et à présent cela me rendait malade, et me vidait complètement. Tout me semblait nul, vu sous tous les angles. Ma rencontre minable avec… lui. J'essayais de ne pas penser à son nom ou à son visage, puis je me forçais à le faire, comme une forme de punition. Je ne parvenais pas à croire que j'avais laissé quelqu'un me faire ça. Savoir que cet homme était dans ma vie, me harcelait, m'envoyait ma culotte, m'emplit d'une appréhension épouvantable. Je savais que cela empirerait.

Quant au reste de mon passé récent, s'il n'était pas du même acabit, peut-être avait-il été contaminé. J'avais l'impression d'avoir vécu à cent à l'heure, sans réfléchir, comme quelqu'un qui courait le long d'un précipice, et à présent, enfin, je regardais en bas. Tout me semblait différent d'avant. Il y avait les épisodes évidemment affreux : la brique dans la vitrine, cet homme que j'avais frappé. J'avais l'impression d'avoir passé la moitié de mon temps à crier sur des gens, à me retrouver mêlée à des disputes ou à parler simplement trop fort, comme les gens flippants que l'on croise dans la rue et que l'on est bien content de ne pas connaître. Et avoir licencié la misérable Deborah ? Qu'est-ce qui m'avait pris ? Je n'avais pas correctement examiné la situation. Je voulais juste jouer la comédie pour Meg, pour lui montrer que je pouvais faire quelque chose qu'elle ne pouvait pas. En gros, j'avais viré une employée juste pour frimer, et aujourd'hui j'en étais punie.

Je tentai une expérience. J'essayai de trouver un aspect de mon comportement récent qui ne me rendait pas un tout petit peu nauséeuse. Il y avait, par exemple, la façon dont je traitais Charlie, qui posait un énorme problème en soi. Je lui avais menti, l'avais trahi, laissé tomber ; même ma tentative de l'aider dans ses satanés comptes n'avait été qu'un autre moyen de montrer que – en sus de tout le reste – je savais mieux faire son boulot que lui.

Quant à mon travail, dès lors que je songeais à KS, un liquide aigre et piquant surgissait au fond de ma bouche, et l'espace d'un instant, je crus que j'allais vomir. J'étais comme une *lap-dancer*. Je savais comment faire passer un bon moment aux clients et les amener à glisser des billets de dix livres dans mon costume. Il n'y avait pas de quoi en être fière. Bien au contraire. Je considérais un moment ce lit d'Archway comme mon lit de mort. Si, à la fin de mes jours, j'étais prête à pénétrer dans une éternité de néant, comment repenserais-je à ma carrière ? J'avais diverti des hommes d'affaires fatigués et les avais renvoyés dans leurs sociétés merdiques en se sentant un peu mieux. J'aurais mieux fait de poser des bombes dans leurs bureaux. Quasiment n'importe quoi eût été meilleur que ce que je faisais. Mieux valait que je laisse tout tomber, que je rende la maison à la société de crédit immobilier, et que j'apprenne un métier honnête, que j'apprenne à faire quelque chose de vrai.

Cela faillit me faire rire. Je pensais à cette phrase dans *Goodbye Yellow Brick Road*, qui parle de retourner à sa charrue. Ouais, très bien. S'il existait quelque chose de plus ridicule que ma vie, c'était bien la solution que je proposais pour la vivre : Charlie pourrait être plombier, et je pourrais être menuisier.

Je me levai parce que mes pensées commençaient à m'ennuyer. Je pris une douche, me lavai les cheveux, sentis mes ongles écorcher mon cuir chevelu. Lorsque j'en sortis, je farfouillai sur l'étagère de la salle de bains et dans le placard, parmi toutes mes crèmes et lotions ridicules, à la recherche du coupe-ongles, en vain. Je demandai à Charlie en hurlant où il se trouvait, il me cria quelque chose en retour et je lui hurlai quelque chose de grossier. Sur les vingt habitudes les plus irritantes de Charlie, la numéro quatorze était de se servir du coupe-ongles partout sauf dans la salle de bains. Résultat, je ne cessais de découvrir dans mon lit de petites rognures d'ongles en forme de croissants de lune qui s'enfonçaient dans ma peau, mais je ne trouvais jamais le coupe-ongles lorsque j'en avais besoin. Je hurlai à Charlie que j'allais en acheter un autre que je garderai rien que pour moi. Il ne répondit pas. L'ongle de mon annulaire particulièrement long et déchiqueté, n'arrêtait pas de s'accrocher à mes vêtements. Je le mordis jusqu'à ce qu'il se rompe, puis l'arrachai. Naturellement je le coupai mal et trop court, de sorte qu'il s'arracha dans une déchirure de douleur, dévoilant de la chair en dessous qui se mit à saigner. Je dus le mordiller à nouveau pour l'égaliser. Maintenant il faudrait qu'il pousse pendant encore deux semaines avant que je ne le recoupe pour qu'il ait l'air normal.

Charlie, ou Dieu, avait caché le coupe-ongles quelque part, et les choses empirèrent alors. Je ne voulais pas mettre de vrais vêtements. Je n'avais pas l'intention de sortir aujourd'hui. J'enfilai un vieux pantalon de jogging, du genre avec un cordon à la taille. Je tirai sur un bout et vis l'autre disparaître dans le trou de la ceinture. Je hurlai. J'essayai d'extraire le bout duveteux du trou, mais il était trop loin. J'essayai de plier la ceinture en accordéon pour le rapprocher, mais cela ne marcha pas. Je sentais le cordon, mais je n'arrivais pas à l'attraper. On m'avait autrefois appris à régler ce genre de crise. Il fallait une aiguille, une main qui ne tremblait pas et de la patience, et je n'avais rien de tout cela. Je sentais les artères palpiter dans ma tête. J'allais sûrement avoir une attaque et je l'aurais presque accueillie avec plaisir. Le monde inanimé m'attaquait. La couette, le coupe-ongles, le pantalon de jogging. J'ôtai le pantalon d'un coup, le déchirai, puis le jetai dans un coin et m'accroupis par terre, en me tenant la tête.

Je sentis une main sur mon épaule.

— Charlie ? marmonnai-je.

— Que se passe-t-il ? Qu'y a-t-il ?

— Mal dormi.

— Je sais. Tu parlais dans ton sommeil.

Cela me fit un choc.

— Qu'ai-je dit ?

— Ce n'était qu'un brouhaha. Tu veux manger quelque chose ?

— Je n'ai pas faim.

— Qu'est-il arrivé à ton doigt ?

Je regardai mon annulaire. Le bout était foncé, maculé de sang séché.

— J'ai coupé l'ongle trop court.

— Habille-toi quand même. Nous pourrions aller nous balader.

— Je veux prendre un bain d'abord.

— Tu n'as pas pris de douche ?

— J'ai froid. Il faut que je me réchauffe.

Charlie me regarda avec méfiance. Cela me fit penser à la façon dont on regarde quelqu'un quand on réalise brusquement que, s'il se comporte bizarrement, c'est parce qu'il est saoul.

— Puis-je t'apporter quelque chose dans ton bain ? s'enquit-il. Du café ? Un biscuit ?

— J'en ai pour une minute.

Dans le bain, je rongeai tous mes ongles jusqu'à ce que leur longueur soit acceptable. Je fus plus adroite cette fois : ils ne saignèrent pas. Je ne sais pas combien de temps je restai dans mon bain, mais je le remplis plusieurs fois jusqu'à ce qu'il n'y ait plus d'eau chaude, et je sortis. Je mis longtemps à m'habiller. Décider quoi porter et l'enfiler me parut le plus gros des efforts. Rien que l'idée de passer un jean sec sur ma peau humide me faisait tourner la tête. Je m'allongeai sur le lit, et m'endormis brièvement. Chaque fois que je dormais, je me sentais plus fatiguée lorsque je me réveillais. Je mis un bras sur mes yeux pour bloquer la lumière d'hiver.

Plus tard, je ne sais pas combien de temps plus tard, j'entendis une voix. La voix de Meg.

— Pourquoi pleures-tu comme ça ? me demanda-t-elle.

J'ouvris les yeux et vis que Meg et Charlie, assis de chaque côté du lit, me regardaient.

— Que se passe-t-il ? Suis-je malade ? Peut-être que je meurs ? Peut-être que je suis déjà morte et que c'est mon cadavre et que vous êtes tous les deux assis là et que l'un de vous ne va pas tarder à soupirer profondément et dire : « C'est sûrement mieux ainsi… »

— Qu'est-ce que tu racontes ? dit Meg.

— Meg et moi nous faisons du souci pour toi, ajouta Charlie.

— Vois pas pourquoi.

— Tu ne veux pas te lever ?

— Pas si vous continuez à me regarder comme si j'avais une maladie mortelle qui risque de m'emporter d'une minute à l'autre. Je vais bientôt me lever.

— Je vais mettre de l'eau à chauffer, me lança Charlie avec une expression réconfortante et compatissante.

Ma première impulsion fut de le frapper au visage, histoire de faire disparaître ce sourire et en même temps j'avais conscience qu'il se comportait avec une gentillesse et une patience extrêmes face à ma conduite intolérable. Une petite voix tout au fond de mon cerveau me disait qu'à un certain moment, je devrais recommencer à me comporter comme un être humain.

— Je compte jusqu'à dix et je me lève, dis-je. Un, deux, trois…

Meg me laissa lorsque j'arrivai à neuf trois quarts. Je restai allongée un peu plus longtemps puis serrai les dents, pris sur moi et m'habillai. J'ouvris les rideaux de la petite fenêtre qui donnait dans la rue : les trottoirs étaient mouillés et le ciel, couvert. J'ouvris les rideaux de la grande fenêtre et collai mon front sur le verre froid. Charlie se trouvait dans le jardin, où Meg le rejoignit. Elle lui toucha l'épaule et il se tourna vers elle.

Ils se tenaient très près l'un de l'autre et parlaient. Puis il lui prit la main, la posa sur sa joue et elle lui sourit. Ensemble, ils rentrèrent dans la maison.

Je descendis lourdement l'escalier, comme si des poids morts étaient attachés à mes pieds. Au moins, ils m'entendraient arriver.

Charlie refit du thé et poussa un mug bouillant devant moi, en me disant de boire. Meg fit griller du pain et y étala du miel. Puis Naomi apparut, portant une boîte en fer-blanc.

— Charlie a dit que tu ne te sentais pas très bien, dit-elle. J'ai fait des biscuits au gingembre. Le gingembre est parfaitement indiqué quand tu ne te sens pas bien. Salut, Meg !

— Bonjour, Naomi.

— Je ne suis pas malade, répliquai-je, mutine.

— Eh bien, ils sont bons de toute façon. Tiens, goûtes-en un.

Elle me sourit, et je vis ses dents blanches et régulières avec un espace entre les deux incisives. Elle ne portait pas de veste ni même de pull, juste un T-shirt jaune vif. Elle avait l'air si pure et vive, comme une journée printanière.

— Holly travaille trop, expliqua Meg.

— Et ne dort pas assez, ajouta Charlie.

— Ma pauvre, fit Naomi. Pas étonnant que tu sois mal fichue. Il y a cette tisane que je donne à mes patients insomniaques. C'est un mélange d'herbes chinoises. Ça ressemble un peu à de la poussière grise, mais c'est très relaxant et ça marche apparemment. Tu en veux ?

— Non.

— Si, insista Charlie. Elle en veut.

— Je ne supporte pas la tisane. (Je les regardai tous les trois, dans mon dos.) Ni la compassion.

On sonna à la porte ; Charlie alla répondre. J'entendis des murmures puis Charlie m'appela. Je le rejoignis sur le seuil et regardai dehors. Deux hommes déchargeaient quelque chose de l'arrière d'un van. C'était un objet volumineux enveloppé dans une bâche goudronnée verte.

— Qu'est-ce que c'est ? m'enquis-je.

Un quatrième homme me tendit une écritoire à pinces.

— Holly Krauss ?

— C'est exact.

— Nom et signature.

Je regardai le reçu. ORYX GALLERY était inscrit en haut, avec la photo de quelque chose avec des cornes – un oryx, selon toute probabilité.

— Oh, dis-je alors que je commençais à entrevoir l'horrible vérité. Pouvez-vous la reprendre ?

L'homme secoua la tête en signe de dénégation.

— Nous allons directement à Leicester, ma belle. De toute façon, je ne pense pas que cela marche comme ça. Vous l'avez payée. Elle est à vous maintenant. Où voulez-vous que nous la mettions ?

Ils durent s'y prendre à trois pour la transporter dans le séjour : elle n'était pas si grosse que ça mais elle était extrêmement lourde. Charlie ne dit rien lorsqu'ils enlevèrent la bâche goudronnée avec un grand geste du bras.

— Juste ciel ! s'écria Naomi. Qu'est-ce donc ?

Je ne me rappelais même pas quel objet j'avais acheté. C'étaient plusieurs morceaux d'une machine ancienne, soudés à des angles étranges, puis posés en équilibre sur un socle. Elle était extrêmement laide et bien trop grosse pour la pièce étroite. Charlie continua à se taire jusqu'à ce que la porte se ferme et que les livreurs aient disparu.

— Qu'est-ce que c'est ? s'enquit-il.

Ses poings étaient posés sur ses hanches.

— Le sang m'est monté à la tête, expliquai-je d'un ton enjoué. Whooooosh !

Il s'empara du reçu que j'avais signé.

— Nom de Dieu, Holly ! s'exclama-t-il.

— Combien ? fis-je.

— Tu veux dire que tu ne le sais pas ?

— Je vais la rendre.

— Bien sûr que tu vas la rendre, bordel ! En tout cas, tu vas essayer. Comment sais-tu s'ils vont accepter de la reprendre ? Si j'étais eux, je refuserais. Qu'est-ce qui t'a pris d'aller acheter ça, d'abord ? Où avais-tu donc la tête ?

— J'ai trouvé ça drôle sur le coup, expliquai-je. (J'ajoutai un petit gloussement pour prouver ce que j'avançais.) Et ça pourrait être un investissement, qui sait ?

Charlie était devenu blanc de colère. Le reçu tremblait dans sa main comme si un vent soufflait. Il pouvait à peine parler.

— Nous avons un emprunt à 99 %, dit-il. Nous avons menti sur nos salaires pour l'obtenir. Je ne comprends pas.

Nous contemplâmes tous l'objet atroce dans le séjour.

— Je crois que nous devrions y aller, suggéra Meg, mais Naomi et elle restaient clouées sur place.

— Qu'est-ce que tu fabriques, Holly ? Qu'est-ce qui t'arrive, bordel ? Dis-moi ! *Dis-moi !*

Je regardai la sculpture et, pour la première fois de la journée, je découvrai quelque chose de drôle. À ma grande horreur et à ma grande honte, je me mis à rire. Et une fois que j'eus commencé, je fus incapable de m'arrêter.

12

Meg déteste novembre. Elle prétend que c'est le couloir de l'année : une période étroite et lugubre que l'on doit longer pour arriver ailleurs. Elle déteste aussi février. La morosité, le froid, la terre dure, les arbres dépouillés, les journées courtes, blafardes et moroses. Tout cela n'a jamais voulu dire grand-chose à mes yeux. Les saisons sont pour les agriculteurs et les jardiniers. Je pense que c'est le temps qui règne dans votre tête qui compte. Ainsi, la troisième semaine de novembre, lorsque les trottoirs devinrent humides et l'air bruineux, un soleil éclatant se leva dans ma tête, dans un ciel haut et bleu. Cela se passe comme ça. Après des semaines passées à avancer bon train dans le tunnel des jours, comme une vieille taupe aveugle, lente et crasseuse, voilà que, sans prévenir, je refais surface, à moitié hébétée, dans la lumière magnifique.

J'entrouvris les rideaux et laissai entrer le matin. Le brouillard au-dehors estompait les formes des maisons et des arbres, et étouffait le bruit du trafic. Des objets familiers étaient devenus mystérieux. Tout pouvait arriver en une journée pareille.

— Réveille-toi Charlie, voilà du café. (Je m'assis au bord du lit et posai une main sur son épaule chaude. Il ne bougea pas et je le secouai.) Il est sept heures et demie. Tu as dit que tu voulais être parti à huit heures.

Il grommela quelque chose et s'enfonça dans le lit en tirant la couverture autour de lui comme une grotte douce et gonflée par le vent.

— Si on déjeunait ensemble ? Je t'invite.

— Je vois quelqu'un, dit-il de sous la couette. La

comptable puis le rédacteur chargé des illustrations du *Correspondent.*

La comptable. Ça faisait prestigieux mais, en fait, ce n'était que Tina, qui avait aidé Meg à mettre en place le système comptable de KS.

— Je t'emmène déjeuner après, insistai-je.

Il s'assit à moitié, prit le café dans ses mains en coupe, et laissa la vapeur gagner son visage.

— J'ai dit que je sortirais avec Sam et sa bande pour boire un verre.

— Pitié. Je voulais fêter ça.

— Fêter quoi ? Ce n'est pas mon anniversaire, n'est-ce pas ?

— Fêter ça, point. De quelle couleur devrions-nous peindre cette pièce ?

— Quoi ?

— J'y pensais cette nuit. Je pensais à jaune pour la cuisine, pas un horrible jaune trop vif, bien sûr, quelque chose de doux, couleur beurre, puis un ocre brun pour ici, peut-être. Comme les tuiles d'une maison italienne. Ou gris verdâtre. Qu'en dis-tu ? Quelque chose de sexy ou quelque chose de reposant ? J'achèterai la peinture et je commencerai samedi. Ou même avant. Je me dois une centaine de jours de congé. Je pourrais aller très vite une fois que j'aurai commencé. Tu n'es pas obligé de faire quoi que ce soit. J'ai laissé les choses partir un peu à la dérive et maintenant, je veux m'occuper de toi. Ce que je déteste, ce sont les préparatifs que l'on est supposé faire avant. Tu sais, nettoyer les plinthes, poser du papier et dégager les étagères. Ou nettoyer les pinceaux après. C'est aussi nul que lire des manuels d'utilisation. Une promesse que je me suis faite, c'est que jamais, plus jamais, je ne lirai de manuel d'utilisation. Trish racontait hier que lorsque tu peins, tu dois coller du ruban adhésif le long du bois, là où il touche les murs, comme ça tu obtiens des lignes propres. Ça me semble excessif. Parfois, je me dis que Trish aurait dû faire l'armée. Mes mains n'ont jamais tremblé.

Je levai la main gauche devant moi.

— Regarde !

Il y avait un tremblement dans mes doigts, une vibration visible.

— Ils n'ont jamais fait ça avant, repris-je. C'est aussi bien je ne sois pas neurochirurgien. Je pourrais anéantir des zones entières d'activité avec un seul petit tremblement. Peut-être que je bois trop de caféine. Ou pas assez. Serais-je en manque de café ?

Charlie attendit un long moment avant de répondre.

— Jaune ? fit-il enfin.

— Quoi ?

— J'essayais de suivre ton cheminement de pensée et je me suis retrouvé coincé quelque part au début. Pendant combien de temps crois-tu pouvoir continuer à parler sans avoir de réponse ?

— Quoi ? Oh, désolée. Veux-tu des tartines grillées ? Avec de la confiture ? Je pourrais même te repasser une chemise.

— Menteuse, dit-il, et je gloussai.

Puis le gloussement se transforma en grognement étrange que je ne parvins pas à maîtriser.

Il balança ses pieds à terre et se leva, viril et nu devant moi. Je tendis le bras et posai la main dans le creux de ses reins chauds et dorés.

— Toujours en train de courir, dis-je. Tu pourrais être un peu en retard.

— Je ne peux pas aujourd'hui.

— Une autre fois.

Alors qu'il enfilait sa veste, la faible sonnerie de son portable retentit dans sa poche.

— Allô ? dit-il. Oui ? Non, huit heures, c'est parfait. Bien sûr que je serai là. (Son visage se détendit en un petit sourire intime et je sus qu'il parlait à une femme. Il prit le téléphone dans son autre main et se détourna à moitié de moi.) Je serai à l'heure.

D'un seul coup, j'eus l'impression de me trouver face à un étranger, un bel étranger avec des pattes d'oie.

— Pour qui seras-tu à l'heure ? demandai-je alors qu'il rangeait le téléphone dans sa poche et tripotait son nœud de cravate devant le miroir.

— Personne. Sam et sa bande.

— Tu peux flirter, mais tu n'as pas le droit de tomber amoureux de quelqu'un d'autre.

Les mots sortirent de ma bouche avant que je n'aie le temps de les arrêter. Un éclair de panique me transperça lorsque je m'entendis parler. Comment pouvais-je dire des choses pareilles et les penser sincèrement, en plus, après ce que j'avais fait ? Qu'est-ce que ça pouvait me faire si Charlie se penchait au-dessus d'une table au restaurant ce soir, fixait le visage d'une autre femme alors que j'avais passé une nuit à me faire embrasser, toucher, égratigner, baiser, retourner dans tous les sens par un inconnu ?

— Ne t'inquiète pas, me dit Charlie. Je suis un homme marié, tu t'en souviens ?

— Je m'en souviens. (Je tendis le bras et ajustai inutilement sa chemise, les doigts tremblants.) Passe une bonne journée.

J'étais trop nerveuse pour travailler correctement. Je pris quelques heures à la pause déjeuner pour choisir des peintures dans un magasin aussi grand qu'un entrepôt juste à côté du bureau. Elles portaient des noms tellement évocateurs qu'ils empêchaient de se concentrer : jaune chélidoine, lin argent et boue Tamise ; gris glace, liqueur, épice. Je finis par acheter cinq litres d'une peinture rouge orangé foncé baptisée « brun renard » et cinq de jaune moutarde, plus trois pinceaux noirs lisses et brillants – épais, moyen et fin –, un plateau à peinture, six feuilles de papier de verre à gros grain, et une bouteille d'alcool à brûler. Dans l'après-midi, en réunion puis lors de la discussion bimensuelle du bureau à propos de nouvelles idées, je ne cessai de m'imaginer debout devant un mur de plâtre lisse, un pinceau maculé de peinture jaune à la main. Cette première touche de couleur, une bande colorée sur la vacuité.

Peu après six heures, Stuart m'appela sur mon portable. J'entendis des voix en bruit de fond. Passait-il toute sa vie dans les bars ? Je ne l'avais pas vu depuis l'autre soir, une autre soirée que j'essayais d'oublier. L'Oryx Gallery se montrait rebelle à mon idée – ou plutôt à ma supplication – de leur rendre la sculpture, qui se trouvait donc dans notre chambre, où personne d'autre ne pouvait la voir, un monument dressé à la gloire de je ne savais quoi. Charlie s'était déjà cogné l'orteil dans le socle, et j'avais méchamment déchiré une jupe sur l'un de ses nombreux bords acérés.

Stuart avait laissé deux messages – l'un sobre, l'autre saoul – et bien que je lui eusse promis de le rappeler, je n'avais pas pris le temps de le faire. Il était de ce genre d'hommes : de ceux quc vous aimez bien, de ceux qui sont plutôt intéressants, plutôt beaux, et pourtant curieusement diffus. Il parlait beaucoup et je ne parvenais jamais à me rappeler précisément ce qu'il avait dit. Il buvait beaucoup, puis il mangeait ses mots en un ruisseau qui me dégoulinait dessus.

— Holly ! dit-il à présent. C'est Stuart, celui que tu fuis et que tu ne rappelles pas. Je n'en fais pas une affaire personnelle.

Saoul, songeai-je.

— Salut, Stuart.

— Que fais-tu de beau ?

— En général ?

— Dans une heure.

J'ouvris la bouche pour lui répondre que j'étais prise. En réalité, j'étais fatiguée, mais je n'étais pas prise. Charlie sortait ce soir. Avec une femme, pour ce que j'en savais. Je n'avais pas de projets. Je n'étais pas fatiguée. J'étais dans tous mes états. Une femme en quête d'aventures.

— Pourquoi ?

— Je vais à une partie de poker chez un ami, nous serons six environ, pas plus, et je me suis dit que ce serait sympa si tu venais, toi aussi.

— Je n'ai pas joué au poker depuis l'université. Je sais jouer à la bataille, au *racing demon*[1] et faire des réussites, c'est à peu près tout.

— Je ne pense pas que ça plaira aux autres. Tu n'es pas obligée de jouer, en revanche. Tu peux nous regarder, boire du whisky et faire des ronds de fumée.

— Ça m'a l'air fantastiquement génial ! Regarder six personnes jouer aux cartes toute la soirée !

— Alors tu viens ? insista-t-il, enthousiaste. Super. Je passe te chercher au bureau dans une heure.

Sur quoi il raccrocha.

— Pourquoi pas ? dis-je à voix haute.

Je vis Meg m'observer de l'autre côté du bureau et je détournai les yeux. Après tout, elle n'était pas ma mère et j'allais seulement assister à une partie de cartes, pas longtemps. Où était le mal ? Je me levai de ma chaise et

1. Sorte de solitaire, en accéléré et à plusieurs joueurs. *(N.d.T.)*

me rendis aux toilettes où je me plantai devant le miroir et appliquai du rouge à lèvres rouge. J'attachai mes cheveux en un chignon élégant et me regardai en arquant les sourcils. Je voulais ressembler à une *femme fatale** d'un film *noir** des années 1940, debout dans une cage d'escalier avec des ombres rectangulaires tombant sur mon visage. Je voulais porter des talons aiguilles, une jupe moulante et me débarrasser nonchalamment de la douleur et du danger.

13

Je soulevai non sans mal mes boîtes de peinture à l'arrière du taxi dans lequel je grimpai. Lorsque je repensai à cette soirée les jours suivants, les derniers souvenirs qu'il m'en restait formaient un tout cohérent. Je m'assis dans le taxi avec Stuart et son ami, Fergus. Stuart était joyeux mais sur ses gardes. Il devait être surpris que j'aie accepté de venir, mais il devait également se rappeler que notre visite de l'exposition avait pris un tournant inattendu. Je ne parvenais pas à discerner nettement le visage de Fergus dans l'obscurité, mais je devinais qu'il était mince, avec une peau flasque et des os saillants.

Il m'offrit une cigarette, je la pris et, à la lueur soudaine du briquet, je vis son visage cadavérique. L'espace d'un instant, j'envisageai de demander au chauffeur de s'arrêter pour me laisser descendre, mais le moment passa – du moins en moi.

— Où allons-nous, alors ? demandai-je.

— Wandsworth.

— Je ne connais pas Wandsworth.

* Tous les mots en italique suivis d'un astérisque sont en français dans le texte. *(N.d.T.)*

À partir de là, la soirée se met à ressembler à une vieille séquence de film endommagée. Le son va et vient, les plans sont en noir et blanc ou projetés à la mauvaise vitesse, les images sont floues, des scènes entières manquent. De la maison, je me souviens uniquement de détails : un immense écran plasma, un canapé de cuir, un minable tableau « érotique au goût exquis » sur le mur – une femme enlève un bas sur une longue jambe blanche, un homme regarde, caché dans l'obscurité. Dans la cuisine, il y a un Frigidaire en inox étincelant.

*

Un groupe d'hommes est déjà arrivé – ils sont cinq et boivent du scotch. Tous sont en costume sans cravate, à l'exception d'un. Gros, le visage rubicond, il porte un costume-cravate. C'est sa maison et sa partie de poker. Deux hommes plus jeunes parlent d'une voix forte. L'un est Fergus. L'autre est Tony. Stuart m'a parlé de Tony dans le taxi. Il dirige une entreprise de construction, mais Stuart m'a gratifiée d'un clin d'œil et m'a confié qu'il avait d'autres intérêts par ailleurs.

— Tu veux dire criminels ? m'enquis-je.

Stuart rit.

— Tony n'est pas du genre à fonctionner *via* les filières habituelles, m'expliqua-t-il.

À l'évidence, Stuart a hâte que je sache qu'il connaît quelqu'un comme Tony. Lorsqu'il me présente bruyamment à lui, l'autre rétorque à peine. Il est grand, large d'épaules. Je lui serre la main. Elle est grosse et rugueuse. Il me regarde bizarrement l'espace d'un instant. Je suis la seule femme présente. Je ressens l'ivresse de m'échapper dans un autre monde, où l'on fait des choses différentes.

Ils jouent au poker. Il n'y a pas d'argent sur la table, juste des jetons aux couleurs vives entassés. Je me tiens derrière l'épaule de Tony. J'ai un verre à la main, les glaçons tintent. Je fais le tour de la table et regarde les cartes. J'aime ça. Le murmure des relances, les froncements de sourcils de concentration, le discours technique. Tout me revient. Je connais ce jeu. Avant, je savais bien y jouer.

Stuart est assis de l'autre côté de la table. Il me demande de le rejoindre pour lui porter bonheur. Je lui dis que je vois bien de ma place. Stuart parle de moi de façon possessive. Si l'un de ces types croit que je suis sa petite amie, il ne dit rien pour le corriger. Il me confie que j'ai l'air d'une poule de gangster. C'était exactement ce que je pensais, et cette idée m'amusait mais, formulée haut et fort, elle n'a absolument plus rien de drôle.

*

Un portable sonne. Tony s'en va. Quelque chose exige son attention.

Il reste une chaise vide à la table. À présent, elle ne l'est plus car j'y suis assise. Je joue. Stuart me regarde d'un air perplexe. Il me dit qu'il croyait que je ne jouais pas au poker, ne vaudrait-il mieux pas que je me contente de continuer à regarder ? Il a tout d'un joueur à présent, plus rien de l'âme sensible avec laquelle j'ai veillé tard dans la nuit de l'Oxfordshire. Au début, je mets beaucoup de temps, et contemple les deux reines dans ma main. Oserais-je rester ? Que devrais-je parier ? Stuart dit quelque chose que je n'entends pas bien et les hommes rient tous. Puis il raconte l'histoire de la sculpture que j'ai achetée et quelque part la rapporte au fait que je dois me décider, il me presse de jouer. Les hommes rient de nouveau. Je sens mes joues brûler.

— En tout cas, c'est mieux que de jouir trop vite, dis-je en regardant Stuart. C'est bien ce que tu m'as dit ?

Les autres trouvent cela très drôle, en effet. Ils rient fort et charrient Stuart, lui donnent des petites tapes. Il ne dit rien.

J'ai un haut-le-cœur. J'ai pris ma revanche sur Stuart, très bien, mais peut-être y suis-je allée un peu fort. J'emprunte un verre et le finis en une grosse gorgée. Je sens une secousse, comme une décharge électrique. Je me sens mieux. Je m'engourdis.

C'est si facile. Je possède mon propre tas de jetons colorés. Je les mets en ordre. Tout va comme sur des roulettes. Je jette trois cartes et obtiens une autre reine. Je bats tout le monde. Mon tas est plus gros, il déborde. Plus tard, je ne sais pas combien de temps exactement, j'obtiens de nouveau trois quelque chose. Mais je ne gagne pas. Quelqu'un a mieux que moi. Ma pile de jetons a disparu.

Je joue, puis je ne joue pas. Stuart est parti. Il est introuvable. Je m'assois sur le canapé de cuir. On dirait une grosse plaisanterie. J'étais la poule du gangster, celle qui flirte, qui fume, qui boit et qui se pavane au bras des hommes pendant qu'ils jouent aux cartes. Puis j'étais autre chose. J'étais la vilaine petite sœur, celle qui se joint aux grands garçons, qui joue avec leurs jouets. C'était la plus grosse des plaisanteries, de plus en plus drôle, comme ces moments lorsque vous étiez petite fille, avec votre meilleure amie, et vous attrapiez le fou rire, de pire en pire, et quoi que vous fassiez, cela décuplait votre fou rire, et vous pensiez que vous alliez rire pour le restant de votre vie, jusqu'à votre mort. Puis le rire commençait à faire mal, pourtant vous aviez peur de vous arrêter de rire. Maintenant je suis assise sur le canapé de cuir, qui me cingle les cuisses, je bois un autre verre, et j'ai le sentiment que certaines choses ne sont pas drôles du tout. Je ne connais pas les gens ici, je ne sais pas comment rentrer chez moi, et je ne crois pas qu'il me reste de l'argent. Argent. Oui, nous y sommes. Il y a quelque chose que quelqu'un a dit après que quelques donnes ne se sont pas si bien passées. Quelqu'un a donné un chiffre : neuf mille livres. C'est ce que je dois. Ça ne peut pas être vrai. Je jouais, voilà tout. J'avais juste accompagné Stuart.

Je bois pour ne plus rien ressentir. Quelqu'un à côté de moi me donne une cigarette et me l'allume. J'aspire avidement la fumée dans mes poumons. Je me sens de plus en plus confuse. Je pense à mes pots de peinture. Où sont-ils ?

J'attire les accidents, je les ai toujours attirés. Je casse des verres, je rentre dans des choses. Si je coupe des légumes, ce que je fais rarement, alors il y a de fortes chances pour que j'enfonce la lame dans mon pouce. Je suis donc une habituée des anesthésiques des services des urgences ainsi que des fauteuils de dentistes. Le problème d'un anesthésique, c'est qu'il n'abolit pas la douleur. Il se contente de la prendre pour la mettre dans un coin où elle ne vous dérange pas. Vous pouvez même sentir que la douleur se poursuit ailleurs. Je savais que quelque part il y avait un morceau de moi qui ne passait pas un très bon moment et que lorsque tous les effets de l'anesthésie se dissiperaient, aucune partie de moi ne passerait de bon moment.

Tony se pencha sur moi.

— Ça va ?

Je me contentai de le dévisager.

— Nous devrions y aller, suggéra-t-il. La partie est terminée.

Il m'aida à me relever et à sortir de la pièce.

— Je vous raccompagne, dit-il.

— Ma peinture, fis-je. Il me faut mes bidons de peinture.

— Oubliez votre peinture.

14

— Où ?

Je le fixai. Où ? Où pourrais-je aller maintenant ? Je regardai par la fenêtre. Il faisait encore nuit, bien qu'un gris indistinct se dessinât à l'horizon, et je vis aussi bien les rues vides et solitaires au-dehors que mon propre visage qui me rendait mon regard. Je plaçai mes cheveux derrière mes oreilles et tirai ma jupe sur mes genoux.

— Où habitez-vous ?

— Je ne veux pas y aller, répondis-je d'un ton morne. Meg. C'est ça. Meg.

— Alors où habite Meg ? me demanda-t-il, patient.

— Oh désolée, oui. Ventura Street. Près de Marylebone Road. Vous devez passer…

— Je connais le coin. J'y ai travaillé.

— Où travaillez-vous maintenant ?

— Chantier de construction près de la Tate Modern. Ça ne vous intéresse pas, n'est-ce pas ?

— Pas vraiment.

— Il y a une couverture sous le siège arrière.

— Une couverture ?

— Vous tremblez. Enveloppez-vous dedans.

Nous roulâmes en silence et, après quelques minutes, franchîmes la rivière. La Mercedes de Tony traversait lentement les rues, ses phares révélant des sacs-poubelles noirs en tas sur les trottoirs, prêts à être ramassés, les platanes squelettiques agitant leurs branches, un chat se glissant furtivement dans l'obscurité, un homme en trench-coat marchant lentement. Il y avait aussi de la circulation, plus que je ne l'aurais cru. Parfois je fermais les yeux, mais quand je le faisais, j'avais l'impression de mourir et toute ma vie vulgaire défilait ; et parfois je regardais par la vitre la ville spectrale qui avançait vers moi, me dépassait à toute allure, et de temps à autre je jetais un coup d'œil furtif à Tony qui conduisait, cigarette aux lèvres.

— Vous devez me guider à partir de là.

Lorsqu'il se gara devant l'appartement de Meg, je voulais descendre de voiture et partir sans rien dire. Mais il y avait quelque chose que je devais dire.

— Quand vous êtes parti, j'ai – je n'aurais pas dû, mais j'ai participé à la partie. Je ne m'en souviens pas vraiment. Mais j'ai perdu de l'argent. Beaucoup.

Tony alluma une autre cigarette.

— Ouais, j'ai entendu.

— Tout cela n'était qu'une erreur. (J'attendis, mais il ne dit rien.) Que dois-je faire ?

Il tira une longue taffe sur sa cigarette et laissa la fumée sortir de sa bouche.

— Payez, dit-il.

— Je ne suis pas sûre d'avoir l'argent.

— On trouve toujours l'argent.

— Je ne sais pas à qui le donner.

— Contactez Vic. Ou il vous contactera. Peu importe comment.

J'avais cru que Tony me sauverait. Je descendis de voiture. Je sentais presque l'humidité du trottoir à travers mes chaussures. Tony attendit pendant que je sonnais. Une minute plus tard, après avoir sonné une deuxième fois, j'entendis le bruit d'une démarche traînante, puis la chaîne glissa. Un visage bouffi de sommeil me regardait par l'interstice d'un air interrogateur.

— Meg, dis-je.

— Holly ? Qu'est-ce que…

— Puis-je entrer ?

— Bien sûr, bien sûr.

Le cliquetis de la chaîne, le glissement du métal sur le métal, puis la porte s'ouvrit sur Meg, serrant le col de son épais peignoir gris.

— C'est quoi ce bazar ? fit-elle. (Elle regarda attentivement mon visage.) Tu vas bien ? Que se passe-t-il ?

Je me retournai et fis un signe de la main à Tony. Il me gratifia d'un signe de tête et sa Mercedes démarra dans un ronronnement.

— Je vois, observa Meg.

Son visage s'était vidé de toute expression.

— Montons, dis-je. (Et lorsque nous gravîmes l'escalier, je m'adrcssai à son dos raide et désapprobateur.) Je suis désolée de te réveiller. Je ne voulais pas rentrer tout de suite chez moi.

— Je comprends pourquoi, répondit-elle d'une voix froide qui me donna envie de m'asseoir par terre et de mettre ma tête entre mes mains.

— Les choses se sont un peu mal passées, poursuivis-je quand nous arrivâmes dans son salon chaud et familier.

— Je vais faire du café. Ensuite nous pourrons en parler.

— Je ne peux pas en parler. Je suis trop fatiguée.

Meg se frotta les yeux, passa les doigts dans ses cheveux.

— Prends une douche.

— J'ai des problèmes, Meg.

— Je sais.

La terreur m'envahit, de la tête aux pieds. Comment ça, elle savait ? Comment pouvait-elle savoir ? Je ne voulais pas qu'elle me regarde avec ses yeux malins. Je voulais que personne ne me regarde. Mais il y a des yeux partout, où que l'on aille, et on ne peut rien cacher, ni nos secrets honteux ni notre honte.

— Je vais prendre un bain, dis-je d'un ton faible et, en traînant les pieds, je me rendis dans sa salle de bains où le radiateur bourdonnait.

Je pris un bon bain chaud puis enfilai un pantalon en velours côtelé noir et une chemise rose pâle que j'avais offerte à Meg pour son dernier anniversaire. Elle me donna même une petite brosse à dents qu'elle avait gardée de son dernier long voyage en avion. J'évitai de m'examiner dans le miroir. J'avais peur de mon visage, et du regard que je devais affronter. Je dus rester immobile, m'accrocher au lavabo, et attendre que l'horreur se glisse de nouveau en moi, où elle pourrait s'épanouir dans mes ténèbres intimes.

— Tiens, café, dit Meg.

J'essayai d'attraper la tasse, mais mes mains tremblaient tellement que le liquide chaud éclaboussa ma peau et je dus la baisser, me pencher en avant et la laper comme un chien.

— Quelque chose à manger ?

— Non, je ne pourrai pas.

À cet instant, je ne pouvais pas croire que je mangerais de nouveau. Je m'affamerai et me purifierai jusqu'à ce que je sois enfin vide et propre, comme un enfant qui vient de naître, pas sale ni souillée par la vie.

— Alors ? fit Meg en posant son menton sur sa main et en me dévisageant.

— J'ai été stupide.

— Cet homme ?

— Non, il m'a juste déposée.

Meg arqua les sourcils, mais ne dit rien. Elle attendait que je parle, que je lui raconte tout.

— Je ne peux pas, dis-je. Désolée. Il faut que je parle à Charlie. Je devrais tout lui raconter d'abord. Je vais appeler un taxi et m'organiser pour le retrouver.

Meg opina.

— Ça me semble une bonne idée.

Je voulais dire, puérilement : *Reste mon amie, s'il te plaît*. Je faillis le faire, mais Meg, assise en face de moi avec son visage fatigué et grave, semblait si adulte, si structurée, si loin de moi et de mes problèmes sinistres et compliqués que j'avais bien du mal à croire que nous étions amies et partenaires, deux femmes qui comprenaient le langage de l'autre et qui pouvaient lire sur le visage de l'autre. Loin, très loin.

— Je suis désolée, dis-je sans conviction. Meg ? Je suis désolée.

Un long silence s'ensuivit, durant lequel je m'entendis respirer d'une voix rauque. Je tripotai le tissu de la chemise rose et constatai que j'avais encore plus rongé mes ongles, bien que je ne me souvienne pas de l'avoir fait. J'attendis. « Il n'y a pas de lumière au bout de ce tunnel, me dis-je. Ce tunnel continue encore et encore et les choses se ruent vers moi dans l'obscurité dans un bruit de tonnerre. »

Enfin, Meg me regarda comme si elle venait de décider quelque chose. Puis elle parla :

— Je ne peux plus le faire.

Sa voix était dure, avec des clous dedans. Son visage était tout aussi dur.

— Comment ça « ne peux plus le faire » ? Ne « peux » pas faire quoi ?

Ma voix était un croassement.

— Continuer à supporter ton comportement. Crois-tu que je n'ai que ça à faire dans ma vie, réparer tes conneries ?

— Je ne comprends pas de quoi tu...

— Penses-tu à moi de temps en temps ? Ou à Charlie ? Ou à quelqu'un d'autre que toi ? Ne prends pas la peine de répondre. Bien sûr que non. Le monde tourne autour de toi et de tes désirs stupides. Tu te trouves merveilleuse, n'est-ce pas ?

— Pas en ce moment, pas vraiment..., commençai-je.

— Avec tes longs cheveux et tes grands yeux, à battre tes cils épais, tu crois que tout le monde va se précipiter pour t'aider, n'est-ce pas ? T'aider quand tu as des problèmes et te pardonner quand tu réalises que tu as abusé. Parce que tu n'en as jamais eu *l'intention*. Tu es *si impulsive*, pas vrai ? Si *spontanée* et *imprudente*, c'est ce que tu te dis.

— Je suis désolée.

— Et moi, qu'est-ce que je ressens à ton avis ? Te voilà, au-devant de la scène, à frimer et c'est la bonne vieille Meg, toujours présente en coulisses, invisible, qui va ramasser les morceaux et s'assurer que tout est arrangé.

Tout le ressentiment qu'elle avait accumulé se déversait. Je savais qu'il y avait des choses à dire en guise de réponse. Je travaillais sept jours sur sept, vingt heures par jour, depuis près d'un an. J'avais fait presque tout le plus dur, chercher les clients, travailler avec eux, mais tout cela était trop fatigant. Peu importait. Meg était sur sa lancée.

— Holly, regarde-toi. Tu as viré une femme tout simplement parce que cela te chantait, et à présent nous devons encaisser les retombées. Tu as couché avec un homme qui depuis appelle au bureau et harcèle tout le monde. Tu charmes les clients ou tu les insultes. Tu t'endors à ton bureau ou dans les toilettes – ne crois pas que nous n'avons pas remarqué – et tu sors toute la nuit. Tu es comme un bébé, à saisir les choses qui t'ont tapé dans l'œil puis à les laisser tomber quand elles ne t'intéressent plus. Tu es immonde avec Charlie, en plus.

— Charlie, c'est mes affaires, dis-je avec lassitude. Ce n'est pas parce que tu…

Je me tus brusquement, et mis une main sur ma bouche pour retenir les mots.

— Quoi ? Parce que quoi ? Dis-le ! Je sais ce que tu allais dire. Parce qu'il me plaisait à l'époque. C'est vrai. Et tu le savais. Mais tu lui plaisais ; comme c'est toujours le cas avec les hommes, pas vrai ?

— Ce n'était pas ce que j'allais dire, rétorquai-je d'un ton faible.

Toute étincelle de colère disparaissait. Je fixai Meg, consternée, avec son visage pâle et bouffi, ses cheveux frisés du matin et son front plissé.

— As-tu jamais pensé à moi, Holly ?

— À toi ?

— Oui, à moi. As-tu remarqué que je n'étais pas très bien ces derniers temps ? Que ma vie ne se passe pas comme prévu ? Que je suis un peu anxieuse ? Non, bien sûr que non, tu connais tellement de hauts et de bas qu'il n'y a plus de place pour que tu te préoccupes des humeurs des autres, ordinaires et moins spectaculaires.

— Ce n'est pas vrai.

Elle se leva et attacha bien la ceinture de son peignoir gris.

— Je vais prendre un bain, si tu n'as pas pris toute l'eau chaude, ensuite je vais continuer ma journée. Appelle ton taxi et va-t'en.

J'arrivai en avance et je le vis qui me rejoignait. Nous avions décidé de nous retrouver dans le parc près de chez nous. Au début, il ne me vit pas, je pus donc l'observer longer la route. Il portait un manteau épais que nous avions choisi ensemble et avait la tête légèrement baissée. Mais je discernais tout de même l'expression sur son visage, sérieux, presque sombre. Un autre jour, je lui aurais demandé à quoi il pensait si fort. Mais je savais. Je savais ce qui rendait son visage si tendu et renfrogné, et sa bouche si pincée. Moi.

Quand il me vit, son visage se vida de toute expression et il enfonça les mains dans les poches de son manteau.

— Merci d'être venu me voir ici, dis-je.

— De rien.

Nous nous baladâmes dans le petit parc peu avenant. Je m'éclaircis la gorge, mais fus incapable de parler.

— Bonne nuit ? me demanda-t-il d'un ton calme.

— Non, répondis-je.

— As-tu passé la nuit avec quelqu'un ?

— Non. (Je respirais profondément, jusqu'à me faire mal. Je sentis quelques gouttes de pluie froide sur mon visage.) Tu sortais hier soir, donc je suis aussi sortie, avec un gars qui s'appelle Stuart, un client. Ce n'était pas un rendez-vous galant, rien de tout cela. C'est avec lui que je suis allée à l'expo d'art, mais il n'est pas important. C'est idiot. Je ferais mieux de rester seule parfois. Quand je suis avec une foule de gens, j'ai quelquefois l'impression que je vais devenir folle, exploser, à moins que je puisse m'éloigner d'eux et me retrouver seule, mais quand je suis seule, je ne le supporte pas non plus. Je n'arrive pas à l'expliquer, je ne sais pas par où commencer, je...

— Pourquoi ne pas commencer par Rees ? Je ne crois pas m'être trompé de prénom, pas vrai ?

Je sentis le froid traverser mes os.

— Rees ? dis-je. Qu'est-ce qu'il a ?

— C'est ce que je te demande.

— Il n'est pas important.

— Tu veux dire : pas important comme ce Stuart n'est pas important ?

— Non, je veux dire ça n'a rien à voir avec lui ce qui s'est passé, enfin, si bien sûr il était là, mais ça aurait pu être n'importe qui. Je veux dire...

Je me frottai frénétiquement les yeux. Je ne savais pas ce que je voulais dire. Je voulais parler clairement, authentiquement, exposer mes péchés et mes échecs, mais tout restait embrouillé dans ma tête, comme une bobine de fils emmêlés, et les mots ne sortaient pas comme il fallait.

— Comment as-tu entendu parler de lui ? demandai-je à la place.

— Il m'a appelé, répondit Charlie.

Pour la première fois, sa voix se cassa. Chagrin ? Colère ? Haine ? Je fus incapable de le dire.

— Oh mon Dieu, Charlie, je suis désolée. Je suis vraiment désolée. Qu'a-t-il dit ?

— La première fois, il m'a appelé sur mon portable. Comment a-t-il eu ce numéro ? (Je marmonnai quelque chose de minable, mais il poursuivit sans me prêter attention.) Il m'a demandé si je savais ce que tu fabriquais. J'ai cru que c'était un fou, quelqu'un que tu avais offusqué. Il y en a un paquet dans le coin apparemment en ce moment. La deuxième fois, il y a deux jours, il m'a appelé à la maison et a demandé à te parler, et une chose en amenant une autre, il m'a expliqué qui il était.

— Qu'a-t-il dit ?

— La troisième fois, hier soir, il a dit que tu étais une tigresse au lit. Et il m'a demandé si je savais ce que tu faisais à ce moment précis.

— Comme ça a dû être horrible pour toi. Dégoûtant. Tu aurais dû m'en parler.

— Quoi ? Et ensuite tu m'aurais réconforté ?

Je commençais à dire quelque chose d'incohérent, mais Charlie m'interrompit :

— Dis-moi. As-tu couché avec cette personne ?

— Oui. Il y a un mois. J'étais très saoule.

— Une fois de plus.

— Oui. Une fois de plus, et tout a échappé à mon contrôle. Je n'arrive pas à croire que j'aie fait ça. C'était comme un rêve, un cauchemar, comme si quelqu'un d'autre s'était glissé dans mon corps. Je ne parvenais même pas à me rappeler à quoi il ressemblait. Je voulais faire comme si rien ne s'était passé.

Une grimace de dégoût intense traversa le visage de Charlie. Je tendis une main, mais il se dégagea, comme s'il ne pouvait pas supporter que je le touche. Je le comprenais. Je ne voulais pas non plus être près de moi, où que ce soit.

— Je sais, fis-je. Ce que je dis, c'est que ce n'était qu'une stupide et absurde, absurde aventure d'un soir. Je ne t'en ai pas parlé parce que… eh bien, parce que je savais que cela te ferait du mal, et ça ne voulait rien dire. Cela ne voulait rien dire, répétai-je. Ou cela ne voulait pas dire que je ne t'aime pas et que je ne te désire pas. Seulement toi. Charlie ?

Il me regarda, presque étonné.

— Tu entends ce que tu dis ? me demanda-t-il.

— Comment ça ?

— Comment suis-je censé réagir à ce… à ces putains de saloperies ?

— Je vais changer, dis-je, désespérée. Si tu me laisses une chance. Je serai bonne. Si tu me pardonnes.

— Tu sais quoi, Holly ? Je ne peux pas parler de cela en ce moment.

— Charlie…

— J'étais si fier de toi… Fier d'être celui qui t'avait épousée.

— S'il te plaît. Je ferai de nouveau ta fierté. S'il te plaît.

— Je me sens tellement largué. Je ne sais pas quoi faire. J'ai besoin de réfléchir. J'ai besoin d'être seul un moment.

— Oui oui, bien sûr. Je vais… Je serai prête quand tu voudras me reparler. Je serai à la maison aujourd'hui. Je ne vais pas travailler. Je… je serai à la maison. Je t'attendrai, non ?

— Comme tu veux.

Il sortit du parc. Je l'observai, son long manteau battant au vent et la tête baissée pour se protéger des rafales, jusqu'à ce qu'il fût hors de vue. Puis j'allai m'asseoir sur un banc.

Quand j'étais petite, je faisais de longues balades avec mon père. Chaque fois que nous parvenions devant une barrière ou un mur, je montais dessus et il me disait de sauter dans ses bras tendus. Je n'ai jamais hésité. Même quand c'était haut, je me jetais en avant et savais qu'il me rattraperait. Il m'appelait son enfant sauvage. Il m'appelait son héroïne. Je volais en l'air vers la sécurité de ses bras. Puis il est parti et je volais toujours en l'air, mais il n'y avait plus personne pour me sauver, personne pour me rattraper quand je tombais.

Je finis par me lever. Je n'avais aucune idée du temps que j'avais passé assise sur ce banc, mais mes mains étaient blanches de froid.

En arrivant chez moi, je croisai Naomi qui me proposa de prendre un café. J'ouvris la bouche pour la congédier, puis songeai : « Pourquoi pas ? »

Mais lorsque je sortis mes clés, je vis que celle de la maison manquait. Je fouillai au fond de mon sac au cas où elle y serait tombée, mais ne la trouvai pas.

— Je déteste ça, dis-je, presque en larmes. Je perds toujours mes clés. Clés, porte-monnaie, lunettes de soleil, téléphone, parapluie. Tout. Je perds tout.

— Comment as-tu pu la perdre alors que les autres se trouvent sur le porte-clés ? me demanda-t-elle d'un ton patient.

— Ce porte-clés est débile. Débile. Regarde-le. Je le garde uniquement parce qu'il appartenait à mon connard de père, hein.

— Ce n'est pas grave de toute façon. J'ai un double, tu te souviens ? Tu me l'as donné il y a quelques mois en cas d'urgence. Je vais le chercher.

Je m'assis sur les marches jusqu'à ce qu'elle revienne quelques minutes plus tard.

— Tiens. Garde-le jusqu'à ce que tu retrouves l'autre clé.

— Merci.

— Sauf si tu crois que quelqu'un l'a volée.

— Volée ? (Je tâchai de dissimuler la peur soudaine dans ma voix.) Qu'est-ce qui te fait dire cela ?

Elle haussa les épaules puis me fit entrer et me rendit les clés.

Au bout du compte, ce fut elle qui prépara le café et trouva un paquet de biscuits caché au fond du placard. Elle me dit que j'avais mauvaise mine, me força à avaler deux sablés au chocolat et me demanda ce qui n'allait pas. J'ouvris la bouche pour lui dire « rien », que j'allais bien, mais des larmes ruisselaient sur mes joues. Lorsqu'elle m'étreignit, elle sentait la vanille et quelque chose d'épicé, comme la muscade. Pendant quelques secondes, je me laissai aller dans la chaleur maternelle de son étreinte.

— Tu faisais cuire quelque chose, dis-je à travers mes larmes.

Elle essuya mes joues et me tint la main. Elle m'assura que tout irait bien.

Puis elle s'en alla. Et je restai assise à la table de la cuisine. J'attendis que Charlie rentre à la maison sans grand espoir. Et après ce qui me parut des heures, je posai ma joue sur le bois granuleux et fermai les yeux. Je pourrais m'endormir. M'endormir et ne jamais me réveiller.

15

J'avais toujours imaginé que j'étais indispensable : celle qui effectuait tout le travail, qui portait l'entreprise, qui aidait Charlie à accomplir sa destinée d'artiste, qui était le boute-en-train de service. Plus maintenant. J'étais devenue LE maillon faible de l'expédition, celui qui entravait les autres et mettait la vie de tous en danger. J'étais la fille dans le vieux film de science-fiction en noir et blanc dont le talon aiguille se casse lorsqu'ils s'enfuient en courant, poursuivis par le monstre.

Je me tenais sur Regent Street et respirai un bon coup. Tout dépendait de ce qui se passait dans ma tête. Tout ce que j'avais à faire, c'était changer d'attitude, ce qui modifierait alors mon comportement, ce qui résoudrait ensuite tous les problèmes.

Je flânai dans les magasins. D'abord, dans une librairie, je trouvai un recueil de poèmes tout spécialement conçu pour vous rendre heureux. C'était ce que prétendait l'introduction. J'en lus donc un court qui me fit sourire. De fait, j'achetai trente exemplaires du livre. Il n'en restait que quatre en rayon. Un vendeur dut aller me chercher un carton en réserve.

Puis, ployant sous le poids du carton, je me rendis dans une papeterie où je trouvai une carte postale d'une nature morte, juste un verre d'eau et une tête d'ail. J'en achetai encore trente. En rentrant au travail, je m'arrêtai dans une boutique d'articles de cuisine. Je cherchais quelque chose, mais je n'arrivais pas à savoir quoi au juste. Je voulais quelque chose en bois. D'un seul coup, je trouvai l'article parfait. C'était une baguette en bois au bout de laquelle se trouvaient deux disques, un petit et un plus petit. On aurait dit le modèle réduit de l'une de ces tours inutiles que l'on voit dans certaines villes et qui possèdent un restaurant qui pivote en haut et rien d'autre. Je demandai à une vendeuse à quoi cela servait et elle m'expliqua que c'était pour le miel liquide et que c'était super. J'achetai tout le petit panier en osier.

Lorsque je rentrai au bureau, je les distribuai aux filles. Comme il en restait pas mal, je les mis dans un paquet. J'écrivis un mot pour les accompagner que j'adressai au P-DG d'eYei, l'entreprise de design pour laquelle j'étais censée organiser un événement. « Cher Craig, je n'ai pas eu le courage de rédiger une proposition. Reçois cela à la place. Amicalement, Holly. » Et je demandai à Lola de commander un coursier pour les distribuer.

Je balayai le bureau des yeux et songeai de nouveau que nous avions besoin d'espaces d'intimité. Sur l'impulsion du moment, j'appelai un architecte que connaissait la voisine de la mère de Lola. Il me dit qu'il passerait bientôt pour jeter un œil et ébaucher des plans.

Après quoi, je me sentis de nouveau fatiguée. J'avais besoin de rentrer chez moi et de me coucher, comme une personne qui se noie a besoin de regagner le rivage. Dormir. Si je pouvais simplement m'empiffrer de sommeil, m'en gaver jusqu'à ce qu'il ressorte par mes oreilles. Je pourrais réguler mon humeur, et les choses iraient de nouveau mieux. Je partis une heure en avance. Je rentrai chez moi et me couchai. J'avais froid. Ce que je désirais, c'était une bouillotte, mais comme il n'y en avait pas dans la maison, je me levai, enfilai un pantalon de survêtement et un sweat-shirt, puis étalai une couverture par-dessus la couette et me remis dessous. À un moment donné de la soirée, je fus vaguement consciente que Charlie entrait dans la pièce et disait quelque chose – j'ignorais s'il s'adressait à moi – puis repartait.

Lorsque le réveil sonna à huit heures le lendemain matin, je savais que je me sentais mieux. J'avais dormi quatorze heures, et lorsque j'émergeai de l'inconscience, j'étais presque comme un nouveau-né, cillant et quelque peu déconcertée. Les lisières du monde étaient dures, droites et de nouveau clairement définies. Ma panique s'était aussi tassée. Je savais que j'avais de gros problèmes dans la vie, mais je sentais enfin que je pouvais les affronter. Je me douchai, me lavai les cheveux et enfilai un tailleur sombre. Charlie dormait à poings fermés. Je sentis une douleur dans la poitrine en voyant ses cheveux décoiffés et son visage sous l'oreiller. Je laissai un mot sur la table pour lui dire que je l'aimais très très fort et que nous devrions parler.

J'étais au bureau avant tout le monde. Je bus un mug de café bien fort et m'attaquai à la pile de travail que je n'avais pas fait, et, pis encore, à la plus petite pile que *j'avais* faite mais qui devait être refaite. Mais cela était agréable, comme un nettoyage de printemps, et je savais que je pourrais le gérer. Je me fixai la tâche d'avoir terminé toute la pile de boulot avant l'heure du déjeuner, que j'avais l'intention de passer au bureau. À la fin de la journée, je serais à jour et je pourrais avancer. Je travaillai sans répit, tête baissée, quasiment inconsciente de ce qui se passait autour de moi. Lorsque Meg me tapa sur l'épaule, je sursautai. Je ne savais même pas quelle heure il était. Je regardai ma montre : midi dix.

— Puis-je te demander une minute ? me dit-elle.

— Bien sûr.

— Dans la salle de conférences.

— Pourquoi ?

— Ça ne prendra qu'une minute.

Je suivis Meg et sentis une secousse, comme une décharge électrique. Trish était déjà assise autour de la table avec une femme que je ne connaissais pas. Entre elles se trouvait Charlie. Curieusement ma première pensée ne fut pas de me demander ce qu'il fichait là, mais comment il était entré dans l'immeuble sans que je ne m'en rende compte. Je compris qu'il avait dû passer par l'escalier de derrière. Meg fit le tour et s'assit de leur côté de la table. Elle me fit signe de m'installer de l'autre côté, en face d'eux, comme pour un entretien d'embauche.

— Que se passe-t-il ? demandai-je. Est-ce *This Is Your Life*[1] ?

1. Émission télévisée britannique dans laquelle l'invité, une star

— Voici le docteur Jean Difford, m'expliqua Meg. Elle donne des conseils sur les problèmes survenant sur le lieu de travail.

— Quel genre de conseils ?

— Des conseils médicaux.

— Je suis désolée. Qu'est-ce que c'est que tout cela ? Jean Difford m'adressa un sourire réconfortant qui m'irrita.

— Je suis ravie de vous rencontrer, Holly, dit-elle. J'ai beaucoup entendu parler de vous.

— Que vous a-t-on dit ?

— Connaissez-vous un endroit qui s'appelle Glenstone Manor ?

— Non.

— Je vous ai réservé une place pour aujourd'hui.

Un long silence s'ensuivit. Je dévisageai tour à tour Meg, Trish et Charlie. Meg et Trish fixaient la table, mais Charlie me regardait avec inquiétude. Pour la première fois depuis des jours, je vis de l'amour dans ses yeux. Ou de la pitié.

— On dirait une conspiration, observai-je.

— C'est une sorte de conspiration, acquiesça-t-il. Nous nous soucions tous de toi. Quelque chose ne va pas chez toi et nous estimons que tu as besoin d'aide.

— Tu ne peux pas continuer comme ça, ajouta Meg.

— C'est à moi de décider, décrétai-je.

— Non, répliqua Charlie. À un moment donné, quelqu'un doit intervenir.

— Vous parlez tous de moi entre vous. (Je me tournai vers Meg.) C'est ta revanche, pas vrai ?

— Non.

ou un inconnu, se voit tendre un piège sur le plateau TV ; on lui réserve une surprise, le tout dans les larmes et les bons sentiments. *(N.d.T.)*

— Tu n'étais pas chez le dentiste, hier. Tu montais ce guet-apens.

— Ce n'est pas un guet-apens. C'est un plan d'action, précisa Trish.

— OK. Quel est ce plan d'action ?

— Vous entrez à Glenstone Manor, déclara le docteur Difford. On vous examinera et vous recevrez un traitement. Vous y séjournerez une semaine ou deux.

— Je ne comprends pas. Vous êtes médecin.

— Oui.

— C'est justement ce qui me sidère. Vous prétendez que j'ai besoin d'entrer dans une institution alors que vous ne m'avez jamais rencontrée.

— J'ai parlé à vos collègues et à votre mari. (Sur quoi je jetai un regard à Charlie qui eut la décence d'avoir l'air honteux.) Ils veulent vous aider.

Je respirai un bon coup puis me forçai à sourire.

— De toute évidence, cela me prend un peu au dépourvu, dis-je. Ai-je le droit de vous poser quelques questions avant que l'on ne vienne me chercher ?

— Demandez ce que vous voulez, répondit le docteur Difford sur son ton calme et patient exaspérant, comme si elle essayait de me convaincre de descendre d'un rebord de fenêtre.

— Est-ce que quelqu'un ici pense que j'ai un problème de drogue ? demandai-je.

— Non, répondit Meg.

— D'alcool ?

— Pas particulièrement.

— Alors que dites-vous sur moi ?

Il y eut une pause. Personne ne me regarda.

— C'est ce dont nous discuterons à Glenstone Manor, expliqua le docteur Difford.

— Vous pensez tous que je déraille.

Tout le monde se tut.

— Très bien, j'ai connu quelques semaines bancales, concédai-je. Je le reconnais ; j'ai passé une ou deux nuits dehors, où les choses ont échappé à mon contrôle. Je ne suis pas fière de mon comportement, mais je suis en train de l'arranger. Ces derniers jours au bureau ne furent pas les meilleurs, mais tout est réglé. Vous auriez dû venir m'en parler, Meg, Trish. (Je les foudroyai du regard.) Au lieu d'aller dans mon dos voir un médecin enjôleur qui pense pouvoir offrir un diagnostic avant même d'avoir posé les yeux sur moi. Surtout toi, Meg, parce que tu es – étais, en tout cas – mon amie. Quant à ce qui se passe avec Charlie, je suis consciente de mes écarts de conduite. Je sais que j'ai des problèmes à résoudre, des excuses à présenter, mais cela ne regarde personne, à part nous. Je suis désolée, mais vous perdez votre temps.

— Nous en avons discuté, dit Trish. Nous pensons que c'est la seule chose à faire.

— Vous auriez dû en discuter avec moi.

— Nous en discutons avec toi.

— Non. Vous… (J'avais du mal à parler. La colère qui bouillonnait en moi me donnait chaud.) Écoutez, c'est le moment de mettre les pieds dans le plat, si c'est ce que vous désirez. Je le reconnais. Cette semaine, j'ai connu de mauvaises journées…

— Il n'est pas question de cette semaine, me coupa Meg. Tu le sais très bien.

— Meg et moi avons créé cette société et l'an dernier, je l'ai dirigée quasiment toute seule, bordel. Qui a trouvé les neuf dixièmes de nos clients ? Moi. Qui les divertit le soir ? Moi. Qui dirige les présentations ? Moi. Qui crée tous les événements ? Qui conçoit les idées ? Qui les vend ?

— Il arrive aussi à d'autres de travailler, ici, répliqua

Meg. À des choses ennuyeuses, comme la comptabilité. Comme réparer tes conneries.

— Lorsque vous glandouilliez toutes et n'osiez pas vous occuper de cette petite brute de Deborah Trickett, qui a serré les dents et l'a licenciée ? Et depuis, elle me débine dans tout Londres. C'était ton boulot, Trish. J'ai passé un an à travailler sept jours par semaine, et quand je ne travaillais pas, je m'occupais du prétendu divertissement des clients. Les choses m'ont quelque peu échappé, et à présent je suis en train de les arranger. Parce que c'est ce que je fais. Allez voir mon bureau. Si vous trouvez une seule erreur, une seule tâche qui n'a pas été réglée, vous pouvez me jeter à la poubelle et m'injecter tout ce que vous voudrez.

Trish toussota et je vis qu'elle avait des sorties papier devant elle.

— Ces derniers jours, fit-elle d'une voix professionnelle, tu as fait des erreurs très étranges. Il y a eu des réclamations de la part des clients.

— Donne-moi ça !

Je lui arrachai les papiers des mains et y jetai un coup d'œil. Mes joues brûlaient d'humiliation.

Un coup fut frappé à la porte. Meg et Trish regardèrent autour d'elles, irritées. La porte s'ouvrit et le visage de Lola apparut.

— Un appel pour Holly, annonça-t-elle.

— Dis-lui que nous sommes en réunion, répondit Trish. Nous rappellerons.

— C'est Craig, de la société avec laquelle nous organisons l'événement, eYei, insista-t-elle. Il dit qu'il veut parler tout de suite à Holly.

Meg et Trish échangèrent des regards. Meg se leva.

— Je vais le prendre dans mon bureau, dit-elle.

— Holly, fit Charlie d'une voix dégoulinant de pitié. Nous ne pensons qu'à ce qui est bon pour toi.

— C'est là toute la question ! répondis-je. Vas-tu me traîner de force, contre ma volonté ? Je ne crois pas que tu t'abaisseras à ça. De toute façon, c'est sûrement illégal. Trish ne te laissera pas faire quelque chose qui ne figure pas dans le règlement. Je n'irai pas à ce Glenstone Manor. Je ne bougerai pas, je viendrai travailler tous les matins à neuf heures, et partirai à six heures, et je te montrerai que je peux être calme, raisonnable et bien me comporter. Si je fais des choses qui ne te plaisent pas, ou si je fais des erreurs, viens me le dire.

Il s'ensuivit un long silence extrêmement gêné jusqu'à ce que Meg revienne dans la pièce. Elle s'assit, l'air énervée.

— Alors ? dit Trish.

Meg l'ignora et me regarda.

— Si tu as l'intention de faire des choses dingues, du style envoyer des paquets d'ustensiles de cuisine et des recueils de poèmes à des clients importants avec qui nous n'avons pas encore signé, je pense que ça pourrait être une bonne idée que nous en parlions d'abord tous ensemble.

— Désolée, dis-je.

J'aurais dû faire tatouer ce mot sur mon front pour gagner du temps.

— Où avais-tu donc la tête ? me demanda Trish. Nous avions besoin de ce contrat.

— Il veut te voir demain, ajouta Meg.

— Alors, ils nous laissent une chance ?

Meg eut l'air embarrassée.

— Il veut en parler demain.

— Avec nous tous ?

— Il a dit qu'il voulait rencontrer Holly.

— Tu aurais tout de même pu nous consulter, reprit Trish. Et nous n'avons pas pris de décision.

Je vis que leur détermination avait fléchi et me levai.

— Je suis désolée que vous ayez dû vous donner tout ce mal, dis-je très poliment. Et je suis désolée que vous vous inquiétiez inutilement.

Je me tournai vers Charlie.

— Il faut que l'on parle, repris-je. Puis-je t'inviter à dîner ce soir ? J'ai beaucoup de choses à te dire. Beaucoup d'excuses à te présenter.

Il me regarda pendant un long moment.

— Très bien, Holly, acquiesça-t-il.

— C'est le seul genre de thérapie qu'il me faut.

C'était comme une pièce qu'il fallait abandonner avant le dernier acte. Je vis Meg et le docteur Difford faire des messes basses en sortant. Je m'en moquais. J'avais d'autres priorités. J'avais une vie et un mariage à sauver.

16

Nous trouvâmes un restaurant italien calme, au coin de la rue, avec une table en vitrine. Charlie but une bière et je sirotai de l'eau minérale, tandis que nous observions les gens passer, se dépêcher de s'abriter de la pluie. Je lui rappelai que lorsque nous nous étions rencontrés, nous allions au restaurant et regardions les gens aux autres tables en essayant de deviner leurs histoires. Il se força à sourire. Il faisait un effort, mais il était clairement furieux et blessé. Il se pencha sur la table, près de moi, pour que personne ne puisse entendre ce qu'il disait.

— J'ai pensé à m'en aller et à ne plus jamais te revoir. Mais ensuite…

Il s'arrêta et me regarda fixement, comme s'il se débattait avec quelque chose dans sa tête.

— Oui ?

— Je ne sais pas. C'est un tel bordel. Mais tu n'es plus toi-même.

— Oh, je t'en prie, ne commence pas. Quoi ? À quoi penses-tu ?

Il prit mes mains froides et tremblantes entre les siennes et m'annonça que nous allions arranger les choses, quel qu'en soit le prix. Il ajouta que c'était notre dîner d'anniversaire et que si nous ne fêtions rien de particulier, nous prenions des résolutions. Notre prochaine année de mariage serait meilleure. Ce serait un vrai mariage. Nous prendrions soin l'un de l'autre et il allait m'aider.

J'avais voulu parler. J'essayai d'objecter que je n'avais pas besoin d'aide parce que j'allais vraiment changer, avais déjà commencé à changer, il verrait, mais il me fit taire en me disant que nous discuterions de tout cela plus tard. D'abord je devais me reposer et récupérer. Je commençai à protester, indignée, que je n'étais pas malade, mais il m'adjura de laisser les choses se faire.

— Parfois tu n'as pas besoin de tout exprimer clairement, ajouta-t-il.

J'ouvris la bouche pour répondre, mais d'un seul coup, toute volonté de dispute m'abandonna. On aurait dit que mon esprit avait été débité en morceaux. J'étais soigneusement partagée entre colère et défi, humiliation et honte, ironie lugubre, irritation galopante et indifférence molle. Aucun des morceaux ne semblait se connecter l'un à l'autre, et je ne savais pas avec lequel parler. Je lui demandai, pathétiquement, s'il m'aimait encore, mais il ne sembla pas entendre. Je déclarai donc, et cela tomba comme un cheveu sur la soupe en me surprenant par la même occasion :

— J'ai perdu ma clé.

— Quoi ?

— J'ai perdu ma clé, répétai-je. Elle n'est pas sur mon porte-clés.

— Tu perds toujours tes clés, répondit-il, coupé dans son élan. Quel est le rapport avec le reste ?

— Je ne sais pas. Je voulais juste te le dire.

— Très bien, tu me l'as dit. Je vais faire faire un autre jeu et tu t'achèteras un porte-clés qui ne s'ouvre pas tout le temps.

Nous commandâmes un seul plat – un risotto et une salade. Charlie prit un verre de vin, j'en restai à l'eau. Nous mangeâmes, sur nos gardes, presque en silence, comme si nous ne nous connaissions pas, comme si nous tournions prudemment en rond.

Charlie me paraissait différent. Ces dernières semaines, il avait été évasif, grincheux, mal à l'aise, plein de ressentiment. À certains égards, c'était de sa faute et cela m'avait mise en colère, ce qui l'avait mis dans un pire état, ce qui m'avait mise encore plus en colère. Et, Dieu le sait, à d'autres égards, cela avait été une réaction compréhensible à mon comportement. Parfois j'avais pensé que ce qui avait commencé comme un mariage était devenu une expérience psychologique dans laquelle deux personnes étaient confinées dans un petit espace pour se tourmenter jusqu'à la mort.

À présent, il semblait plus calme, presque satisfait, comme s'il maîtrisait la situation, comme s'il pouvait me protéger. Il avait pris sa décision nous concernant. C'était un visage que je n'avais jamais vu, et il me donna envie de ramper dans ses bras. Il me donna aussi envie de me traîner dans un trou noir et profond et de dormir jusqu'à ce que le printemps revienne. Je fis ce qu'il y avait de mieux à faire. J'avalai quelques bouchées de risotto chaud et réconfortant, bus une gorgée de son vin, puis le laissai me raccompagner chez nous en taxi. Il me fit couler un bain, et après avoir fait trempette suffisamment longtemps, je sautai au lit. Je restai allongée à fixer cette putain de sculpture affreuse qui me rendit mon regard, m'accusant de choses horribles, jusqu'à ce que Charlie arrive avec une tasse de thé et un sablé. Je retournais en enfance. Il éteignit la lumière et resta sur le pas de la porte à m'observer, à veiller sur moi. Je serrai mon oreiller dans mes bras en faisant semblant de dormir et à un moment donné je ne fis plus semblant, et cette longue journée s'acheva enfin.

Le lendemain matin, j'arrivai pour trouver un message d'eYei : c'était juste le nom du bar au coin de la rue de notre bureau où Craig voulait me voir après le travail. Dans un accès de gêne, je songeai au paquet que je leur avais envoyé. Qu'avaient-ils dû penser ? J'eus la soudaine vision d'une vie passée à tout remettre en ordre derrière moi. Je pourrais me justifier en prétendant qu'il s'agissait d'une blague ou d'un moment de folie ou d'excentricité sympathique ou… Je demandai à Lola d'aller me chercher deux doubles express au café d'en face. Lorsqu'elle revint, je les apportai à une Meg qui faisait la tête.

— Tu devrais peut-être venir, dis-je.

— Tu n'as pas besoin de moi, répondit-elle.

— Je pense que j'ai trop besoin de toi.

— Il a expressément demandé à *te* voir.

J'avalai mon café d'un trait, ravie de la sensation brûlante sur ma langue. Celui de Meg resta intact sur son bureau.

— Je ne sais pas, reprit-elle.

— Quoi ?

— Es-tu obligée de parier sur la société tous les jours ? Nous ne sommes pas comme toi. Nous n'avons pas besoin de toute cette excitation.

À la minute où j'avisai Craig au bar, je compris que tout se passerait bien. Il avait à moitié descendu un martini dry et lorsqu'il me vit il se fendit d'un grand sourire. Il commença à me commander à boire, mais je secouai la tête. Ce serait de l'eau pour l'instant. J'avais déjà quelques martinis d'avance sur le reste de l'humanité.

— Tu es folle, fit-il en vidant son verre et en faisant signe à la femme au bar qu'il en voulait un autre. C'était exactement ce qu'il nous fallait. Sortir des sentiers battus. Tiens, écoute ça.

Le recueil de poèmes se trouvait sur le bar à côté de son martini. Il l'attrapa et en lut un à voix haute. J'eus du mal à le suivre.

— Super, non ? Je n'ai pas lu de poèmes depuis que j'ai quitté Oxford. Et ce truc… (Il prit l'ustensile à miel liquide dans sa poche.) C'est un objet fonctionnel et pourtant il a quelque chose de comique. Je l'ai montré autour de moi et ça a fait sourire tout le monde.

— Je l'ai trouvé drôle, acquiesçai-je.

Et ce fut tout ce que je dis.

Mon cerveau était trop embrouillé pour parler, de fait Craig discuta du projet de design, et je hochai la tête quand il fallait pour donner l'impression que je réfléchissais dur, et souris parfois pour donner l'impression que je compatissais.

Au bout d'une heure, il se leva et me tendit la main.

— Ça a été super, dit-il. J'ai l'impression que nous avons vraiment mis nos idées au clair.

Je lui serrai la main.

— Puis-je te déposer quelque part ? me demanda-t-il.

— Non, je rentre au bureau, répondis-je, à tort.

— Vous autres, alors ! lança-t-il en souriant. Je t'appelle demain. Nous allons faire de l'argent ensemble !

Une fois seule, je commandai une autre eau minérale. Ce qu'il me fallait en réalité, c'était un stylo et une feuille de papier, mais je commençai à dresser la liste dans ma tête. Il s'agissait d'arranger les choses une par une. D'abord Charlie, ensuite le travail. Puis, il y avait le reste. Je devais faire disparaître tout cela. Il y avait ce foutu jeu d'argent. Ils comprendraient sûrement que tout cela n'était qu'une erreur. Ce serait le numéro trois sur ma liste. Je m'en occuperai. D'une façon ou d'une autre. Je payai mon verre et demandai où se trouvaient les toilettes. La barmaid m'indiqua le rez-de-chaussée. Après m'être lavé les mains, je me regardai dans le miroir et me peignai avec les mains. « Une chose à la fois », me dis-je.

En sortant dans le couloir de pierres nues, je bousculai un homme en costume et marmonnai des excuses. Je sentis une main sur mon épaule avant d'être violemment repoussée contre le mur de brique. Je sentis le froid à travers la soie de ma robe. Le visage de Rees me regardait avec une expression de semi-curiosité.

— Tu ne m'as pas contacté, me lança-t-il.

J'essayai de me détacher de son étreinte. Sa main se leva. Je ne sentis pas le coup. Je le vis, une explosion de lumière blanche, et j'entendis le claquement de sa main sur mon visage. Tout mon souffle avait disparu.

— Tu te fous de ma gueule, ajouta-t-il. Je n'aime pas ça.

Sa main gauche serrait désormais mon cou pour que je ne puisse pas crier. Sa main droite caressait ma joue, là où il m'avait frappée, puis elle descendit sur mon corps, sur ma poitrine, mon ventre, entre mes jambes à travers ma robe. Il se pencha sur moi. J'entendais encore le tintement des verres et les bavardages qui provenaient d'en haut. Il me murmura à l'oreille :

— Tu as joué avec moi. Tu m'as forcé à le faire. Je ne suis pas comme ça. J'étais un homme ordinaire avec sa petite amie…

C'était de la folie. J'étais tellement terrorisée que j'avais l'impression que mon ventre se liquéfiait. Je savais qu'il pourrait me faire tout ce qu'il voulait, et je ne pouvais pas l'arrêter, mais même, même avec sa main sur ma gorge, même lorsqu'il se mit à me raconter qu'il était un homme ordinaire et s'apitoya sur son sort, je ne pus m'empêcher de rire.

Son visage devint presque noir de colère.

— Espèce de putain de… ! Putain de… ! haleta-t-il. Et comme ça, tu aimes ?

Il m'enfonça un genou dans l'aine, ce qui me fit hurler, puis arracha ma robe. Son visage s'approcha du mien, si près que je pouvais presque sentir son souffle sur mon visage, voir l'humidité sur ses lèvres.

— Tu m'as baisé, murmura-t-il. Je peux te faire tout ce que je veux, maintenant.

Avec toute mon énergie, je lui crachai dessus et vis avec satisfaction le mollard glisser sur son cou. Il leva la main et me frappa de nouveau. Je reculai brusquement, en entendant mais sans sentir le coup sec que produisit ma tête lorsqu'elle heurta le mur. Il mit une main sur le col de ma robe et l'arracha, puis posa ses lèvres sur les miennes. Je le mordis bien fort et sentis le sang. Je l'entendis hurler et, une fois de plus, il s'ensuivit une explosion de douleur lorsqu'il me frappa.

Je perçus un bruit de pas dans l'escalier. Rees se détacha de moi et disparut. Alors qu'il montait les marches en courant, deux femmes descendirent et passèrent devant moi sans me parler. Elles ne semblèrent pas me voir, recroquevillée.

Mes jambes tremblaient et mon cœur battait si fort que l'espace de quelques minutes je ne pus me résoudre à bouger. Je restai adossée au mur et écoutai le bruit de mon souffle. Puis quelqu'un tira la chasse dans les toilettes. Je me forçai à remonter les marches, à sortir dans les lumières vives et les rires du bar, avant de retrouver les rues obscures.

17

Je regardai autour de moi. Une silhouette trapue surgit de la ruelle en trébuchant et je sentis ma gorge se serrer, mais ce n'était pas lui, juste un autre homme en costume. Je consultai ma montre, il était à peine sept heures. En juin, il ferait jour beaucoup plus tard.

Où aller ? Je devrais rentrer chez moi, mais les taxis qui me dépassaient à toute allure étaient occupés et je ne pouvais pas prendre le métro. Je sortis mon portable, mais qui pouvais-je appeler ? Je mis une main sur ma joue, sous mon œil, et touchai délicatement la peau gonflée, tout en grimaçant. Je m'emmitouflai bien dans mon manteau, tâchant de ne pas penser à sa main sur mon corps. D'un seul coup, je me sentis moite et mal.

Le bureau ne se trouvait qu'à une minute à pied, ce fut donc là que je me rendis, lentement, sur mes jambes tremblantes, regardant tout le temps autour de moi au cas où il se trouverait encore dans le coin. J'allai directement aux toilettes, allumai la lumière et me plantai devant le miroir, contemplant l'étrangère en face de moi, aux yeux injectés de sang, à la peau bouffie, à la robe déchirée et au bleu qui fleurissait sur sa joue. J'ôtai délicatement mon manteau et inspectai les dégâts, puis fis couler de l'eau froide que j'appliquai sur ma peau gonflée. Je touchai l'arrière de ma tête, qu'il avait cogné contre le mur, et me retrouvai avec une tache de sang sur les doigts. La douleur que je n'avais alors pas ressentie se réveilla, et je fus également assaillie par un sentiment de désespoir, qui me donna tellement le vertige que je dus me retenir au lavabo pour ne pas tomber.

Je fermai les yeux et les rouvris lorsque j'entendis un vague bruit au-dehors. Des pas dans le bureau. Une lumière que l'on allumait. Je ne pouvais pas bouger, je me contentai donc de fixer la femme traumatisée et sans défense dans le miroir. Les pas s'approchèrent de moi dans un bruit de claquettes, s'arrêtèrent, reprirent. La porte s'ouvrit dans un grincement.

Puis Meg se tint derrière moi. Je ne me retournai pas, mais nos regards se croisèrent dans le miroir et nous nous fixâmes sans mot dire. C'était comme si elle pouvait voir en moi, dans toutes mes parties épouvantables dont je ne soupçonnais même pas l'existence, et j'eus si peur et me sentis si seule que je parvins tout juste à rester debout, et continuai à fixer son regard. Était-ce de l'amitié, me demandai-je, qui dépassait l'affection, voire de l'amour ? Une espèce de connaissance intime terrible ? Ou était-ce autre chose ?

— Meg, finis-je par dire. Qu'y a-t-il ?

— Cela ne peut pas continuer.

Elle avança d'un pas et posa une main sur mon épaule. Je sentis ses doigts chauds à travers ma robe légère. Sa main était très lourde. Me réconfortait-elle ou était-elle comme le gardien de prison qui emmenait le prisonnier ? Je finis par me retourner ; elle passa un bras sur mes épaules et me conduisit dans le bureau.

— Tu dois le dire à la police – je voulais que tu le fasses avant, mais maintenant tu dois le faire.

— Mais…

— Il n'y a pas de mais. Il est dangereux – je l'ai su dès que je l'ai vu. Il ne s'arrêtera pas là.

— Meg ?

— Je vais t'accompagner au poste de police. Ma voiture est garée devant, sur l'aire de chargement. Je suis juste passée récupérer quelques dossiers. Je vais chercher ton manteau.

Elle revint avec, m'enveloppa dedans, puis m'aida à descendre l'escalier jusqu'à sa voiture. Elle me colla dans le siège passager et attacha la ceinture de sécurité.

— Meg, dis-je, lorsqu'elle s'assit et mit le contact.

— Oui ?

— Qu'est-ce qui m'arrive ?

— Je ne sais pas.

— Je n'arrête pas de me dire que tu me caches quelque chose.

— Nous en discuterons plus tard.

— Nous n'avons jamais eu de secrets l'une pour l'autre. Nous nous disions tout.

— Tu vas dénoncer ce Rees à la police. Tout le reste peut attendre.

— Jc déteste attendre.

— Je sais, fit-elle d'un ton sec.

— Est-ce que Charlie a une liaison ?

— Plus tard, Holly.

— Il en a une, n'est-ce pas ? Je serais mal placée pour le lui reprocher. La question est, avec qui ? Meg, avec qui ?

— Nous y sommes.

Quand, à l'issue de quarante minutes d'attente, je me retrouvai assise face à une femme policier qui s'appelait Gill Corcoran, je me rendis compte que je ne savais pas comment raconter mon histoire. Elle semblait tellement difficile à comprendre, vivace et floue à la fois, un cauchemar qui vous fait vous réveiller trempée de sueur au petit matin. Ce fut Meg, assise d'un côté du bureau, qui me poussa, de sorte qu'au bout du compte, je réussis à raconter cette histoire sordide d'une voix trébuchante.

Gill Corcoran avait un visage agréable, des yeux étrécis et écoutait avec compassion. Elle n'arrêtait pas de me verser de l'eau dans un gobelet en polystyrène et je n'arrêtais pas de le descendre d'un trait, comme si en buvant avidement, je pouvais tout laver à grande eau en moi. Elle me fit raconter en détail comment Rees m'avait frappée. Elle regarda ma joue, et la balafre sur mon front qui saignait encore. Elle me demanda de lui expliquer précisément où il m'avait touchée et ce qu'il m'avait fait.

Sans regarder Meg mais en sentant ses yeux sur moi, je lui racontai comment je l'avais rencontré. Je lui racontai la nuit passée ensemble, je lui parlai des coups de fil qu'il avait passés à Charlie, de la culotte qu'il avait envoyée. Meg contemplait ses mains posées sur ses genoux. Un moment, je sentis, plutôt que je ne le vis, qu'elle tressaillit, mais je continuai mon récit. Voilà qu'elle allait voir quel genre de personne j'étais en réalité. Gill Corcoran n'eut pas l'air choquée ni de porter un quelconque jugement, et je lui en fus reconnaissante.

— Je vais être honnête avec vous, madame Krauss.

— Holly.

— Holly. Nous pouvons l'interroger. Il existe diverses charges éventuelles. Mais ce ne sera pas facile.

— Regardez son bleu ! protesta Meg.

— Vous avez eu une liaison avec cet homme.

— Pas une liaison, une aventure ignoble, qui ne rime à r…

— Cela ne me regarde pas. Je sais simplement de quoi cela aurait l'air – de quoi cela aurait *forcément* l'air aux yeux de tous – si jamais cela passait en jugement.

— J'étais saoule, me défendis-je. Saoule, stupide, fourbe, folle. Êtes-vous en train de dire que parce que j'ai couché une fois avec lui, il peut m'agresser et s'en sortir impunément ?

— Non. Pas du tout. Je veux juste que vous sachiez ce que cela va impliquer. Vous devrez décrire à un jury tout ce que vous m'avez décrit. Vous devrez accepter que votre vie privée et votre comportement soient passés au peigne fin. Savez-vous combien d'affaires de viol sont condamnées ?

— Non.

— Dans certaines régions du pays, il y en a moins d'une sur cinq. Et cela inclut les viols commis par des inconnus. Et cela concerne les affaires qui passent en jugement, où la police et le ministère public estiment qu'il existe une chance de condamnation. Pour les affaires de viols commis par une connaissance…

— Il ne m'a pas violée. Et il n'a jamais été une « connaissance », l'interrompis-je sombrement.

— Vous n'avez pas besoin de me convaincre, Holly. Vous devez le savoir avant d'aller plus loin. Dans votre intérêt.

— Je vois.

— Vous êtes une femme mariée.

— Oui.

Une pause s'ensuivit. Puis Meg lança, en colère :

— Mais il risque de recommencer !

Gill Corcoran ne répondit pas. Elle se contenta de me regarder. Il était évident qu'elle avait raison.

— Ils ne feront qu'une bouchée de moi, dis-je. (Je me tournai vers Meg.) J'ai fait ce rêve, récemment. Un cauchemar. Il y avait tous ces gens qui me montraient du doigt et hurlaient, leurs visages étaient nets puis flous. Rees était là, et Deborah. Et le type qui avait organisé la partie de poker, et cet homme que j'ai jeté à terre. (Je vis Meg ciller de surprise, mais je poursuivis laborieusement.) Et il y avait Charlie, je crois. Toi aussi. Vous m'accusiez tous. Si je passais au tribunal, je réaliserais mon cauchemar. J'aurais cherché le bâton pour me faire battre.

Je me levai et constatai que mes jambes ne tremblaient plus.

— Merci, dis-je à Gill Corcoran. Vous m'avez beaucoup aidée.

Nous nous serrâmes la main et je me dis qu'elle aurait pu être mon amie. Un policier de nuit rongé par les soucis. C'était un petit trait de lumière dans l'obscurité sinistre.

Meg me raccompagna chez moi et bien qu'elle voulût entrer, j'insistai pour qu'elle s'en aille. Je voulais voir Charlie seule.

18

Mais Charlie n'était pas là. La maison était plongée dans l'obscurité, silencieuse, vide.

Je montai, ôtai ma robe et la jetai dans un coin puis enfilai un peignoir. Je me brossai les cheveux, sans me regarder dans le miroir une fois de plus, les attachai en queue-de-cheval austère et enfilai des chaussons chauds. Puis je me rendis dans la cuisine où je sortis des glaçons du congélateur, les enveloppai dans un torchon et les appliquai sur ma joue qui m'élançait.

J'appelai Charlie sur son portable. Mais il sonna depuis sa cachette derrière le grille-pain. Une infime partie de moi fut soulagée de ne pas devoir lui parler de ce qui s'était passé, mais je savais aussi que chaque fois que nous ne parlions pas, nous repoussions l'heure du jugement, retardions les explications et les aveux, notre relation s'effilochait un peu plus, jusqu'à ce qu'il ne reste plus rien à réassembler, à part un fil de souvenirs. Ah oui, j'étais cette femme autrefois et il était cet homme. Il y avait eu un temps où nous connaissions tous les détails des journées de chacun, ainsi que les pensées qui traversaient la tête de l'autre. Vous partagez les petites choses – le léger mal de gorge, le sandwich qu'il a pris à l'heure du déjeuner, les paroles que quelqu'un vous a dites dans le bus, le coucher de soleil que vous avez vu, les chaussettes qu'il a achetées – tout comme les grandes, et elles deviennent presque plus importantes.

Je ne savais pas où il se trouvait en ce moment. Je ne savais pas avec qui il était, ni ce qu'il faisait avec. Je ne savais pas à quoi il pensait. Je ne savais pas, lorsqu'il rentrerait, ce que je lui dirais, et je ne savais pas ce qu'il répondrait. Son visage serait-il affable ou serait-il dur ? Sentirais-je l'odeur d'une autre femme sur lui ? Une femme qui était gentille, calme, tolérante, facile à vivre ?

Je me préparai un œuf brouillé sur un toast que je me forçai à manger, puis avalai deux tasses de thé vert. Je collai mon front à la fenêtre de la cuisine, regardai dans le jardin enténébré et mal entretenu, où une rafale faisait frémir l'herbe haute et arrachait les branches des arbres. Un frisson me parcourut.

La sonnette retentit. J'avançai au milieu de la cuisine, où je demeurai, hésitante. Ce ne serait pas Charlie et je ne voulais voir personne d'autre. L'idée de fournir le moindre effort pour courber mes lèvres en un sourire, de composer des formes avec ma bouche pour que les mots justes en sortent, « Oui, non, je vais bien, entrez… » Insupportable.

Puis la sonnette retentit de nouveau. Deux coups rapides et un plus long. Peut-être Charlie avait-il oublié ses clés. Je serrai mieux la ceinture de mon peignoir, allai dans l'entrée, entrouvris la porte et regardai par l'entrebâillement.

— Vous avez dû vous tromper de…

Sa grosse botte poussa la porte avant que je ne puisse la claquer et, en même temps, il laissa échapper un petit hurlement de rire bizarre, comme si je venais de dire quelque chose d'extrêmement drôle.

— Salut ! fit-il en poussant violemment la porte, et je reculai en titubant dans l'entrée. Vous devez être Holly.

Il était jeune, peut-être encore adolescent, avec de l'acné sur le visage et un cou mince. Ses cheveux étaient coupés en brosse. Il avait un anneau au sourcil gauche, d'autres à l'oreille gauche, mais aucun à la droite car il ne lui restait plus que les restes d'une oreille. C'était comme si quelqu'un en avait avalé une bouchée géante. Il portait un treillis baggy et un maillot de corps gris sale en dépit du froid. Il avait des tatouages en tourbillons sur ses deux bras et je distinguai le début d'un autre sur sa poitrine.

— Je ne vous connais pas, dis-je. Partez immédiatement, s'il vous plaît.

— Jolie maison que la vôtre, ajouta-t-il dans un nouveau hurlement de rire, puis il renifla violemment et essuya son nez sur son bras.

— Je vais appeler la police.

Il sortit un objet de sa poche – je ne pouvais pas voir ce que c'était – et le fit passer d'une main à l'autre. Puis, d'un seul coup, il y eut un petit bruit sec et une lame brilla dans la lumière ténue. Nous la fixâmes tous les deux. Il sourit comme s'il venait d'accomplir un tour de passe-passe.

— Ne faites pas ça, me prévint-il en refermant le couteau et en le rangeant dans sa poche.

Il renifla de nouveau et se gratta férocement le bras. Il dégageait une puissante odeur de chien mouillé, de transpiration et de solvants. Cet homme est dingue, songeai-je. Il pourrait faire n'importe quoi. N'importe quoi. Je serrai les poings.

— Que voulez-vous ?

— Une bière, pour commencer.

Il m'attrapa par le poignet et me tira après lui dans la cuisine, ouvrit le frigo et regarda à l'intérieur.

— Ça ira. (Il décapsula la bière d'un coup, en but une gorgée, puis rota bruyamment.) Tout marche à merveille pour vous. Draps rabattus, lit bien fait. (De nouveau, ce rire à vous glacer le sang.) Vous connaissez Vic Norris.

— Non.

— Vous lui devez onze mille livres. Ou, plus précisément… (Il traîna en longueur, comme s'il était fier de ce qu'il allait dire.) … vous les devez à une société qui s'appelle Cowden Brothers.

— C'était une erreur, répondis-je. Je n'allais pas bien. Je ne sais pas jouer au poker. Je ne savais pas ce que je faisais.

Il me regardait, toujours tout sourires.

— Vilain bleu sur votre joue.

— J'ai perdu neuf mille livres, pas onze, répliquai-je. Et je ne les ai pas. Je n'ai rien.

Il but d'autres gorgées de bière et poussa un profond soupir.

— Je m'en fiche. Je vous rapporte juste ce qu'il m'a dit. Payez ! Pigé ?

— Oui.

Je voulais simplement qu'il sorte de chez moi.

Mais il s'assit sur une chaise de cuisine comme s'il avait tout son temps, et étendit les jambes. Il avait des croûtes sur la tête et sur les bras qu'il ne cessait de gratter avec ses ongles rongés.

— Regardons ce qu'il y a là-dedans, fit-il en tirant mon sac à main vers lui et en cherchant mon porte-monnaie, qu'il ouvrit. (Il contenait vingt-cinq livres et de la monnaie. Il prit le tout qu'il fourra dans la poche de son pantalon.) Que dirait votre bourgeois de tout cela ?

Je ne répondis pas.

— Je parie que vous ne lui avez rien dit. (Il se leva et s'approcha de moi, son haleine empestant la bière sur mon visage.) Bien, qu'est-ce que j'ai oublié ? Ah ouais. Vic dit que pour l'instant c'est onze, mais que dans une semaine, ce sera douze. Puis treize, etc. Pigé ? Je reviendrai le chercher. Cash.

J'opinai du chef.

— Je m'appelle Dean. À plus, alors, Holly.

Il sortit de la cuisine d'un pas tranquille, passa dans l'entrée et prit la porte. J'allai sur le seuil et l'observai s'en aller sur le trottoir, puis descendre la rue de sa démarche confuse et de guingois. Le vit croiser Charlie qui arrivait dans l'autre sens. Puis je fermai la porte et m'y adossai en gémissant jusqu'à ce que, quelques minutes plus tard, j'entende la clé dans la serrure.

Je me levai, me redressai et affichai un sourire accueillant.

— Bonsoir, Charlie, dis-je alors qu'il revenait du

froid, les joues brillantes et les yeux vifs, d'un pas élastique. Je viens de rentrer, moi aussi. Je suis tombée et je me suis fait mal à la joue, mais ne t'inquiète pas, ça a l'air pire que ça ne l'est. Bonne journée ?

Oh aide-moi, aide-moi, aide-moi, Charlie mon chéri. Aidez-moi, quelqu'un. N'importe qui. Aide-moi avant que je ne m'effondre, voilà ce que je ne lui ai pas dit.

19

Charlie me réveilla le lendemain. Il m'aida à m'asseoir et me donna des glaçons enveloppés dans un gant de toilette pour ma joue, et une tasse de café, très chaud et très fort. Il s'assit à côté de moi sur le lit et me regarda le boire. Cela me ranima quelque peu. La couche de verre qui semblait me séparer de tout ce qui n'était pas moi s'amincit légèrement.

— Je suis désolée, commençai-je. Pour… pour tout, vraiment.

— C'est bon, dit-il en me caressant les cheveux.

— Je crois que je ne vais pas très bien.

— Nous allons tout faire pour que tu ailles mieux.

— Oh Charlie, je sais que tu sais très bien réparer les choses, mais…

— Ce sera mon hobby.

Il avait les yeux brillants.

Je voulais dire : « Avec qui couches-tu ? » Je savais qu'il y avait quelqu'un, il était si attentionné et pourtant si lointain. D'un seul coup, il paraissait plus jeune, plus glabre, ressemblait davantage au jeune homme passionné que j'avais rencontré et de qui j'étais tombée amoureuse voilà un an. Je voulais dire : « Pourquoi n'arrêtons-nous pas de nous mentir ? Pourquoi ne nous avouons-nous pas la vérité, sale et toxique, ne la regardons-nous pas en face et ne l'appelons-nous pas par son nom ? » À la place, je lui touchai la joue et roulai sur le côté pour qu'il ne voie pas mon visage.

Il était presque huit heures. Je m'en irai du travail à six heures. Je devrais jouer le rôle de Holly Krauss pendant dix heures, puis je descendrais de scène, fermerais la porte à clé et irais me coucher. Si je pouvais passer la journée sans rien faire empirer, demain serait un peu mieux et ainsi de suite.

Au début, tout se passa bien. J'effectuai les rituels de début de matinée, et je parvins même à grignoter quelque chose que Charlie avait poussé devant moi, en déclarant qu'il était important que je mange, ce qui me paraissait correct. J'avais des fourmillements, comme si je venais de tomber malade ou couvais quelque chose. Un léger brouillard planait sur tout, aussi bien à l'intérieur qu'à l'extérieur. J'apportai grand soin à ma tenue et à mon maquillage, mon déguisement, mon armure contre le monde, bien que rien ne pût camoufler ma joue gonflée et décolorée. J'enfilai mon manteau sous le regard attentionné de mon époux.

Avant de partir travailler, je sortis mon téléphone portable dans le jardin, où Charlie ne risquerait pas de m'entendre, et appelai Stuart.

— Holly ? Bien, bien, bien. Je ne pensais pas avoir de tes nouvelles de sitôt.

— Ah ? fis-je d'un ton faible.

— Super soirée, n'est-ce pas ? dit-il, trop fort.

— Laquelle ?

— J'imagine que tu dois avoir l'embarras du choix. Je

pensais à tes exploits aux cartes, et à tout ce qui est allé avec.

— C'est ce dont je voulais te parler.

— Où pourrions-nous nous retrouver ? demanda-t-il, acceptant avec une rapidité étrange.

Je respirai profondément. Je ne voulais pas le voir du tout, mais je me voyais mal lui dire au téléphone : « J'ai besoin d'un grand service, mais pourrions-nous régler ça rapidement ? » Nous décidâmes donc de nous voir en milieu de matinée.

Je le retrouvai dans un café. Je tâchai de ne pas culpabiliser de m'être esquivée du bureau en me disant que les filles devaient probablement être ravies de ne pas m'avoir sous les yeux. Stuart arriva, chic et confiant en costume sombre, chemise blanche sans cravate. Il nous commanda du café dans de grandes tasses aux couleurs vives qui donnaient l'impression d'avoir été conçues pour des bambins géants.

Il me regarda d'un œil critique.

— Quelqu'un t'a enfin montré ce qu'il pensait de toi ?

Je mis ma main sur ma joue.

— Je suis tombée.

— Ah oui ? fit-il en se fendant d'un grand sourire sarcastique. Et tu as aussi l'air crevée.

— Je dormirai quand je serai morte. Comme dit le proverbe. Ou au moins quand j'aurai tout arrangé. Tu as vu ce qui s'est passé à la partie de poker ?

Le sourire de Stuart devint encore plus figé.

— Oui, j'ai vu.

— Je suis désolée. Mes souvenirs de ce soir-là sont quelque peu fragmentés. Mais je me souviens avoir été grossière. Si je l'ai été envers toi, je suis désolée.

— *Tu l'as été.*

— Je suis désolée.

— Après coup, je me suis demandé ce que je t'avais fait pour te donner envie de m'humilier à ce point.

— Je suis désolée, Stuart. Je crois que j'ai dû sentir que tu t'en prenais à moi et j'ai contre-attaqué. Mais c'était impardonnable.

— Pourquoi voulais-tu me voir ?

— J'ai perdu beaucoup d'argent.

— Je sais, j'étais là.

— Ils ont dû voir que je n'avais pas du tout d'expérience. Je n'arrive pas à croire qu'ils veulent me prendre de l'argent. Mais ce type est venu chez moi. Il m'a menacée. Je ne sais même pas comment il a eu mon adresse.

Stuart me regarda calmement mais ne dit rien.

— Crois-tu que je pourrais parler à quelqu'un ?

Stuart fit une grimace, comme si rien de cela n'importait vraiment.

— Tu pourrais parler à Tony, si tu veux. Ou à Vic. Mais je ne sais pas ce que tu espères d'eux. C'était une partie de poker sérieuse. Tu as vu qu'ils jouaient de l'argent. C'est un peu comme aller au supermarché, remplir ton chariot puis demander si tu peux tout prendre sans payer.

— Il s'agit de onze mille livres.

— Comme je te l'ai dit, tu pourrais parler à Tony.

Arrivait la partie vraiment horrible. Je déglutis.

— En fait, Stuart, ce que j'espérais, c'était que tu puisses peut-être, tu sais, leur dire quelque chose.

Une longue pause s'ensuivit. J'eus l'impression que, d'une certaine manière, il savourait le moment.

— Tu veux que je m'occupe de ça ? Aussi ?

— Comment ça « aussi » ?

— Tu m'as demandé de m'occuper de Debbie Trickett, tu te souviens ?

— Je ne t'ai pas vraiment demandé. Tu l'as proposé. De toute façon, ça fait plusieurs jours que je n'ai pas entendu parler d'elle.

— Et pourquoi, d'après toi ?

— Parce qu'elle sait qu'elle n'a pas un seul argument solide.

— J'espère que tu en es sûre.

— Comment ça ?

— Je l'ai vue. Je lui ai parlé. Son appartement est sur le marché. Elle va se retrouver sans domicile. Elle doit chercher du travail sans aucune référence. Elle a quitté un bon boulot pour venir chez KS Associates, et voilà qu'elle a tout perdu. J'aimerais donc m'assurer qu'elle a été bien traitée.

— De quel côté es-tu ?

— Je ne suis du côté de personne. Je suis un médiateur. Je veux trouver un terrain d'entente. Je pensais qu'il était important que tu réalises combien cela l'avait blessée. Elle est vulnérable. Tu ne l'as peut-être pas très bien compris.

— Oh, j'ai compris..., commençai-je puis je m'arrêtai et je le regardai d'un air dur. (Il rougit légèrement.) Je n'arrive pas à y croire ! Tu la baises.

Stuart s'empourpra terriblement, et il regarda autour de lui.

— Baisse le ton, dit-il. Quel est ton problème ?

— Alors, c'est le cas ?

Il agita un doigt tremblant à mon intention. Je crus qu'il allait me le fourrer dans l'œil.

— Il s'avère que non, ce n'est pas le cas, répondit-il. (Il avait du mal à parler. Il cherchait son souffle.) Quel est ton problème ? Tu fais ça à tout le monde ? Tu cherches le point faible. Nous en avons tous un. Tu le trouves et ensuite, tu nous détruis. C'est ce que tu as fait à Debbie. Tu l'as surprise alors qu'elle commettait une erreur. Petite futée ! Et tu t'en es servie pour la détruire. Tu as fait pareil avec moi. Et tu penses que tu peux t'en tirer comme ça. Cela a-t-il un rapport avec le pouvoir ? Ou ça te plaît de faire ça ? De voir jusqu'où tu peux aller. Pour commencer, tu ne peux pas effacer tes dettes envers Vic Norris en baratinant. Essaie donc de lui faire du charme et tu verras le résultat. Il ne pardonne pas et il n'oublie pas, et si tu laisses traîner les choses en espérant que tout se passera pour le mieux, tu comprendras ce que je veux dire.

Il s'arrêta, comme s'il n'avait plus de souffle.

— As-tu fini ? demandai-je.

— Non, répondit-il. Je suis venu pour te parler de Debbie.

— Et puis ?

— Te montrer que tu peux au moins éviter un désastre. Lui donner une autre chance. Elle promet que les choses changeront. Et elle dit qu'elle oubliera tout.

— Elle oubliera tout ?

— C'est exact. Alors que puis-je lui dire ?

J'eus besoin d'une minute. Mon cœur battait si fort que j'entendais à peine ce que disait Stuart. Je n'arrivais pas à réfléchir correctement.

— J'ai un message pour Deborah, lançai-je. (Stuart se pencha vers moi.) Tu peux lui dire d'aller se faire foutre. Nous avons eu de la chance de la choper quand nous l'avons fait. Je ne lui ferais même pas confiance pour sortir les poubelles.

Je me levai et m'en allai.

Je revins au bureau en titubant comme une ivrogne et regagnai ma chaise à tâtons. Mes jambes tremblaient, et lorsque j'essayai d'accéder à mon ordinateur, mes doigts tremblaient si violemment que je n'arrêtais pas d'appuyer sur les mauvaises touches, faisant apparaître une flopée de mots qui ne voulaient rien dire. Je ne sais pas combien de temps passa, tout semblait se mélanger. Il y avait une tasse de café que Lola déposa devant moi, mais je la renversai sur mon bureau et je me souviens du bazar lorsque l'on enleva rapidement des dossiers et des mouchoirs trempés du bureau, et de gens disant que ce n'était pas grave. Il y avait un sandwich dans lequel je pris une bouchée, mais il me rendit malade et je le jetai à la poubelle.

Je me souviens parfaitement d'une conversation que j'ai eue avec Meg et Trish parce qu'elle concernait Deborah. Je m'entendis dire, d'une voix qui ne semblait pas la mienne, que j'avais sans doute agi avec trop de précipitation. Croyaient-elles qu'elle méritait une seconde chance ? Trish répondit d'un ton ferme que notre avocat avait passé au peigne fin tous les documents et semblait satisfait que nous nous soyons comportées ainsi, vu les circonstances. La solution était évidente : pas de seconde chance.

— C'est comme ça, dit Meg. Ne pensons plus à Deborah.

— Ne pensons pas à elle, répétai-je d'un ton faible.

Plus tard, je me souviens que Meg mit une main sur mon épaule et répéta inlassablement mon nom en me demandant si j'allais bien. Je lui répondis que j'allais bien, mais il était difficile de me concentrer sur quoi que ce soit. Je n'arrêtais pas de revoir le jeune de la veille, Dean, qui sentait la colle et la transpiration, rire bêtement en me demandant de payer, sortir de la maison d'un pas nonchalant lorsque Charlie rentrait. Et de me rappeler le visage de Stuart, que je croyais affable et aimable, mais qui ce matin était tordu d'hostilité et de dégoût. Puis il y avait Rees. Était-ce seulement hier qu'il avait déchiré ma robe et m'avait giflée ? J'entendis le petit coup sec qu'avait produit ma tête en heurtant le mur de pierres. Tout était comme dans un rêve, un rêve horrible où toutes les choses horribles vous sautent dessus en même temps, où toutes les choses terribles que vous avez faites reviennent vous hanter, et vous savez que vous ne pouvez pas vous échapper. Tout ce que vous faites, que vous vous battiez, vous enfuyiez, ou appeliez à l'aide, est futile. Risible.

— Tu pleures, fit une voix à mon côté. (Meg, qui semblait surgie de nulle part.) Pourquoi pleures-tu ?

— Je ne peux pas m'arrêter.

Je restai assise un moment, à fixer l'écran vide et à entendre des téléphones sonner, et elle revint avec Lola. Elle me dit qu'il y avait un taxi au-dehors et que Lola me raccompagnerait pour veiller sur moi. Cela me parut une idée curieuse mais raisonnable. Je ne savais pas si je pourrais indiquer le chemin si le chauffeur de taxi avait besoin d'instructions. Je dis à Meg qu'il fallait juste que je ferme les écoutilles pour survivre à la tempête, et qu'ensuite je reviendrais à la normale. Elle me répondit de prendre tout le temps dont j'avais besoin. Je lui rétorquai que c'était tout ce que je demandais. Elle ajouta que demain nous parlerions des précautions que je devais prendre contre Rees. Et contre Deborah, n'ajoutai-je pas. Et contre le messager cinglé de l'agent de recouvrement. Et contre moi. Comment allais-je prendre des précautions contre moi-même ?

Apparemment, nous arrivâmes chez moi en quelques minutes. Lola me fit entrer avec ma propre clé. Alors qu'elle me déshabillait, je lui confiai que c'était la première fois qu'une femme me déshabillait depuis ma mère. Quelques hommes, dis-je, mais aucune femme. Je m'excusai auprès d'elle. Ce devrait être à *moi* de l'aider. C'était mon boulot. Elle me fourra au lit, remonta la couverture jusqu'à mon menton. Je gigotai, me réchauffai. J'entendis la porte se refermer. La maison était calme. J'étais seule. Quelques bruits filtrèrent, des sifflements, des crissements et des coups de klaxon dans la circulation. Dehors, il y avait des gens qui me détestaient, pour de bonnes et de mauvaises raisons, et sans aucune raison du tout. Ils étaient partout. J'enfouis la tête sous la couverture. Je remontai mes genoux sous mon menton et les collai contre mes yeux brûlants qui pleuraient.

20

Ce fut l'après-midi, puis le soir, puis un début de nuit d'hiver. Le ciel s'assombrissait par la fenêtre, l'air se rafraîchissait ; les chiffres verts sur le réveil cliquetaient en passant de cinq à six, puis à six heures et demie… Charlie ne rentrait pas. Où était-il ? Il restait tout le temps à la maison avant, à m'attendre.

Je me forçai enfin à sortir du lit et m'enveloppai dans mon peignoir. Je descendis et l'appelai sur son portable.

— Oui ?

— Charlie ? Tu rentres bientôt ? Je me sens un peu bizarre.

— C'est vrai ? Veux-tu que je rentre tout de suite ?

— Où es-tu ?

— Avec des amis.

Je m'efforçai de discerner les bruits de fond.

— Ne t'inquiète pas, finis-je par dire. Je suis ridicule. Ne te presse pas. Ça va aller.

— Je ne serai pas long, promit-il. Je rentrerai vers huit heures, d'accord ?

— D'accord. C'est parfait.

J'appelai Meg.

— C'est moi, fis-je lorsqu'elle décrocha.

— Holly. (Elle avait l'air énervée.) Tu te sens mieux ?

— Désolée pour tout à l'heure.

— Ne t'inquiète pas. Mais écoute, puis-je te rappeler plus tard ? Ce n'est pas le moment idéal…

J'entendis une voix d'homme qui l'appelait.

— Avec qui es-tu ? m'enquis-je. Meg, avec qui es-tu ?

— Écoute, nous parlerons demain si tu veux. Pas maintenant, pas au téléphone. Repose-toi, prends soin de toi, remets-toi.

— Meg, insistai-je, mais elle avait raccroché.

Il n'y avait plus personne et tout ce que j'entendis quand je collai le combiné à mon oreille, c'était le bruit de mon propre souffle effréné.

Je remontai péniblement l'escalier et me recouchai. Je regardai le réveil faire tic tac.

Lorsque j'entendis que quelqu'un sonnait, puis frappait violemment à la porte, frappait si fort que je craignis qu'il ne la casse, je crus que cela faisait partie d'un rêve dans lequel on venait me chercher. Mais lorsque je me réveillai et m'assis, le bruit continua, et j'entendis ensuite le fracas de verre brisé. Je ne fis rien. Je me rallongeai simplement sur mon lit. Une fatigue extrême m'envahit, si profonde que j'avais l'impression d'être enroulée dans une couverture antifeu sans avoir la force de m'en débarrasser. Je savais qu'il allait se passer quelque chose de grave, mais je ne trouvais pas l'énergie d'avoir peur. Mes jambes étaient comme des bûches, ma poitrine, comme un gros bloc de pierre. Je ne bougeai pas, étreignis l'oreiller contre ma poitrine. J'entendis le bruit d'une porte que l'on claquait, d'une chaise violemment tirée sur le sol de la cuisine dans un raclement.

Je perçus des bruits de pas et, enfin, une violente terreur s'empara de moi, coula à flots dans mon corps, me coupa le souffle, me donna des fourmillements, un serpent épais dans ma gorge.

Les bruits de pas gagnèrent l'escalier, s'arrêtèrent puis entamèrent une pénible ascension.

— Debout, Holly, me dis-je. Debout, bordel !

Je sortis du lit en titubant, tombai à moitié lorsque mes pieds touchèrent le sol. Une petite partie de moi était consciente de ma joue qui m'élançait, de ma tête qui me faisait mal, du grain des lattes sous mes semelles, de l'obscurité étincelante du ciel nocturne clair, des bruits du monde qui continuait à tourner au-dehors.

Téléphone, songeai-je. C'était ça – appeler la police. Je rampai, attrapai le téléphone sur la table de nuit et essayai de taper 999, mais la pièce était plongée dans l'obscurité, et mes doigts aussi épais que des saucisses, et je me trompai. J'entendis le bip annonçant un mauvais numéro, puis des bruits de pas devant la porte de la chambre. Elle fut ouverte d'un coup de pied et claqua contre le mur. De là où je me trouvais, par terre, je parvenais tout juste à distinguer des chaussures noires et un pantalon gris.

Dans la lumière qui se déversait du couloir, je discernai les chiffres sur le téléphone et les retapai, tout en gémissant.

— Te voilà donc. Tu te caches, pas vrai ?

En entendant sa voix, la peur déclina et brusquement, je devins merveilleusement calme et posée comme si un vent graveleux s'était tassé et que je pouvais de nouveau voir clairement. Je me levai, le téléphone toujours à la main.

— Stuart ? Que fais-tu ?

— À ton avis, kechke j'fais ? J'suis venu te parler, c'est tout.

Il n'arrivait pas à articuler et tanguait en parlant.

— Tu es saoul. Allô ? Allô ? Oui ? Est-ce le service d'urgence ? Oui. Je m'appelle Holly Krauss, et il y a un intrus dans ma…

Il s'élança sur le lit et m'arracha le combiné des mains. Il rebondit par terre et il l'éloigna de nous deux d'un coup de pied, avant d'arracher le fil du mur.

— Voilà, haleta-t-il.

Son visage était marbré de rouge.

— Sors d'ici immédiatement !

— Pas tant qu'on n'a pas parlé.

— Il n'y a rien à dire.

— Holly Krauss. Tu te crois si maligne, pas vrai ? Tu te crois si belle.

— Je descends, laisse-moi passer.

— Nous avons parlé à ton connard d'avocat cet après-midi, après notre conversation de l'autre jour. Tu n'as pas écouté ce que je t'ai dit, pas vrai ? Tu n'écoutes jamais.

— C'était la recommandation de notre av…

— Ferme ta putain de gueule et écoute pour une fois ! Elle n'aura même pas de lettre de recommandation, n'est-ce pas ? (Il parlait de plus en plus fort et son visage était de plus en plus rouge.) Tu ne fais que la frapper à terre. Ça te plaît, n'est-ce pas ? Dernière once de pouvoir. Comme ça t'a plu de m'humilier, de me ridiculiser devant tout le monde. Qu'est-ce que cela m'a fait, d'après toi ? Et toi, tu as pris ton pied, non ?

— Ce n'est pas parce que tu as une histoire avec Deborah que tu peux…

— Tu es bonne à enfermer ou quoi ? Tu ne peux pas te mettre dans ta putain de tête qu'il n'y a rien entre Deborah et moi ? Je… j'essaie juste… et toi, tu te moques de moi.

— Je vais nous faire du café. Je n'ai jamais voulu me moquer de qui que ce soit.

Je me dirigeai vers la porte de la chambre, mais sa main se trouvait sur mon épaule, et il me força à me retourner face à lui. Il y avait de la bave sur son menton et la puanteur douce-amère de l'alcool dans son haleine lorsqu'il rapprocha son visage du mien.

— Tu ne vas nulle part.

— Lâche-moi.

Il me poussa contre le mur. Je le bousculai et il trébucha en arrière. Dans la commode, j'attrapai un miroir que ma grand-mère m'avait offert ; je le tins par sa poignée comme une raquette de tennis, lui assenai un grand coup au visage, l'entendis hurler de douleur et de rage. J'avais passé la porte et croyais que j'étais libre, mais il m'attrapa par mon peignoir pour me retenir, avant de me porter un coup oblique au visage. Ma tête fut brusquement rejetée en arrière et je ressentis des douleurs lancinantes dans le cou.

Il avait toujours ses mains sur mes épaules, mais son visage avait revêtu une expression d'horreur et de perplexité.

— Holly, je n'avais pas l'intention de faire ça, me dit-il. Mais tu ne savais pas t'arrêter. Il fallait que je t'arrête.

— Non. Non.

Il resserra son étreinte. Je levai la main et le frappai à l'aveuglette, et lorsqu'il chancela, j'en profitai pour me sauver, sortis de la chambre et me rendis en haut de l'escalier. Je crus l'entendre derrière moi quand, d'un seul coup, je tombai. Mes pieds se prirent dans les marches, mes bras se tendirent pour me sauver et grattèrent vainement le mur, ma tête se cogna contre la rampe, le sol en contrebas remonta vers moi au ralenti et tout devint alors très clair : le plâtre sur les murs que je n'avais jamais pris le temps de peindre, le tapis râpé sous mes tibias, le souffle lourd derrière moi, les chaussures dans l'entrée, les lacets qui traînaient.

Puis ma tête heurta le sol dur. Des lumières sifflèrent dans mon crâne. La douleur explosa dans tout mon corps. J'entendis quelqu'un gémir et sus que ce devait être moi. J'ouvris les yeux et vis deux mains tendues devant moi, comme si j'étais un plongeur qui entrait dans l'eau. J'avais toujours une jambe à moitié dans l'escalier. Je ne sentais pas l'autre jusqu'à ce que j'essaie de bouger et réalise qu'elle était pliée sous moi, la cheville tordue, et m'envoyait de petites pulsations de douleur atroce.

— Holly, fit une voix. Oh mon Dieu, Holly.

Il y avait des hurlements de sirène dans ma tête. Non, pas dans ma tête, à l'extérieur. Quelqu'un qui frappait à la porte, la porte qui s'ouvrait d'un coup, et une fois de plus, je vis des chaussures devant mon visage, des chaussures noires usées. Je levai la tête et avisai un homme, deux hommes en uniforme, et derrière moi, Stuart disait : « C'était un accident, je ne l'ai pas poussée. C'était un accident. Je ne voulais pas, je n'ai jamais voulu… »

— Bonjour, dis-je et je posai la tête sur le sol froid et poussiéreux et fermai les yeux. (Je me sentais très calme ; presque heureuse.) Je suis contente que vous soyez venue.

Ils passèrent les menottes à Stuart et l'emmenèrent, bien que je ne cessasse de répéter que ce n'était pas de sa faute. Je ne lui en voulais pas. Je n'en voulais à personne. Je me sentais à présent très loin des horribles passions tumultueuses de la journée. Quelle journée ! Une journée remplie de haine, de méchanceté et de spasmes de violence, de visages de gargouilles, de paroles immondes et de mains baladeuses.

J'étais allongée sur une civière, une couverture douce me recouvrait, et une femme me tenait la main lorsque l'on me poussa dans l'ambulance.

Ils savaient tous ce qu'ils faisaient et je n'avais plus besoin de penser, plus besoin de ressentir ou d'avoir peur. Il y avait des gens rassemblés dans la rue, qui regardaient, se donnaient des coups de coude, me montraient du doigt ; des bavardages excités de plus en plus forts. J'entendis quelqu'un prononcer mon nom, qui fut répété comme un coup de vent dans des joncs. Holly Krauss, Holly Krauss, Holly Krauss… Mais rien n'importait vraiment.

Puis quelqu'un d'autre se trouva à mes côtés, une silhouette qui se fraya un chemin par les portières ouvertes de l'ambulance et s'agenouilla auprès de moi.

— Holly ?

— Salut, Charlie. Tu es rentré, alors.

— Qu'est-ce que tu as encore fait ?

— Plutôt : « Que lui a-t-on fait ? » rectifia la femme qui m'avait tenu la main. Elle a eu de la chance.

— Tu sens bon, observai-je d'un ton endormi. Vanille.

— Qui t'a fait ça ?

— Stuart. Mais il ne voulait pas me faire de mal. Il était saoul, c'est tout.

— Ton visage…
— Je vais bien, vraiment.
— Il est tout…
— Je suis affreuse ? Ce n'est pas grave.

Il y avait eu un ouragan, songeai-je, mais il nous avait seulement fouettés.

— Le temps est en moi, murmurai-je.
— Quoi ?
— Tant pis. Veux-tu me tenir la main ?

Il la prit, mais presque distraitement, la tapota doucement, comme un homme hébété.

— Il faut que l'on parle, dis-je.

J'avais l'impression de prononcer ces cinq mêmes syllabes depuis des semaines. Charlie ne répondit pas. Les portières se fermèrent et l'ambulance démarra dans l'obscurité.

*

Je n'allais pas trop mal, mais ils me gardèrent toute la nuit par acquit de conscience. Des contusions au visage provenant d'un autre coup, une nouvelle balafre sur l'arrière de ma tête, qui nécessitait quelques points ; une cheville qui avait gonflé, un cou douloureux, les tibias éraflés à cause de ma chute dans l'escalier moquetté. L'officier de police qui vint me parler le lendemain matin m'apprit que le visage de Stuart était pire que le mien. Pauvre Stuart. Je lui racontai ce qui s'était passé, et elle consigna tout, puis le relut avant que je ne signe le papier. Je lui demandai ce qui allait lui arriver, et elle haussa les épaules. Je me tournai vers le mur et attendis qu'elle s'en aille.

La paix de la nuit précédente s'était transformée en autre chose qui ressemblait davantage à de la tristesse.

Je pensais à Charlie et moi. Je pensais à Meg et moi. Et je pensais à Charlie et Meg. C'étaient les deux personnes que j'aimais le plus au monde. Peut-être étaient-ce les seules personnes que j'aimais tout court – à part ma mère, sans doute, que j'aimais seulement parce qu'elle était ma mère. Si l'on m'enlevait Meg et Charlie, que me resterait-il ? Une foule de connaissances brillantes, qui ne savaient rien de moi, hormis que j'étais une fêtarde : marrant de sortir avec elle, mais pouvait échapper à tout contrôle. J'allai dans la salle de bains en boitant, où je me plantai devant le miroir. Cheveux gras, et un côté de mon visage jaune sale, lèvres gercées, grands cernes sous les yeux. Si seulement ils me voyaient en ce moment, sans doute y repenseraient-ils à deux fois.

21

En rentrant chez moi, j'avais l'impression d'être une mauvaise parodie d'une jeune maman que son mari aimant vient chercher à la maternité. Sauf qu'il n'y avait pas de bébé. Et pas de ravissement. Sur mes genoux, j'agrippais un sac en plastique rempli de mes vêtements déchirés et salis. Nous parlâmes à peine jusqu'à ce que Charlie se gare devant chez nous.

— Je suis désolé, dit-il. J'aurais dû être là. J'aurais dû te protéger.

— Les forces de l'ordre sont arrivées à temps. Qui les a prévenues ?

— Toi, apparemment.

— Je n'ai pas eu le temps de leur donner notre adresse.

— Ce n'était pas nécessaire.

— Je pensais que c'était un ami, s'étonna Charlie.

— Ça l'était. À présent, mes amis me détestent encore plus que mes ennemis.

Nous descendîmes de voiture et gravîmes les marches jusqu'à la porte d'entrée.

— Ne dis pas ça, protesta Charlie.

Nous entrâmes. Je commençais à expliquer que j'étais désolée en même temps que Charlie commençait à dire autre chose et nous nous excusâmes tous les deux en poussant l'autre à commencer. J'insistai pour qu'il le fasse.

— Tu te sens bien ? s'enquit-il.

— Est-ce ce que tu voulais dire ?

— Non. Je voulais m'excuser. Je devrais rester pour m'occuper de toi, mais j'ai un rendez-vous. Pour un boulot.

— C'est super ! Avec qui ?

— C'est pour un magazine de design. Son nom ne te dirait rien.

— Je suis ravie. Quand est-ce ?

— Maintenant, j'en ai peur. Ça ne te dérange pas ?

Je lui touchai le bras.

— Vas-y. Je vais juste me reposer.

— Je m'en veux de te laisser.

— Non. Ce n'est pas un problème. C'était la crise inévitable. Maintenant, on a crevé l'abcès. On a pris les difficultés de front. Et je vais m'écrouler.

Il sourit puis eut l'air sceptique.

— Je t'ai interrompue. Qu'allais-tu dire ?

— J'allais m'excuser. Une fois de plus.

— Pourquoi ? C'est toi qui t'es fait agresser.

— L'accumulation.

— Quoi ?

— Ça n'arrête pas de se reproduire. Mais chaque fois, c'est pire. Quand sera terminé, quand nous aurons surmonté tout cela, nous parlerons.

— Oui, répondit-il sèchement. Mais en attendant…

Il courut à l'étage et redescendit avec une veste plus chic.

— Tu es superbe, lançai-je. *Je* t'embaucherais sans hésiter.

Son expression s'obscurcit.

— Tu sais que je ne te demanderai jamais du travail.

— Ce n'est pas ce que je voulais dire, bégayai-je.

— Je ferais mieux d'y aller.

— Tu as oublié ton book.

Charlie me regarda et marqua une pause un tout petit peu trop longue.

— Il connaît mon travail, m'expliqua-t-il. Je n'en ai pas besoin.

— Alors bonne chance.

Il hocha la tête.

— Ah, au fait, lança-t-il. Je t'ai fait refaire une clé.

Il la jeta sur la table.

— Merci. Mais je me disais, et si quelqu'un avait pris l'autre ?

— Qui ?

Laisse tomber.

Il s'en alla. Je restai là où je me trouvais. J'essayai de me rappeler un poème que j'avais lu à l'école. « Je lui mens et elle me ment et patati et patata. » Et patati et patata, en effet. Un coup fut frappé à la porte et je souris à l'avance. Charlie. Il avait changé d'avis. Je me préparai à le serrer dans mes bras et à amorcer la discussion que nous reportions depuis trop longtemps.

— Ce fut rapide, lançai-je, avant de m'interrompre

car ce n'était pas Charlie mais Dean, qui serrait une canette de bière.

— J'ai attendu que ton bourgeois s'en aille, dit-il en me bousculant pour entrer. Je suis attentionné, tu vois ?

Il but une gorgée de sa canette.

— J'ai apporté la mienne cette fois. (Il me regarda curieusement.) On s'est encore battue ?

— En quelque sorte.

Il se frotta le nez comme s'il le grattait. Il marmonna quelque chose que je ne parvins pas à comprendre.

— Alors ? fis-je.

— Ouais ?

— Que faites-vous là ?

— Tu sais ce que je fais là.

— Je sors tout juste de l'hôpital, l'informai-je. Je suis rentrée il y a quelques minutes à peine. De toute façon, je vous ai dit que je n'avais pas d'argent. Je ne peux pas payer Vic Norris.

— Comment ça, tu ne peux pas payer ? fit Dean d'un ton moqueur. C'est bien ta putain de baraque, non ?

— Elle est hypothéquée, expliquai-je. Je n'ai pas d'argent.

Il avala une gorgée de bière.

— Je m'en fiche. Je suis seulement la personne qu'il envoie pour récupérer des choses. Je ne suis pas celui qu'il envoie pour *faire* des choses. Je serai dans la merde lorsque je lui apprendrai que tu n'as rien fait, mais toi, tu seras encore plus dans la merde.

— Je ne peux pas…

Il s'approcha du manteau de cheminée où il attrapa une carafe à décanter décorative en verre vert que l'on nous avait offerte en cadeau de mariage.

— Elle doit bien valoir cent livres, dis-je. Vous pouvez la prendre.

Il la fit tomber par terre où elle se brisa en mille fragments verts.

— Ça ne suffit pas, décréta-t-il en finissant sa bière. Tu peux trouver l'argent. Tout le monde peut trouver de l'argent si l'on en a vraiment besoin. Et tu as vraiment intérêt, bordel !

— Si vous me menacez, j'appelle la police.

Dean déposa la canette sur la table basse. Puis, presque distraitement, comme s'il était seul, il baissa sa braguette, sortit son petit pénis rose et pissa un gros ruisseau jaune âcre qui gicla en formant une flaque par terre. D'un tour de hanche maladroit, il le rentra dans son pantalon et remonta sa fermeture Éclair.

— Ce que tu vas faire, m'intima-t-il, c'est trouver l'argent. Si tu ne l'as pas la prochaine fois, tu ne me reverras pas. Je m'occupe juste de transmettre les messages. Je suis le gentil. (Il se dirigea vers la porte.) Nous en parlerons aussi avec ton bourgeois. (Il se fendit d'un grand sourire.) Merci de m'avoir laissé utiliser tes toilettes.

Je me rendis plutôt calmement aux W.-C., me penchai au-dessus de la cuvette et vomis, vomis jusqu'à ce que mon estomac soit vide. Puis j'allai chercher un seau, un torchon et un rouleau de papier-toilette et nettoyai le séjour, le verre brisé et l'urine. Lorsqu'il ne resta plus rien, je lavai le sol à l'eau de Javel et le relavai à l'eau de Javel. Quand j'eus terminé, je regardai mes paumes. On aurait dit celles d'un cadavre qui était resté sous l'eau pendant une semaine.

22

Je passai une nuit de rêves déchiquetés et me réveillai sur des songes qui n'étaient autres que des cauchemars.

— Tu es malade, me dit Charlie dans mon dos alors que j'essayais de m'habiller.

Il me prit même par le bras et essaya de me forcer à me recoucher, mais j'étais plus forte que lui.

Je m'arrachai à lui et extirpai un vêtement dans la garde-robe orné d'une collerette crème au cou et aux manches. J'étais Elizabeth Ire. J'étais un gentleman Tudor. J'enveloppai un foulard autour de ma tête balafrée.

— Une paysanne, plutôt, déclarai-je. Une cueilleuse de pommes de terre. Nord de l'Espagne et ânes, et les hommes restent assis à boire à l'ombre.

— Écoute-moi, Holly, insista Charlie. (Son visage était tout près du mien. Et sa bouche s'ouvrait et se refermait comme celle d'un poisson. Je pouvais voir les veines sur sa peau et chaque poil minuscule sur son menton. Je pouvais sentir son haleine. Je reculai.) Il faut que tu te recouches tout de suite, poursuivit-il. Il faut que tu me laisses m'occuper de toi.

— Ne crie pas ! C'est comme une balle en caoutchouc dans ma tête, qui rebondit dans tous les sens. Je pourrais dessiner un diagramme des angles surprenants. Flèches et pointillés. Coupés là.

— Holly, Holly, ma chérie, il n'est même pas sept heures.

— Il faut que je travaille. Il faut que je rembourse l'emprunt. Si j'arrête, tout va dérailler. Accident. Hurlement du métal qui se déchire. Personne d'autre ne peut ramasser les morceaux. Seulement moi.

Je sortis une paire de chaussures. L'une me paraissait plus haute que l'autre. Tant pis. Je passai mon pied bandé dedans.

— Tu dois travailler, repris-je. Tu dois avancer, Charlie. Ta vie s'enfuit et elle t'oublie.

— Écoute, donne-moi une minute et je vais t'accompagner. D'accord ? Tu ne peux pas y aller seule. Je vais m'habiller, nous prendrons le petit déjeuner et nous prendrons ensuite le métro ensemble.

— Plus jamais, dis-je.

— Quoi ?

— Plus jamais le métro. Jamais. Tous ensemble comme des fourmis dans une fourmilière, des bestioles sous un gros rocher visqueux. De la pierre et de la terre au-dessus, en dessous et de chaque côté. Nous y sommes enterrés vivants, Charlie, tu ne comprends pas ? Coincés dans cette petite capsule d'oxygène où tout le monde respire l'haleine sale et fétide de tout le monde.

— Nous prendrons un bus.

— Nous pouvons marcher, prendre le pont branlant. Tu devras me serrer bien fort – on ne sait jamais ce que je pourrais faire.

— Holly, assieds-toi sur le lit et attends-moi. Je vais prendre une douche. Tu devrais mettre d'autres vêtements plus adaptés.

— Tant pis pour eux. Tant pis pour moi.

— Tu me promets que tu vas m'attendre ?

— Promis. Croix de bois, croix de fer, si je mens, je vais en enfer !

Quel adorable idiot de me faire confiance ! Il se rendit dans la salle de bains où j'entendis l'eau couler. Je descendis l'escalier en vacillant et sortis de la maison.

Je marchais, mais j'avais l'impression étrange d'être dans une voiture qui accélérait. Les choses surgissaient inopinément devant moi, des arbres, des gens, des murs. Mes pieds heurtèrent le trottoir et je dérapai sur la route. Quelqu'un klaxonna et des freins crissèrent. Je me retournai et vis un visage tordu derrière la vitre d'une voiture, juste derrière moi. Quelqu'un qui me détestait vraiment, je le devinai à ses yeux fous et brillants de colère. Je traversais la route en boitant, une épaule plus haute que l'autre.

— Regarde où tu vas !

Une femme avec une poussette. Je distinguais les racines noires dans ses cheveux blonds teints. Je voulais lui dire que ça se voyait nettement. On ne peut pas s'en tirer avec des subterfuges. On ne peut duper personne longtemps. Nous sommes tous ridicules de croire que nous dupons tout le monde alors que, tout ce temps, nous savons. Nous sommes tous impliqués dans la même mascarade. Je me souviens des devinettes de mon enfance. Film (faites tourner votre poing encore et encore pour imiter la bobine qui tourne). Quatre mots (quatre doigts levés). Premier mot, deux syllabes, ça a un rapport avec Noël – oh mon Dieu, Noël approche – où en étais-je ? Ah, oui, un rapport avec Noël et dans un chant de Noël, ça rime avec *ivy*[1]. C'est ça, Holly. Deuxième mot, une seule syllabe. Vous l'avez tout de suite deviné, pas vrai ? Krauss. Holly Krauss. Holly Krauss est une merde. Si, si, si.

Je traversai le pont. Il restait de minces spirales de brume qui planaient au-dessus de la rivière. Il avait dû faire froid car j'expirais des volutes d'air. Je sentais le pont bouger sous moi. Je jure qu'il oscillait comme l'un de ces ponts en suspension peu solides auxquels il manque la moitié des lattes en bois dans les films d'aventure. J'étais sans cesse à deux doigts de trébucher.

1. *Ivy* : lierre ; *holly* : houx. *(N.d.T.)*

Et il paraissait très long, s'étirant au-dessus du grand précipice. Comment serait-ce possible de parvenir de l'autre côté ? Je l'avais déjà fait. Si je l'avais déjà fait, cela signifiait-il que je pourrais le refaire ? J'avais déjà tout fait, menti, ri, et traversé ces putains de journées de merde – cela signifiait-il que je pourrais encore le faire ? Était-ce ça, la vie ? Rien d'autre ?

Le bout du pont se rapprochait. Je jetai un coup d'œil et crus reconnaître une silhouette familière, mais le vent me faisait tellement pleurer que je n'arrivais pas à distinguer clairement quoi que ce soit. Des voitures me dépassaient en fendant l'air. Des gens marchaient en décrivant de grands cercles autour de moi, m'évitant comme la peste. Très sage. Mes chaussures glissaient sur la surface inclinée et verglacée. Je posai une main sur la barrière gluante de froid. Si je l'y laissais, peut-être que mes doigts se colleraient au métal et je devrais enlever la peau délicate au bout pour me libérer. Gauche, droite, gauche, droite. Quelle était cette comptine que mon père aimait entonner ? « *Tu avais une jolie maison et tu l'as quittée. C'est bien fait, c'est bien fait, c'est drôlement bien fait pour toi.* »

« C'est bien fait pour toi », dis-je à voix haute.

Je descendis du bout du pont, tournai à droite et dévalai la colline, le vent dans le visage, trébuchant. Un petit bruit étrange sortit de ma gorge, puis un autre.

— Vous allez bien, ma jolie ?

Je fixai le visage d'une femme aux cheveux châtains hérissés et au menton pointu, qui me regardait. Je distinguai un point de condensation sur sa lèvre et une dent ébréchée. Joli visage. Yeux noisette, sourcils légèrement arqués.

— Vous allez bien ? répéta-t-elle.

— Qu'est-ce que ça peut vous faire ? rétorquai-je.

— On dirait que vous avez des problèmes. Je me demandais si je pouvais faire quelque chose pour vous aider.

— Ouais, c'est ça.

Je me mis à rire.

— Qui puis-je appeler ? insista-t-elle.

— Si vous saviez.

Sa main gantée se trouvait sous mon coude. Quelqu'un produisait un bruit étrange, un gémissement de fou furieux. Il y avait des gens attroupés en cercle et tout ce que je pouvais voir, c'étaient des visages qui me regardaient de haut. J'étais assise sur le trottoir. Ça doit être le froid, songeai-je. Apparemment je ne portais pas de collants et il y avait du sang sur mon genou. Ça devait faire très bizarre. Peut-être allait-on croire que j'avais glissé et que j'étais tombée.

— J'ai glissé et je suis tombée, déclarai-je. Glissé et tombé par terre. Faut que je me lève.

— Regardez comment elle est habillée, fit une voix. Elle est saoule.

— Juste désordonnée, répondis-je.

— Qu'est-ce qu'elle raconte ?

— Désordonnée ! répétai-je, plus fort.

— Elle crie, maintenant. Elle a pris quelque chose. Appelez de l'aide.

C'était vrai que quelqu'un criait. Les choses échappaient assurément à tout contrôle. Cela revenait à vous trouver dans une soirée, où une bagarre se déroule dans une autre pièce et vous entendez des verres se briser, mais d'ici que vous sortiez jeter un œil, tout est fini. Vous ne voyez que le résultat : des chaises renversées, des gens qui se relèvent, des cris. On aurait dit qu'il ne restait que le contrecoup. Je constatai du coin de l'œil qu'il y avait eu une bagarre. Deux silhouettes étaient vautrées par terre et faisaient des bruits étranges. Je sentis une sensation de brûlure sur mes genoux et mes paumes. J'examinai mes mains et vis des écorchures roses parsemées de graviers. Des gens se rassemblaient, comme s'il s'était produit un accident de voiture. D'autres hâtaient le pas. De toute évidence, il y avait une urgence, mais lorsque je regardais autour de moi, je ne voyais rien. Comme si elle disparaissait constamment de mon champ de vision. « Elle est derrière vous », me dit doucement une voix, pour que personne ne l'entende. J'essayai de l'attraper en regardant rapidement autour de moi, mais elle fut trop rapide pour moi. J'entrepris de demander aux gens ce qui se passait, mais personne ne fut capable de me l'expliquer avec cohérence. Des adolescentes se moquèrent simplement de moi lorsque je posais la question, je leur courus donc après, histoire de leur donner une leçon, mais elles furent trop rapides pour moi, trois petits matadors et moi, le taureau.

Une voiture se gara et deux officiers de police, un homme et une femme, en descendirent. Je leur demandai si nous nous étions rencontrés la nuit dernière. Mes souvenirs étaient flous. Je m'attendais à ce qu'ils se mettent à arrêter des gens et les interrogent, mais la femme s'approcha de moi et me fixa droit dans les yeux. J'avais l'impression que mon visage était une fenêtre et qu'elle regardait quelque chose de très loin. Tous deux me prirent par un bras. J'essayai de me détacher, mais mes bras refusaient de se libérer. Je fus poussée au fond d'une voiture de police alors que je tentais d'expliquer qu'il devait y avoir une erreur. Ils s'étaient trompés de personne. Ils ne paraissaient pas m'entendre, je dus donc crier et hurler et pourtant, ils ne me prêtèrent toujours pas attention. La femme policier s'assit bien à côté de moi et la voiture démarra.

— Je vais arriver en retard au travail, dis-je. Je vais

vous guider, sauf si vous me ramenez chez moi. C'est juste en haut de la route. Vous devez faire demi-tour. (La voiture ne fit pas demi-tour.) Allons-nous au poste de police ? Je suis désolée, je n'ai rien à ajouter à mes déclarations.

Mais ils ne me conduisirent pas au poste de police, ni au travail, ni à la maison.

23

— Savez-vous où vous êtes ?

— Oui, répondis-je.

Une pause s'ensuivit.

— Alors ?

— Alors quoi ?

— Où êtes-vous ?

— Ce n'est pas ce que vous m'avez demandé. Vous m'avez demandé si je savais où j'étais. Et j'ai dit oui. Parce que je le sais.

Profonde respiration.

— Très bien. Pourriez-vous me dire où vous êtes ?

— Oui. Entendez-vous par là que vous voulez que je vous dise où je suis ?

— Oui, s'il vous plaît.

— Vous ne le savez pas ? Vous devriez. Vous travaillez ici.

— Je veux savoir si *vous* le savez.

— Je ne travaille pas ici.

Je ne pouvais m'empêcher de rire. La journée avait mal commencé, mais voilà qu'elle semblait comique. J'avais l'impression qu'une migraine s'était calmée en me laissant légèrement étourdie, mais je pensais plus clairement et plus rapidement que n'importe qui dans la pièce. Je regardai la jeune femme : DR CLEEVELY, disait son badge, en majuscules carrées. Elle avait une blouse blanche étincelante et un sourire blanc étincelant.

— Vous réfléchissez dur, repris-je. Vous essayez de trouver la forme de question qui m'amènera à répondre que je me trouve aux urgences d'un hôpital. Voilà, je l'ai dit. Sans que l'on ne m'ait rien demandé.

— Savez-vous pourquoi vous êtes ici ? me demanda-t-elle.

— Oh non, nous n'allons pas recommencer, n'est-ce pas ? Depuis qu'un homme et une femme en uniforme m'ont amenée ici… Ne trouvez-vous pas que les gens en uniforme dégagent quelque chose de particulier ? La première fois que je les ai vus, j'ai d'abord cru que c'étaient deux strip-teaseurs. C'est vrai, il faut reconnaître que c'est inhabituel que des strip-teaseurs apparaissent lorsque vous traversez le pont du Suicide. Le pont du Suicide, ce n'est pas son vrai nom, naturellement. Ce serait un nom terrible pour un pont. Personne ne voudrait jamais le traverser. Ni passer en dessous. En fait, il s'appelle… (Je ne me souvenais pas de son nom.) Mais dans le coin, on le surnomme affectueusement le pont du Suicide. Et la raison pour laquelle il s'appelle le pont du Suicide, c'est un, parce que les gens se suicident tout le temps sur ce pont. Enfin, pas *sur* ce pont, *de* ce pont. Et la raison pour laquelle ils le font, c'est un, parce qu'il est très élevé par rapport au sol. Au sol en dessous. Et deux, parce que, je ne l'ai pas vérifié, mais il paraît que c'est le seul endroit de Londres où vous pouvez vous tuer en sautant d'un district postal, à savoir le N19, et en atterrissant dans un autre, à savoir le N autre chose. Quelle était votre question, déjà ?

— Holly…

— Ce sera miss Holly pour vous.

— Je vais chercher quelqu'un qui va vous examiner.

— N'était-ce pas ce que *vous* faisiez ?

— Je ne suis que le médecin de garde.

— Ne vous excusez pas.

— Je ne serai pas longue.

— Ce n'est pas grave. Il faut que j'aille travailler de toute façon.

Le docteur Cleevely disparut derrière le rideau tiré autour du lit, mais malheureusement elle me laissa avec une très grosse infirmière qui me prévint que si j'essayais de me lever, on m'attacherait. J'engageai la conversation avec elle pour la détendre. Nous avions à peine commencé à parler du Zimbabwe, d'où elle était originaire, que le docteur Cleevely revint avec un autre médecin, une Asiatique, le docteur Mehta. Celle-ci me salua et m'annonça qu'elle était la psychiatre de garde.

— C'est le moment où je dis : « Psychiatre ? Je n'ai pas besoin de psychiatre. Je suis parfaitement saine d'esprit. »

Le docteur Mehta ne sourit pas. C'était une jeune femme sérieuse avec une écritoire à pinces et elle commença à me demander mon nom, ma date de naissance et mon adresse.

— Savez-vous pourquoi vous êtes là ?

— Je ne vais pas recommencer. J'ai vraiment trop de choses à faire. Si vous voulez savoir, la police m'a amenée.

— Pourquoi ?

— Je pense qu'ils doivent en avoir marre de moi. J'ai eu affaire à eux ces derniers temps. C'est une longue histoire.

— Oui ? fit le docteur Mehta.

— Bien, vous l'avez voulu. Quelqu'un me menaçait et – en fait, des tas de gens m'ont menacée récemment, et celui dont je parle à l'instant, eh bien, il se trouve probablement dans cet hôpital en ce moment même parce que je l'ai frappé avec un miroir qui appartenait à ma grand-mère. Bref, je suis sûre que c'était cet hôpital et que j'étais là l'autre jour. Je ne me souviens pas quand – c'est difficile de distinguer les jours, pas vrai ? – mais il a essayé de me faire du mal uniquement à cause de cette femme que j'ai licenciée, de plus il y a cet homme qui fait une fixation sur moi. Nous avons couché ensemble, en effet, mais c'était rien. Je sais, je suis mariée. Je sais, je sais, mais j'en ai parlé à Charlie, c'était horrible, et nous travaillons dessus. Puis il y a ce jeune qui est venu chez moi et a pissé partout par terre – mais je n'ai pas le droit d'en parler. Personne ne doit être au courant. (Je m'arrêtai.) Je m'écoute parler et je réalise que, de votre point de vue, ça a l'air fou. Mais honnêtement, c'est la vérité. Demandez à la police pour l'homme qui m'a attaquée. Pas ceux qui m'ont amenée ici. Ils ne doivent pas être au courant. Ou demandez à Charlie, mon mari. Je sais que j'ai l'air parano, mais c'est la stricte vérité. Renseignez-vous. (Je m'arrêtai.) Non, ne le vérifiez pas, rien de tout cela n'a plus d'importance. Cela n'a pas grand intérêt, n'est-ce pas ?

J'essayai de croiser son regard, mais elle griffonnait sur son écritoire.

Elle leva les yeux.

— Racontez-moi ce qui se passait lorsque la police vous a ramassée.

— Je n'ai pas vu grand-chose ; j'allais au travail. Il y avait une espèce de rixe. La police a mal compris. Ils auraient dû laisser les choses suivre leur cours.

— Votre comportement était-il inhabituel ?

— Je ne sais pas ce que cela veut dire. Qu'écrivez-vous sur vos tablettes ?

— Je prends des notes.

— Ai-je réussi l'examen de passage ?

— Ça ne se passe pas comme ça.

— Vous essayez de me faire entrer dans l'une de vos petites cases. Vous essayez de m'évaluer, n'est-ce pas ?

— Provisoirement, oui.

— Ça ne marchera pas. Parce que je sais ce que vous faites. Vous serez incapable de deviner si je dis la vérité ou si je dis ce que vous voulez entendre, ou si je dis quelque chose que, je le sais, déclarerait une personne saine d'esprit. Ou si je suis simplement une personne saine d'esprit qui affirme des choses saines d'esprit ou bien si je suis une personne saine d'esprit qui tient des propos déments parce qu'elle est nerveuse et essaie donc d'imiter une personne saine d'esprit et n'y arrive pas.

— Vous portez vos vêtements de nuit, observa le docteur Mehta.

— Brillant, rétorquai-je. Vous m'avez piégée. Brillant. Est-ce une espèce de jeu ?

— C'était juste une remarque.

Il y eut du remue-ménage derrière le rideau. Quelqu'un essayait de passer, en vain, et c'était comique. Cela me faisait penser au théâtre, rideau baissé. Un visage apparut. Un visage familier. Celui de Charlie.

— Holly ! fit-il. Que se passe-t-il ? Où étais-tu passée ? J'ai couru partout pour te retrouver. Tu étais assise sur le lit en vêtements de nuit et un instant plus tard – oh, tu es encore en chemise de nuit, non ? Que se passe-t-il ? Qu'as-tu fait ? Il y a eu ce coup de fil – on m'a dit que tu avais attaqué une jeune…

— Ce n'est rien. J'ai eu un stupide accident. (Je levai mes mains qu'une infirmière avait bandées à mon arrivée.) Je suis tombée par terre et je me suis écorché les mains et les genoux. Ils m'ont amenée ici et maintenant, ils me posent tout un tas de questions. C'est absurde.

— Est-ce votre mari ? demanda le docteur Mehta.

— Pas mal, non ? Tout le monde aime Charlie.

Elle se tourna vers lui.

— Puis-je vous parler ?

Tous deux s'éclipsèrent derrière le rideau, me laissant seule sur scène avec Dieu pour seul témoin. Au bout de quelques minutes, le docteur Mehta me rejoignit.

— Charlie est de l'autre côté, m'apprit-elle. Vous pourrez le voir dans une minute.

— Il me ramène à la maison ?

— Je dois vous poser d'autres questions. Parlez-moi de choses et d'autres. Comment dormez-vous ?

— Vous arrivez trop tard. Il y a quelques semaines, j'étais trop occupée pour dormir. J'ai passé des jours et des jours sans dormir. Vous savez, les études qui prétendent que si vous privez quelqu'un de sommeil, il devient fou ? C'est vrai. Mais tout cela, c'est fini. Je dors, dors comme… comme une baleine ? Les baleines dorment-elles ? Comme une baleine de plage. (Je ris.) Ça fait « baleine en vacances ». Je veux dire une baleine échouée. Comme un ours. Les ours dorment tout l'hiver. Quels veinards.

— Comment va votre santé en général ? Êtes-vous en forme ?

— N'en ai-je pas l'air ? Je respire la santé. Je suis probablement la personne la plus en forme de tout le bâtiment.

— Et parlons, eh bien, par exemple, de votre vie sexuelle ?

— Que voulez-vous dire par « eh bien, par exemple » ? Êtes-vous gênée ? Allez, avouez-le. Cela est-il nouveau pour vous ? Vous croyez-vous compétente pour évaluer l'état de ma vie sexuelle ?

— Ce qui m'intéresse, c'est comment *vous* la voyez, vous.

— Manifestement, les choses ne sont pas brillantes. Rien que pour vous montrer qu'il en faut beaucoup pour me gêner et que je ne suis pas une timide qui rougit pour un rien, j'ai couché il y a quelques semaines avec quelqu'un que je n'avais jamais rencontré, sous l'influence de choses et d'autres, eh oui, je suis mariée, eh oui je suis heureuse dans mon mariage, et est-ce que je le regrette ? Oh que oui, mon Dieu – ce qui me semble une réponse tout à fait saine d'esprit. (Je marquai une pause et tâchai de me concentrer.) Je vous ai déjà dit tout cela, n'est-ce pas ? Ou l'ai-je dit à l'autre ? À l'autre médecin ? Il n'y a que des femmes. Interdisez-vous aux hommes de travailler ici ? Non pas que je me plaigne. J'aurais du mal à parler de ce genre de choses à un homme. Non pas que vous me soyez d'une grande aide. Je croyais que vous étiez psychiatre ? Ne pourriez-vous pas me dire des paroles de réconfort ? Parce que j'ai bel et bien besoin de réconfort. Je sais que je baragouine, mais, en dessous, je sais que je suis triste. (Je la regardais. Griffonner, griffonner, griffonner.) Rien ? Juste une autre marque noire ? Un autre F ? Vous savez, docteur, je pense que j'ai fourni suffisamment d'efforts à essayer de vous divertir. Je commence à me sentir fatiguée. J'ai mal à la tête, ma cheville m'élance, mes mains et mes genoux me font mal, et je veux juste aller m'allonger quelque part. Si vous voulez me faire une ordonnance pour quelque chose, très bien, sinon, je m'en vais.

Griffonner, griffonner, griffonner. Elle leva les yeux.

— Et la nourriture ?

— Non merci, je n'ai pas faim.

Pas de sourire.

— Je parlais de l'appétit en général.

— Je ne sais pas.

— Mangez-vous de bon cœur ?

— Je vais devoir observer un « Sans commentaire » plein de dignité. Nul ne devrait être obligé de fournir des preuves contre soi-même.

— Rencontrez-vous des problèmes au travail ?

Je fis la grimace. C'était un domaine sensible. J'allais devoir y aller doucement.

— Je ne sais pas combien de temps vous avez. Ils sont complètement – ce qu'ils vous avoueraient eux-mêmes s'ils, eh bien, s'ils le reconnaissaient un jour – déraisonnables. Oh ça ne sert à rien, de toute façon. Que pouvez-vous savoir de ma vie ? On m'a amenée ici comme un oiseau mort tiré par un chat et jeté à vos pieds. Je ne comprends même pas ma vie et ça fait vingt-sept ans que je me la coltine.

Je levai les yeux sur le docteur Mehta.

Elle ne griffonnait pas, mais regardait dans le vide.

— Laissez-moi dire un mot à votre mari.

— Ne l'avons-nous pas déjà fait ? demandai-je. J'ai l'impression que nous sommes coincés dans un schéma type.

En leur absence, j'essayai de dresser la liste des choses que j'allais lui dire. J'essayai de les classer par ordre de priorité, mais elles m'échappèrent et je dus tout recommencer, et ils revinrent.

— Je ne vous avais pas vus arriver, lançai-je.

— Madame Krauss, dit le docteur Mehta, je vais parler de vous à mon chef de service. Il viendra sûrement vous voir…

— Il y a donc un homme sur place, l'interrompis-je.

Le gardez-vous caché quelque part ? Ne le sortez-vous que pour les occasions spéciales ?

— Toutefois, il est très clair pour moi que je veux que vous soyez admise en psychiatrie, en tant que patiente volontaire.

— C'était l'oiseau mort, n'est-ce pas ? Et le chat. Ce n'était qu'une image.

Le docteur Mehta parlait comme si elle n'avait pas entendu ce que je lui avais dit, comme si je n'étais même pas dans la pièce.

— Comme je viens de le dire, j'aimerais que vous soyez admise en tant que patiente volontaire. Si vous n'êtes pas disposée à l'accepter, nous devrons envisager de vous interner selon la loi sur la santé mentale pour admission forcée.

— M'interner ? Vous plaisantez ? C'est ce que l'on dit aux aliénés qui courent dans la rue avec des couteaux et qui menacent les gens ! Regardez-moi. Je suis assise avec vous qui me calmez, enfin je veux dire calmement, à avoir cette putain de conversation idiote.

— L'admission forcée est une procédure plus lourde. Il vous faut deux médecins distincts, une assistante sociale, et nous devrons remplir tout un tas de formulaires, mais nous le ferons si nécessaire. Et maintenant, vous voudrez peut-être en toucher un mot à votre mari.

— Pour lui dire au revoir ? Mais je ne veux pas lui dire au revoir ! Je veux rentrer chez moi. C'est tout ce dont j'ai besoin. Tout ira bien si je peux rentrer chez moi.

Le docteur Mehta ne sembla pas me prêter grande attention. J'étais comme une radio que l'on avait laissée allumée pendant qu'elle continuait à travailler. Elle sortit et Charlie revint, et l'on aurait dit que c'était lui qui avait besoin d'aide.

— Holly, dit-il d'une voix éteinte. Je suis désolé.

— T'a-t-elle parlé ? Ils veulent que je reste. Je suis tentée de prendre la fuite si tu arrives à trouver mes vêtements. Je ne peux pas sortir comme ça.

Puis je vis son visage, ridé, fatigué et marbré à la lumière vive de l'hôpital, et je n'eus plus envie de lutter. Je me retrouvai vidée, humiliée et amèrement honteuse. Je tendis une main et touchai délicatement son bras. Je le vis tressaillir.

— Si tu penses que c'est la chose à faire. Je ferai tout ce que tu veux. Dis-le-moi, c'est tout.

— Je ne sais pas. Je ne sais pas.

— C'est bon. Je vais donner mon consentement, Charlie. Tu n'as pas de souci à te faire.

Je voulais qu'il proteste, mais il n'en fit rien, il se contenta de hocher lentement la tête.

— Ils vont te soigner, déclara-t-il.

24

Ils ne me soignèrent pas. Ils aggravèrent mon état.

J'étais comme une voiture qui avait besoin de réparations basiques, mais au lieu d'être amenée à l'atelier de carrosserie, on l'amenait à la casse où les véhicules étaient entassés les uns sur les autres, dépouillés de leurs portes et de leurs autoradios, et de tout ce qui avait de la valeur, puis condamnés à rouiller.

L'infirmière du Zimbabwe me donna des cachets, qui, prétendait-elle, allaient me calmer, mais je ne pense pas les avoir avalés. Je me souviens que l'on dut me tenir par les deux bras et que quelque chose se cassa, des fragments de verre brisé par terre.

Je me comportais comme un enfant qui commence à marcher, effrayé et battant l'air. Je recrachais les comprimés le plus possible. Le docteur Mehta me montra une seringue, je vis la gouttelette au bout, qui scintillait. Elle l'enfonça dans mon bras alors que j'essayais de me dégager et, presque immédiatement, une vague de chaleur se répandit de l'aiguille dans mon bras et dans mon corps. Je pouvais lâcher prise à présent. Je pouvais me laisser sombrer dans le sommeil et rien n'importait, et une petite partie de moi espérait ne plus jamais devoir se réveiller, se battre et lutter de nouveau.

Les journées étaient comme un rêve dont je ne conserve que quelques éléments. Quand je les repasse dans ma tête, je vois une femme qui doit être moi. Je crois que c'était moi, elle a dû être moi, quoi que cela signifie. C'était comme si des mondes intérieurs et extérieurs s'étaient percutés, de telle sorte que je ne pouvais plus faire la différence entre les deux. Ainsi je m'observais, puis je me perdais de vue, reprenais brusquement conscience dans un sursaut, puis glissais de nouveau, impuissante.

J'avais cru que l'on m'emmènerait dans un endroit sûr et paisible où je pourrais récupérer. Ce ne fut pas du tout le cas. Je sais, parce qu'on me l'a dit ultérieurement, que je me trouvais en psychiatrie, sous calmants, puis l'on m'examina et, quelques jours plus tard, je fus autorisée à sortir, aux bons soins de mon mari, car le chef de service estimait que je ne représentais pas de menace imminente pour les autres ou pour moi-même. Comment le pourrais-je ? Je me trouvais dans un tel état végétatif que je ne pouvais même pas me nourrir. Personne n'avait été gravement blessé lors de la prise de bec sur le pont. Aucune plainte n'avait été déposée.

C'est ce que l'on m'a raconté, mais je ne l'ai pas

vécu. Je me souviens d'images : lumière sur le lino, bandages sur les poignets d'une jeune fille, une vieille femme mâchouillant sa lèvre, de la nourriture servie sur un chariot, des fourchettes en plastique, des pilules. Je me souviens de bruits : hurlements en pleine nuit, une femme parlant à voix basse avec elle-même, les bavardages des infirmières lors des pauses, la télé. Et d'odeurs : désinfectant, cuisine et urine. Je me souviens des cheveux gris clairsemés du chef de service, de son pull extra-large, de ses yeux gentils. Je crois que je l'ai appelé « papa ». Je crois qu'il m'a tenu la main. Ou peut-être était-ce Charlie. Ou peut-être était-ce un rêve.

Je me souviens que Charlie m'a raconté un jour qu'un jeune bizarre au crâne rasé avait jeté une brique par la fenêtre et ri bêtement avant de s'enfuir. Je marmonnai quelque chose qui constituerait le début d'un aveu, mais il me tapota la main et me dit de ne pas m'inquiéter.

Je me souviens de fleurs dans un pichet, des trucs de pépinière pourris et trop colorés que je sentais dans mon sommeil. Charlie ignorait d'où elles provenaient, et comme je ne voulais pas l'imaginer, j'essayai de m'en débarrasser. Je jetai le pichet par terre, mais il était en plastique et rebondit sur le lino. Une infirmière désapprouva ma conduite, épongea l'eau et remit les fleurs dans un autre pichet qu'elle posa sur la table au pied de mon lit, hors de portée. Chaque fois que je levais les yeux, je les voyais.

*

Et je me souviens d'une entrevue avec le docteur Thorne, le médecin psychiatre, bien que m'en souvenir revienne à regarder un film dans une langue dont je ne connais pas un seul mot, une culture dans laquelle je ne peux lire ni les gestes ni les expressions du visage. J'étais calée dans mon lit et tout mon corps était lourd et inerte. Je regardais mes bras étendus sur la couverture. Charlie se trouvait d'un côté et le docteur Thorne de l'autre, et il y avait un petit groupe d'étudiants, plus jeunes que moi, des enfants passionnés.

— Quelle est votre décision ? m'enquis-je. (Puis je me surpris, ainsi que le docteur Thorne, je crois, lorsque je tendis la main et agrippai son bras.) Que m'arrive-t-il ?

— Vous souffrez de psychose maniacodépressive, répondit-il.

— Maniacodépressive ? fit Charlie. Oui. C'est ce que je pensais.

— Non, dis-je. Pas moi.

Ou peut-être ne l'ai-je pas dit, simplement pensé.

J'entendis des mots – « trouble bipolaire à cycle rapide », « médicaments », « crises », « déséquilibre chimique », « florissant », « régime ». J'entendis mon nom que l'on répétait, mais je l'entendis comme s'il appartenait à quelqu'un d'autre. Je regardai mes mains avec leurs ongles arrachés, l'alliance à mon doigt. Une larme gicla sur la couverture marron rêche puis disparut.

— Je suis maniacodépressive ? fis-je à travers le brouhaha de mots laids et intransigeants.

— Oui, Holly, acquiesça le docteur Thorne. Vous souffrez d'une maladie.

— Non, je souffre de moi-même, voulais-je répondre. Peut-être l'ai-je même dit.

— Nous pouvons vous aider, reprit-il. Nous pouvons faire disparaître cette souffrance. Lithium.

Je connaissais ce mot. C'était un mot destiné à d'autres.

— Effets secondaires, ajoutait-il alors. Nausée, diarrhée, prise de poids, soif, problèmes de peau.

— Clozapine, poursuivit-il. Jusqu'à ce que le lithium commence à agir.

Agisse, songeai-je. Comme des sabots de fer qui se fracassent dans ma tête.

— Je vais me perdre, dis-je.

— Au contraire, répondit-il.

Je me souviens être rentrée chez moi. Des jours après mon arrivée à St Jude's dans une voiture de police, Charlie me fit sortir, agrippant ma chemise de nuit et les médicaments prescrits dans un sac en papier. Je sentis la pluie froide sur mon visage, le sol sous mes pieds.

— Un pas à la fois, me dit Charlie.

Ainsi commençai-je mon voyage.

Il y avait un goût sur ma langue dont je ne parvenais pas à me débarrasser. Des migraines allaient et venaient. Je ressentais des tics nerveux. Mais par-dessus tout, il y avait la fatigue. Je restais allongée au lit. Charlie m'apportait du thé, à manger et surveillait mes pilules. Il me regardait quand je les avalais. Parfois, il les poussait même au fond de mon palais pour moi et portait le gobelet d'eau à mes lèvres pour que je les avale. Une fois par jour, il faisait couler un bain, m'y conduisait et me lavait, épongeait mes épaules, mes seins et entre mes jambes. Il aurait aussi bien pu nettoyer un morceau de viande morte. En fait, une fois que j'eus cette image dans la tête, je n'arrivais pas à m'en débarrasser. Elle expliquait tous les événements des mois passés. Je me voyais comme un morceau de viande, pendillant dans une forêt quelque part. Il attirerait les mouches. Il serait infesté de vers. Il attirerait les charognards qui se chamailleraient et se battraient pour tâcher d'arracher un morceau de chair morte.

J'essayai de lire un roman, mais je n'arrivais pas à comprendre les mots. Je n'arrivais pas à me souvenir des personnages. Il y avait toujours ce goût sur ma langue, qui semblait être à la base de tout, de ce que je regardais ou entendais, de telle sorte que même la musique semblait dégager une odeur piquante et désagréable. Je préférais m'allonger en silence avec les rideaux tirés. Quand je dormais, je rêvais de Rees, Stuart et Deborah, du skinhead qui pissait à mes pieds, de mains qui me pelotaient et de visages qui me regardaient d'un air lubrique, et les rêves s'infiltraient quand j'étais éveillée. Je ne pouvais m'empêcher de penser à tous ces gens qui me détestaient. Je les avais forcés à me détester, suppliés de me détester. Des images de mon passé s'agglutinaient autour de mon lit comme des visiteurs curieux. Je voyais leurs visages dans ma tête, leurs yeux hostiles et vigilants. Je les imaginais au-dehors, dans le vrai monde et non dans ma tête, prêts à m'attraper lorsque j'oserai enfin m'aventurer à sortir. Je tirais les couvertures sur moi. Dormir valait bien mieux que me réveiller, et l'obscurité valait bien mieux que la lumière.

Tous les jours, Naomi passait. J'entendais sa voix claire et basse dans la cuisine et elle me rassurait. Elle laissait des gâteaux, du pain qu'elle avait fait, de la soupe, des ragoûts que je ne pouvais pas avaler tellement je me sentais nauséeuse. Parfois, elle montait et posait une main sur mon front, ou prenait même mon pouls. Elle disait que j'irais bien. Je ne devais pas m'inquiéter. Je fermais les yeux et l'entendais ressortir de ma chambre en faisant tap-tap, descendre l'escalier dans la cuisine où était assis Charlie, qui ne feignait même plus de travailler, laissait tout glisser entre ses doigts, attendait que j'aille mieux. Je les entendais discuter, bien que je ne puisse pas comprendre ce qu'ils se disaient. Ma vie continuait sans moi.

Meg vint : elle s'assit sur une chaise près de mon lit et dit des choses qui ne nécessitaient pas de réponse de ma part, et je crois qu'elle m'a même lu le recueil de poèmes de joie que je lui avais donné voilà si longtemps, mais peut-être n'était-ce qu'un rêve. Un autre rêve.

J'essayais de dire que je savais tout, mais ce ne furent pas les bons mots qui sortirent : ils ne voulaient rien dire. Elle se pencha vers moi et essuya mes joues avec un mouchoir en papier, je compris donc que je devais pleurer, mais j'étais bien trop loin de moi-même pour ressentir la détresse. Dans mon monde intérieur.

Inopinément surgit une image de mon enfance : mon père, assis à la table de la cuisine, le visage entre les mains, et des larmes ruisselant entre les doigts. Je l'avais toujours considéré comme débordant d'une joie exubérante, d'où était donc sortie cette vision d'une détresse absolue ?

— Mon père, dis-je à Charlie, lorsqu'il fourra les pilules dans ma bouche.

— Oui ?

— Il était comme moi.

— Tu veux dire… ?

— Il était maniacodépressif. Évidemment. Pourquoi donc ne m'en suis-je pas rendu compte plus tôt ? Cela explique tout et…

Je portai une main à ma bouche.

— Qu'est-ce qui ne va pas ?

— Il s'est tué, n'est-ce pas ? C'est évident. Il était

comme moi et il s'est tué. C'est dans mon sang, bien câblé.

— Arrête !

Je détestais les pilules que je fourrais dans mon gosier plusieurs fois par jour. D'aspect moderne, elles étaient petites, brillantes et se présentaient dans des flacons en plastique agrémentés de noms de marque déposée. Mais le lithium n'était pas un brillant produit de fabrication chimique comme l'aspirine ou la pénicilline. C'était un élément, un métal argileux que j'avais vu en chimie à l'école. Il était d'origine géologique et se trouvait en moi à présent, comme des nervures de métal dans le roc. Je sentais son goût sur ma langue, et j'étais sûre que je pouvais voir et sentir les changements dans mon corps. J'avais l'impression qu'il ne m'appartenait plus.

« Je suis maniacodépressive. Ces aspects de moi qui me rendent – me rendaient – si exceptionnelle font simplement partie de ma maladie. Qui suis-je à présent ? J'ai toujours cru que j'étais ce que je faisais. Je suis tous les souvenirs que j'ai de moi-même. Mais à présent tout m'a été enlevé, les bons comme les mauvais moments. Ces moments où je me sentais si mal que je voulais que tout s'arrête, ces moments où j'avais l'impression que je pourrais tout faire, voler haut, tous ces merveilleux moments que j'ai vécus. Maintenant, je me dis que ce n'était pas moi, pas la véritable moi. Ce n'étaient que des symptômes. Quand je me conduisais mal, quand je me conduisais bien, c'était tout simplement dû à un déséquilibre chimique dans mon corps. C'est une belle excuse, mais je n'en veux pas. Je veux être moi. Moi mauvaise, moi gentille, moi moi. »

À qui parlais-je ? Sur qui criais-je ? Sur moi, bien sûr – une autre moi, l'ancienne Holly Krauss, cette silhouette lointaine d'un monde perdu dont je me rappelais à peine les couleurs et les sensations vivantes. Juste moi.

Je voulais que l'on m'étreigne tendrement, que l'on me prenne délicatement, afin que je ne me casse pas de nouveau. Je restais allongée dans mon lit qui ressemblait à un bateau fragile jeté sur des vagues imposantes. Je fermais les yeux et sentais l'eau m'aspirer.

Je me levai et enfilai des vêtements convenables, me lavai les dents et me brossai les cheveux. Je regardai mon visage dans le miroir sans le reconnaître. Je descendis doucement, pas à pas, à tâtons, les doigts tendus comme une aveugle. J'errai de pièce en pièce et rien ne m'était familier. La maison semblait avoir changé. Rien ne se trouvait au bon endroit, le pas-de-porte avait bougé latéralement, l'évier de la cuisine était plus bas que dans mes souvenirs.

J'allai dans le jardin où je constatai que mes pieds marquaient des empreintes dans la rosée. Je me dis que rien ne durait éternellement. Le printemps arriverait. Le printemps reviendrait.

25

— Les autres supportent les médicaments, alors pourquoi pas moi ? J'ai l'impression de ne plus être moi-même. Je me sens – je me sens *vaseuse*. Mal partout.

Naomi me regarda quelques instants puis se leva.

— Attends ici, dit-elle.

Elle revint une vingtaine de minutes plus tard, munie

d'un grand sac en plastique dont elle sortit des paquets et des boîtes. Thé à la camomille. Millepertuis. Comprimés multi-vitamines, huile de poisson et capsules d'huile d'œnothère. Un flacon de sels de bain à la lavande, et une bougie à la lavande assortie, des bâtons d'encens. Même un CD de flûtes de Pan soi-disant calmantes.

— Jette tes pilules, me suggéra-t-elle.

Je la dévisageai.

— Essaie.

— Ne le dis pas à Charlie, répondis-je.

J'attendis que Charlie soit sorti courir, puis attrapai les flacons de pilules et les tins dans ma main. J'imaginai en faire tomber dans ma paume, les avaler et rien que cette idée me serra la gorge. Il n'en restait pas beaucoup de toute façon. Ils ne les distribuent qu'au compte-gouttes. Juste au cas où, avaient-ils dit.

Je les descendis aux toilettes du bas et ouvris les couvercles avec mon pouce. Je les jetai dans la cuvette, tirai la chasse et observai les capsules en forme de losange tourbillonner puis disparaître.

Je me retrouvais enfin seule avec moi-même.

Je retournai dans la cuisine, bus le thé tiède, nettoyai la tasse et, avant de changer d'avis, sortis dans le vent froid. Je marchai d'un bon pas, si vite que j'eus mal, jusqu'au parc où j'avais retrouvé Charlie ce jour horrible. J'en fis trois fois le tour puis rentrai chez moi. Je courus même un peu sur la dernière partie du trajet, malgré une nausée persistante, et à la fin, je voyais un peu flou. Je pris un long bain avec des sels à la lavande. Je bus trois verres d'eau. J'insérai le CD dans le lecteur et écoutai ces putains de flûtes. J'essayai de me concentrer sur ma force intérieure. J'attendis de voir ce qui allait se passer. Je m'étais déclaré la guerre.

Une terreur sans nom survint lentement, puis s'infiltra le lendemain. Je la sentais de façon tangible, dans mon corps, dans mon sang.

Au milieu de la deuxième nuit, j'entendis des bruits au-dehors, des bruits de pas : je me levai et collai mon visage contre la fenêtre. Y avait-il quelqu'un dehors tapi dans l'ombre ? Je tirai les rideaux et m'adossai au mur, tremblante. J'enfilai mon peignoir et m'assis au bord du lit, tâchant de trouver quoi faire. Appeler Charlie, voilà. Il me dirait. J'ouvris la bouche et un tout petit hurlement aigu en sortit.

— Charlie ! criai-je. (Puis plus fort, si fort que j'eus mal à la gorge.) Charlie, où es-tu ?

Pas de réponse. Il n'était pas à la maison. J'eus les larmes aux yeux et les essuyai avec la manche de mon peignoir.

D'un seul coup, je n'eus plus peur. Rien au-dehors ne pouvait être aussi mauvais que ce qui se trouvait dans ma tête. Je descendis, ouvris la porte du fond qui donnait dans le jardin et sortis, sur la bande de graviers durs et dans la pelouse à mi-croissance. L'herbe était boueuse et froide sous mes pieds nus ; le vent giflait mon visage.

— Venez me chercher ! criai-je le plus fort possible. Venez, Rees, ou Dean ou Stuart ou Deborah ou qui que vous soyez, nom de Dieu ! Je m'en fiche ! Vous me rendriez service !

Je fermai les yeux et attendis. Au moins, tout serait bientôt terminé. Cette sale affaire qui s'appelait vivre.

— Approchez donc, bordel ! braillai-je, mais je savais qu'il n'y avait personne.

S'ensuivit le bruit d'une fenêtre qui s'ouvrait.

— On essaie de dormir, fit une voix.

Je hurlai en retour, juste une bouche ouverte et ce bruit aigu qui s'en déversait.

— Va mettre ta tête dans le four ! reprit la voix.

Va te faire foutre, va te flinguer, vas-y, vas-y, vas-y. D'où ces mots provenaient-ils, de l'intérieur ou de l'extérieur ? J'enfonçai mes doigts dans mes oreilles mais les mots continuaient à s'agiter dans mon cerveau. Je rentrai en chancelant. Le bord de mon peignoir était trempé et mes pieds m'élançaient à cause des graviers et du froid.

Je regardai l'escalier, trop abrupt pour que je le monte. Je regardai le téléphone dans l'entrée, mais il était trop loin et de toute façon, il y avait une voix en lui qui marmonnait des paroles désagréables quand je le portai à mes oreilles. Je levai les mains et elles étaient transparentes : je distinguai les veines bleues et les os comme des griffes. J'ouvris un tiroir et regardai tous les couteaux, en argent, bien aiguisés, dont les lames en dents de scie me renvoyaient la lumière. J'ôtai mon peignoir et contemplai, dégoûtée, mon corps blanc et épuisé. Je passai les doigts sur mes côtes endolories, sur mes seins douloureux, sur ma gorge. Je m'agenouillai sur le carrelage et posai le front sur sa froideur.

— Je ne peux pas, dis-je. Je ne peux pas, je ne peux pas, je ne peux pas.

Je ne peux pas continuer.

Et une voix aimable surgit, venant de personne, venant de nulle part : « Tu n'es pas obligée, ma chérie. »

— Je ne suis pas obligée, dis-je, à voix haute cette fois, le soulagement affluant en moi comme de l'eau claire. Je ne suis pas obligée de continuer. Je peux arrêter.

26

C'était comme une main froide sur mon front brûlant de sueur. Je l'avais enfin reconnu. Je voulais mourir.

J'étais capable de l'envisager avec une clarté d'esprit que je n'avais pas connue depuis des semaines, et sans l'ombre d'un doute. Je ne voulais pas de la douleur ni de toutes ces embrouilles. Je ne voulais plus faire souffrir qui que ce soit. Je m'inquiétai brièvement pour Charlie, mais il devint immédiatement évident qu'il serait bien mieux sans moi. Le monde serait un endroit bien meilleur sans moi.

S'il y avait eu un revolver sur place, je l'aurais fourré dans ma bouche et aurais appuyé sur la gâchette sur-le-champ. Rien d'autre dans cette maison ne ferait l'affaire. Je ne voulais pas me couper les veines. Je voulais que la mort m'accueille comme une invitée attendue, pas y arriver parce que je m'étais entaillé la peau avec un couteau rouillé. Naturellement, la scène de mon méga-pétage de plombs s'était produite au point de suicide vedette de Londres. Un parfum de mort ou de désespoir m'avait sûrement attirée vers le pont d'Archway Road. Les gens venaient de toute la Grande-Bretagne pour se jeter de ce pont, et je ne me trouvais qu'à quelques minutes à pied ; je n'aurais même pas besoin d'enfiler un manteau. Pourtant, cela ne me tentait pas. Mes raisons semblaient absurdes, tenaient presque de la mauvaise éducation, comme un enfant qui refuse de manger ce qui se trouve dans son assiette. Il y avait désormais toutes sortes de pointes et de garde-fous sur le pont pour décourager les gens comme moi et je doutais de mon aptitude à les franchir. Je me voyais me couper et déchirer mes vêtements. Pire que ça – et cela était vraiment stupide, même pour moi –, j'ai toujours eu le vertige. Je voulais dériver dans la mort, comme une marée qui se retire. Je ne voulais pas que ce soit une ruée d'horreur.

*

J'avais rendez-vous avec le docteur Thorne. Charlie tenait à m'accompagner, mais je lui annonçai que je préférais y aller seule.

— Après tout, dis-je, je vais devoir m'y habituer, n'est-ce pas ?

Le docteur Thorne avait les résultats de ma dernière prise de sang. Les taux de lithium étaient bas, il m'annonça donc qu'il allait devoir augmenter ma dose. Il était de bonne humeur. C'était une matinée radieuse et ensoleillée, et j'étais le premier patient de sa journée.

— Vous avez l'air en meilleure forme, observa-t-il.

— Je me sens mieux, mentis-je brillamment.

Je m'étais habillée très soigneusement et m'étais examinée dans le miroir pour m'assurer que mes vêtements étaient propres, mes cheveux coiffés, mon sourire en place.

— Ressentez-vous des effets secondaires du traitement ?

— Non, répondis-je. (Puis, comme je ne tenais pas à avoir l'air excessivement enjouée, j'ajoutai :) J'ai la bouche sèche et je me sens un peu bouffie, mais c'est mieux que ce que je croyais.

— Excellent, fit le docteur Thorne. Si vous buvez un peu plus que d'habitude, cela réglera votre problème de bouche sèche.

— C'est ce que je fais.

— Bien. Et votre humeur ?

— Je me sens bien plus calme.

— Il nous faut plus de temps pour que le lithium fasse pleinement effet.

— Je sais.

— Et supportez-vous les doses prescrites ? voulut-il savoir.

— Oui, répondis-je. (Et je mentis, naturellement.) Voilà trois jours que je n'avais pas pris mon traitement. Je ne savais pas comment Charlie avait fait pour ne pas s'en rendre compte.

— Bien.

— Mais j'ai un petit problème, lançai-je nonchalamment.

— Lequel ?

— Charlie et moi avions l'intention de partir une semaine ou deux. Nous avons besoin de passer du temps seuls. Je ne sais pas où. Ça pourrait être dans un endroit isolé. J'avais peur de manquer de médicaments.

— Ne vous inquiétez pas, répondit le docteur Thorne. Je vais vous faire une ordonnance. Quand partez-vous ?

C'était si facile.

— Charlie s'en occupe en ce moment. Un de ces voyages de dernière minute. J'espère que nous partirons demain, mais peut-être que ce sera dans une semaine, ou deux. Et je ne sais pas combien de temps.

— Veinarde, me dit le docteur en écrivant activement. Je déteste cette période de l'année. C'est le meilleur moment pour partir en vacances.

J'ai lu beaucoup de choses sur les gens qui se suicidaient sur un coup de tête, qui sautaient brusquement d'une fenêtre ouverte ou devant un train qui arrive. Pour moi, cela revenait vraiment à préparer des vacances en secret. Tout devait être réglé pour le lendemain, un mardi, car Charlie m'avait informée qu'il serait absent toute la journée, en stage, prétendait-il, mais je savais qu'il mentait. Il s'en allait après le petit déjeuner et ne rentrait qu'en tout début de soirée. Je lui demandai plusieurs fois quand il rentrerait et il me demanda si j'allais bien. Je souris et lui dis que je me sentais beaucoup mieux.

Après mon rendez-vous avec le docteur Thorne, j'allai faire des courses. J'achetai du saumon fumé et du pain bis pour le dîner, tout en sachant que je serais incapable d'avaler quoi que ce soit. Et j'achetai à Charlie de nouvelles chaussettes et des boxer-shorts, que je pliai soigneusement dans son tiroir en rentrant. Quelque part, cela me donnait l'impression de m'occuper de lui alors que je l'abandonnais. C'était l'une des premières choses de bonne épouse que je n'avais jamais faites pour lui et, pendant quelques secondes, je songeais à ce qu'aurait pu être notre vie ensemble, dans un autre monde. Mais il était trop tard pour cela à présent : je savais que je glissais harmonieusement vers l'oubli et c'était comme si toute volonté me quittait.

Nous passâmes une soirée calme ensemble, et je me couchai tôt car je voulais que le matin arrive vite. J'étais sur le point d'entreprendre un long voyage et je désirais que l'attente s'achève une bonne fois pour toutes. Je dormis longtemps et profondément et, quand je me réveillai, Charlie était déjà parti. Nous ne nous étions même pas dit adieu, mais peu importait. Comment dit-on adieu, au fait ? Mieux vaut simplement agiter la main et vous en aller vite sans vous retourner.

Je me levai et pris une douche, me lavai les cheveux. J'enfilai des vêtements amples et confortables, qui sortaient du tiroir. Je savais que je chassais des choses de mon esprit qui ne devaient pas être prises en compte. Je traversais un abîme sur une planche étroite. Si je ne pensais pas à la profondeur en contrebas ou à l'étroitesse sous mes pieds, je pourrais parvenir de l'autre côté. Si je faisais entrer la profondeur et l'étroitesse au centre de ma conscience, je tomberais.

Je me surpris à faire le lit et m'arrêtai en voyant l'absurdité de la chose, puis décidai de terminer et lissai la couette. Quant à tout le reste, ce serait aux autres de s'en occuper.

Je devais continuer, ne pas m'arrêter pour réfléchir. Dans le frigo, je pris une bouteille de jus d'orange et une autre de jus de pomme à moitié plein. Je les déposai sur la table de la cuisine avec un grand verre. Je me rendis dans la salle de bains. J'avais une ordonnance pour plus de trois semaines de traitement. Cela devrait aller sans problème. Je me trouvais au bord à présent. Prête à tomber. Une fois de plus, je me remémorais mon enfance : j'étais debout sur des murs, sur des cages à poules, mon père en dessous, les bras tendus. « Saute, dirait-il. Saute et je te rattraperai. » Il jouerait à un jeu, retirerait brusquement ses bras, comme s'il allait me laisser tomber, puis me rattraperait au dernier moment. Je n'arrêtais pas de songer à ce jeu ; ce qui était drôle, c'était que plus j'essayais, moins j'arrivais à revoir son visage, ou celui de Charlie. En revanche, je revoyais sans problème celui de Meg.

Il me sembla brusquement que Meg serait celle qui souffrirait le plus de ce que j'allais faire et qui culpabiliserait le plus. J'avais décidé de ne pas écrire de mot, mais, à la dernière minute, je changeai d'avis. J'attrapai un crayon, trouvai un bout de papier dans le séjour et réfléchis quelques secondes. Comment dire « désolée » lorsque vous savez que vous irez jusqu'au bout de toute façon ? Comment dire adieu ? Je ne voulais pas parler d'elle ni de Charlie et, au bout du compte, je fis court.

« Ma chère et loyale Meg, écrivis-je. Je suis vraiment désolée. Vraiment, vraiment désolée. Je veux simplement que tout cela s'arrête. Pardonne-moi, ma meilleure et plus fidèle amie. Affectueusement, Holly. »

Je rebouchai le stylo, posai le mot sur la table de la cuisine et commençai à avaler les pilules, deux par deux, avec un peu de jus de pomme, puis, quand il fut terminé, avec le jus d'orange. Ce fut simple et rapide. J'allai dans l'entrée et constatai que les clés de Charlie se trouvaient toujours sur le crochet et, l'espace d'un instant, je m'inquiétai de savoir comment il rentrerait ce soir. Je gravis lentement l'escalier et allai m'allonger sur mon lit, me souvenant ce faisant que j'avais lissé la couette avec ma main ce matin et que ça avait été une perte de temps. Je me dis également que cela avait été vraiment stupide d'avoir connu la meilleure nuit de sommeil de toute ma vie, et je me demandai si, à cause de cela, j'aurais plus de mal à m'endormir, maintenant.

J'essaie de me retourner, mais je me sens lourde et léthargique. J'essaie de penser à quelque chose, n'importe quoi, n'importe quoi du passé, à quelque chose de beau. Je pense à une montagne, au soleil, et il se désagrège, se brise en morceaux et les morceaux se mettent à tomber, à ramollir et à devenir boueux, puis sombres et collants. Ils ralentissent, et le soleil s'évanouit et le monde devient froid et boueux et gris, et le gris devient noir et le soleil... le soleil...

Je me trouve tout au fond d'un puits très, très profond. Des formes bougent vaguement. Viennent me chercher. Je sens un mouvement autour de moi. Une envie de vomir en moi, une nausée lente, houleuse, horrible. Bientôt, elle va disparaître et ce sera terminé. Puis quelque chose se produit. Je vois le visage de mon père, qui me regarde, qui me dévisage. Il ne rit pas, comme il avait coutume de le faire si souvent dans mon enfance, ce cri d'hilarité impoli, tumultueux et joyeux. Et il ne pleure pas non plus, comme une inondation qui va balayer le monde entier. Non, il se contente de me regarder dans les yeux, très tendrement. De voir en moi, et je m'en fiche. Je suis enfin nue.

« Oh papa », dis-je, essayé-je de dire, mais loin de moi l'idée de parler. Les mots m'abandonnent et je sais que je sombre dans le silence. Je sens la vie terrible et magnifique m'abandonner : ses mots, ses visions, ses bruits, ses souvenirs. Un par un, je les laisse partir ; de l'eau qui tombe de mes mains en coupe.

Je me dis : « Holly, tu lâches prise, tu tombes et bientôt tout sera terminé. Le seul enfer, c'est d'être en vie. »

À cet instant, comme surgie de l'obscurité qui gagne du terrain, je ressens une douleur atroce, un regret soudain. J'ai un brusque souvenir, si vivace que je suis vraiment là-bas.

*

Je suis à l'étranger, assise avec Meg dans un restaurant sur les quais. Le déjeuner a duré si longtemps que le soleil est bas. Sur la table se trouvent des assiettes et des coquilles vides, des bouteilles, des pichets, des cendriers. Nous étions toutes les deux de grosses fumeuses, à l'époque. Le soleil brille à un angle étrange, de sorte que nous pouvons voir le fond de l'eau et qu'elle est claire comme du verre bleu. Il y a des bancs de poissons qui tournent autour des cordes qui longent les bateaux de pêche. Nous sommes toutes les deux en robe. Je ne vois pas la mienne, mais je vois celle de Meg, bleu clair, qui moule ses seins. Elle se penche en avant et rit bêtement, mais d'un seul coup, je suis devenue sérieuse. « Je vais le mettre de côté, déclarai-je. Comme dans une bouteille. Et je l'aurai toujours. Dans les moments les plus sombres, il sera là pour m'aider. » À présent sa main est sur la mienne. Je n'entends pas ce qu'elle dit, mais je vois son adorable, adorable visage.

Il y a une pensée tout au fond de ma tête : appeler Meg. Je bouge et tombe lourdement à terre. Je tire le téléphone de la table de nuit vers moi. Mon visage est tout poisseux. J'attrape le téléphone. Je regarde les chiffres. Ils sont nets, puis flous. Lentement, dans un effort infini, j'appuie dessus. Je porte le combiné à mon oreille. Rien. La ligne est coupée. Je n'arrive pas à réfléchir. Je ne sais pas quoi faire. Tout est trop lourd, trop loin, trop dur. Mes pensées sont trop lentes, et chacune est lourde, tirée dans la boue et la vase. Je me traîne par terre, centimètre par centimètre, me traîne, mes doigts me tirent. Pour aller où ? Que puis-je raisonnablement faire ? J'essaie de me lever et je n'y arrive pas. Je suis à bout de forces. Mes paupières me semblent si lourdes que je n'arrive pas à les garder ouvertes plus longtemps.

Je produis un dernier effort et vois quelque chose, une silhouette à la fenêtre, une forme familière. Un triangle, un morceau de fil de fer. La sculpture. Cette horrible sculpture. J'éprouve une dernière pulsion aveugle, une pensée que j'ai du mal à identifier. Je m'élance contre la table, comme un porcin qui s'ébroue ; mon visage me fait atrocement mal, mais pourtant je pousse, et la table bascule, il s'ensuit un fracas terrible, puis un autre fracas de verre, puis autre chose, dehors, qui n'était pas du verre, et je me replie et sombre en moi, une ancre qui plonge dans l'océan noir d'encre. Qui plonge, plonge, plonge.

*

Mais il y a quelqu'un. Il y a quelqu'un qui me regarde. Je le sens, bien que je ne puisse plus ouvrir les yeux. Je le sens ; debout à côté de moi. Quelqu'un.

J'essaie d'ouvrir les yeux. Un trait étroit de lumière tremblotante. Et dans ce trait, je vois des chaussures près de mon visage, que leur proximité rend floues. Je ne parviens pas à faire la mise au point et une nausée obscène me secoue.

Mais il y a quelqu'un. Je le sais. Je l'entends respirer, bien au-dessus de moi. Dans le monde que je quitte.

Je tends la main pour toucher les chaussures et elles reculent ; d'abord une, puis l'autre. Elles deviennent des formes distantes. Ma main essaie de les suivre, mais n'y arrive pas.

J'essaie de tordre le cou pour voir qui porte les chaussures, mais je n'y arrive pas. Ma tête est aussi lourde qu'une planète qui meurt ; une lumière ancienne et abîmée danse devant moi, maculée, tremblotante et presque éteinte.

J'essaie de dire : « À l'aide », mais mes lèvres refusent de bouger, et le souffle est étouffé dans ma gorge. La marée se retire, vague après vague, s'éloigne de moi, et je reste étendue sur le rivage déserté où j'assiste à mes derniers instants.

Et quelqu'un me regarde mourir.

J'entends les chaussures s'en aller dans un claquement, plutôt lentement, un dernier bruit avant le silence.

Puis le monde entier devient sombre, froid et silencieux, et les dernières lumières disparaissent.

Mourir deux fois

27

Ses yeux étaient fermés, et sa peau, d'une nuance de gris clair, bleue autour de ses lèvres gonflées. Elle était plus mince que dans mes souvenirs, et son corps semblait à peine déranger le drap blanc remonté sur elle. Je la regardai fixement jusqu'à ce que mes yeux me piquent, puis remarquai des choses en elle que je n'avais encore jamais vues. Les pointes fourchues dans sa crinière, le duvet à peine visible sur sa lèvre supérieure, le minuscule grain de beauté juste au-dessous de son oreille gauche, les éraflures formant des lignes parallèles le long de la peau douce de l'intérieur de son bras. Elle ressemblait à un modèle de cire dans lequel tout était étrangement correct mais manquait pourtant de l'esprit animé qui lui donnerait vie. Je n'avais encore jamais vu Holly immobile. De toutes ces années où je l'avais connue, je ne l'avais jamais vue endormie ou tout simplement détendue. Son visage changeait comme une flamme qui tremblotait au vent, elle décrivait de grands gestes théâtraux quand elle parlait, rejetait impatiemment ses cheveux en arrière, se penchait en avant sur sa chaise, tapotait des stylos sur la table, se mordait le pouce. Elle se levait tout le temps d'un bond, faisait les cent pas, changeait de position comme si elle n'arrivait pas à trouver de place où elle se sentait bien, où elle se sentait chez elle.

Là, elle se reposait. Totalement immobile et sans représenter aucun problème pour personne : ni pour Charlie ni pour moi, ni pour les infirmières de la réception qui m'avaient conduite à son lit avant de tirer soigneusement les rideaux pour me donner de l'intimité. Derrière, il y avait tous les bruits et les odeurs d'une salle d'hôpital, mais près de son lit régnait un silence absolu. J'étais venue directement du bureau, dès que j'avais reçu le coup de fil, abandonnant tout dans le chaos que Holly avait laissé lors de ses dernières semaines de travail. Nous essayions tous de réparer certains de ses actes. Parfois nous avions même du mal à identifier ce qu'elle avait fait et plus encore pourquoi. Mais apparemment, à peine avions-nous calmé un client en colère qu'étaient livrées une pleine caisse de bas en soie d'Italie hors de prix – vraisemblablement pour chaque femme du bureau – ou, le lendemain, dix nouvelles chaises de bureau très chères, expressément conçues pour éviter le mal de dos. J'épluchai les dépenses récentes et réglai la majorité des factures. J'eus une longue entrevue compliquée avec le directeur de la banque, puis je dus m'occuper de l'architecte qui arriva un matin avec ses deux assistants et des plans magnifiques pour que nous transformions l'espace dans lequel nous travaillions, installions des poutres en verre et un ascenseur vers l'étage au-dessus. Apparemment, Holly avait insisté pour que la société qui y était installée – une équipe d'avocats en costume gris et aux yeux d'aigle – accepte.

Je ne comprenais pas comment elle avait trouvé le temps, les heures dans sa journée, de causer de tels ravages. Désormais, elle était étendue devant moi, très tranquille. Je me penchai vers elle et pris sa main posée sur le drap, froide et veinée de bleue. Si elle mourait maintenant, glissait de ce sommeil mortel, les dégâts qu'elle avait causés mourraient avec elle. Toute l'agitation, la rage, la souffrance, l'épuisement simplement aveuglant d'être elle-même et de la connaître disparaîtraient. Une pensée planait en périphérie de mon esprit, et je fis l'effort de la pousser au-devant pour pouvoir la regarder en face. Une partie de moi désirait qu'elle meure, désirait en terminer avec tout cela et qu'elle nous laisse enfin en paix. C'était ce qu'avait également dû penser Holly lorsqu'elle avait fourré toutes ces pilules dans sa bouche : que nous voulions tous qu'elle meure, que nous n'en serions que soulagés.

Je passai mon doigt sur les veines bleues et bosselées sur le dos de sa main. Elle sentait le désinfectant et le vomi. Ses lèvres étaient entrouvertes et je vis que sa langue était blanche. Lorsque ses yeux s'ouvrirent, ce ne fut que pour un moment. Ils me fixèrent d'un air absent, puis se refermèrent. Quand j'avais rencontré Holly pour la première fois – elle était arrivée dans le bureau en faisant des bonds dans ses bottes ridicules – je savais que je voulais être son amie. Elle était si captivante, et avait cette façon d'écouter vraiment ce que je disais, de me regarder vraiment; de prêter attention à moi, je suppose. Cela me rendait presque mal à l'aise parfois. En fait, devenir son amie revenait plus ou moins à s'embarquer dans une aventure amoureuse. Elle m'offrait des cadeaux sur un coup de tête, m'appelait au beau milieu de la nuit quand elle avait une idée, se mettait brusquement en colère à cause de quelque chose que j'avais dit ou pas dit. Elle m'avait confié une fois qu'elle m'aimait, assise à la table d'un restaurant du sud de la France à manger des fruits de mer, à boire du vin et à contempler la mer qui luisait miraculeusement sous le soleil de l'après-midi. Je me souviens avoir rougi et bégayé quelque chose et m'être sentie un peu saoule et absurdement anglaise, mais elle s'en moqua. Elle se contenta de rire bêtement, posa sa main sur la mienne et me dit qu'elle savait que je l'aimais, moi aussi, je n'avais pas besoin de le formuler, nous serions toujours amies. Elle était une impossible aventure.

— Meg ?

— Holly ? Je suis là.

— Vais vomir.

Je tirai les rideaux d'un coup, appelai une infirmière puis regardai, impuissante, Holly, se pencher au-dessus d'une cuvette en plastique et expulser de petites gouttes de vomi incolore parsemé de sang, puis de l'air et des gémissements. L'infirmière ne sembla pas s'en soucier. Lorsque Holly eut terminé elle s'affala contre son oreiller, s'essuya le front avec un mouchoir en papier et éloigna la cuvette dans un bruit sec.

— Je pourrais être en prison, déclara-t-elle.

— Ne sois pas bête, rétorquai-je. Ce n'est plus un crime.

— Quoi ?

— Tu sais… essayer de…

Je n'aimais guère prononcer les mots « te tuer ».

Lentement, elle secoua la tête.

— Non, dit-elle.

C'était presque un gémissement. Je dus m'approcher de sa bouche pour distinguer les mots. Sa gorge se contractait douloureusement entre chaque phrase.

— Tu es au courant ? J'ai fait autre chose de mal. Poussé cette espèce d'horrible sculpture par la fenêtre. A failli atterrir sur un vieux monsieur dans la rue. Il a appelé les urgences. (J'ai presque cru discerner une lueur d'amusement dans ses yeux fatigués.) Je suis à deux doigts de le tuer et il me sauve la vie.

Elle se laissa retomber dans le lit. Les yeux fermés. Je restai assise en silence en lui tenant la main.

— Ensuite Charlie est arrivé. Pauvre Charlie. Il pense probablement que c'est bien fait pour moi, poursuivit-elle dans un murmure.

J'essayai d'en plaisanter.

— Oui, c'est bien fait pour toi. Tu es une sacrée idiote.

Mais Holly ajouta, les yeux toujours fermés :

— Je suis désolée, Meg. Désolée pour tout.

— Tu n'as pas à…

— Si. Je suis désolée. Vraiment désolée. J'ai tout détruit. Tout. Ne mérite pas d'être en vie. Me sens si mal, maintenant.

— Dois-je rappeler l'infirmière ?

— Plus rien à vomir, juste des morceaux de mes intestins. Quel gâchis !

— Charlie est en bas. Il est sorti prendre l'air. Veux-tu que j'aille le chercher ?

— Non. Ne me quitte pas. S'il te plaît, ne me laisse pas.

Des larmes suintaient sous ses cils.

J'attendis, observai son visage gris bouffi, ses mains veinées de bleu qui s'agitaient sur le drap d'hôpital. Je déglutis, respirai son odeur fétide et écœurante et désirai brusquement me retrouver dehors dans l'air propre et froid.

— Je t'aime, finis-je par dire dans un grommellement bourru.

— Essayé de t'appeler.

— Quoi ?

— Quand je mourais. Essayé de te téléphoner.

Un frisson me parcourut, comme un frémissement de conscience : je ne serai plus jamais débarrassée d'elle, désormais.

— Tu as essayé de m'appeler ?

En parlant, elle m'adressa le plus fatigué des sourires, chaque mot représentant à l'évidence un gros effort.

— Ligne marchait pas. Pas de tonalité. Tu sais, moi et la technologie, une longue histoire. J'ai essayé de te laisser un mot. Ne dis rien à Charlie. J'aurais dû le lui laisser à lui. Je ne veux pas le faire souffrir pour rien. Ou même pour quelque chose.

— Que disait-il ?

— Pas grand-chose. Désolée, principalement. La police ne l'a pas trouvé et Charlie ne l'a pas vu. Peut-être était-ce dans mon rêve que je l'ai écrit, le genre de rêve éveillé que je faisais quand je mourais. Je savais que tu croirais que c'était de ta faute si j'avais fait ça, mais non. Je comprends parfaitement pour Charlie et toi.

— Pardon ? Charlie et moi ?

— Hum.

— Mon Dieu, Holly ! Tu veux dire que tu as vraiment cru que nous… que je pourrais…

Je m'arrêtai. Je pris l'une de ses mains froides et la tins entre les miennes, y réinjectant de la chaleur en les frottant.

— C'est moi, dit-elle d'un ton morne. J'ai tout gâché.

Je la gratifiai d'un grand sourire, l'aimant absurdement beaucoup.

— Tu sais quoi ? Il faut que j'y aille dans une minute.

Parce que quelqu'un m'attend dehors. Il m'a amenée ici. Il s'appelle Todd, tu te souviens de lui ? Je ne t'en ai pas parlé parce que c'était notre secret et nous ne voulions en parler à personne tout de suite.

Les yeux de Holly s'ouvrirent. Elle me fixa à travers les larmes qui lui montaient aux yeux.

— Tu ne… ?

— Non.

— Tu veux dire que tu n'as jamais… ?

— Tu es ma meilleure amie. Je ne te ferai jamais une chose pareille.

— J'étais persuadée, … Je pensais vous avoir perdus tous les deux, par ma faute.

— Tu n'as pas été particulièrement facile, d'une façon ou d'une autre.

— Todd ?

— Oui.

— Quel veinard, ce Todd !

Elle n'arrivait pas à articuler. Je reposai sa main sur la couverture et la caressai.

— Dors un peu maintenant.

— Meg ?

— Quoi ?

— Maintenant je suis heureuse.

— Tant mieux.

— Je suis vraiment, vraiment heureuse…

Ses lèvres s'ouvrirent un tout petit peu, et son souffle s'accentua. Ses yeux battirent derrière ses paupières. Elle rêvait.

Charlie longeait le couloir, portant un bouquet de maigres œillets jaunes qu'il avait dû acheter en bas à la boutique de l'hôpital. Bien qu'il se fût manifestement rasé ce matin, et eût brossé ses cheveux si souvent mal peignés, sa démarche était lourde comme s'il était groggy, et il gardait les yeux rivés au sol. Il fronçait les sourcils, dans son propre monde.

— Charlie, dis-je.

Il s'arrêta et me dévisagea, pourtant j'avais l'impression qu'il voyait à travers moi et regardait autre chose.

— Je viens de la laisser. Elle s'est rendormie.

À sa manière, il semblait tout aussi fatigué, aussi livide que Holly dans son lit d'hôpital.

— Elle est comme ça, dit-il. Elle se réveille, elle a l'air à peine vivante, puis elle parle, se fatigue et sombre de nouveau dans un profond sommeil.

— Elle se sent coupable, expliquai-je.

— Elle se sent beaucoup de choses.

J'étais mal à l'aise. Je ne voulais pas me battre avec lui sur celui qui savait le mieux ce que pensait Holly.

— Elle va se rétablir, Charlie.

— Peut-être, fit-il d'un ton morne. Pour l'instant peut-être…

— Tu n'aurais pas pu faire plus que ce que tu as fait.

— Oh Meg, fit-il en croisant mon regard pour la première fois. Bien sûr que si. Je l'ai laissée seule. J'aurais dû m'en douter.

— Tu ne peux pas rester avec elle vingt-quatre heures sur vingt-quatre.

Il se tut, se contenta de hausser les épaules et enfouit son visage dans ses œillets.

— Je t'appellerai, me dit-il.

— Je reviendrai la voir ce soir après le travail.

— Merci.

— Et tu devrais dormir un peu toi aussi, sinon tu tomberas malade à ton tour, et cela ne servira à rien.

— Oui, répondit-il, sans le penser.

Je repassai à dix-neuf heures ce soir-là, mais il y avait trop de monde qui voulait la voir : Charlie, en chemise de jean propre, mon cousin Luke, Naomi, trop fardée d'ombre à paupières bleue, et enfin je vis, à ma grande horreur, la mère de Holly. Elle était assise bien droite à côté du lit, une expression de probité pincée sous ses cheveux vert-de-gris, tenant la main de sa fille comme s'il s'agissait d'un objet désagréable que quelqu'un lui avait demandé de garder pendant quelques minutes. Holly était étendue parmi eux comme un cadavre, un pichet en plastique de lis fort odorants à son côté. Étais-je la seule à deviner qu'elle faisait semblant de dormir ?

Le lendemain, j'étais là quand le docteur Thorne passa. C'était un grand échalas au cou fin et aux yeux gris étrécis ; il ressemblait un peu à une cigogne et, d'emblée, je me pris de sympathie pour lui. Je me levai pour m'en aller.

— Ne pars pas, me demanda Holly.

— Mais je…

— Reste.

Je m'assis à son côté pendant qu'il consultait la feuille de température de Holly, puis il prit une chaise et lui posa toute une série de questions, auxquelles elle répondit brièvement pour la plupart, d'une voix douce et sans entrain. Pourquoi avait-elle arrêté son traitement ? Depuis combien de temps l'avait-elle prévu ? Qu'est-ce qui au juste lui avait fait décider qu'elle ne pourrait plus supporter de continuer à vivre ? Quel avait été le déclencheur ? Était-ce la première fois qu'elle avait essayé ou envisagé d'essayer ? Et les coupures sur ses bras ? Comment décrirait-elle son humeur au moment où elle avait tenté de se suicider ? Il lui demanda d'attribuer une couleur à son humeur et, après réflexion, Holly répondit :

« Bordeaux. » Combien de pilules avait-elle prises ? Avait-elle découvert en les avalant qu'elle voulait vivre ? Comment décrirait-elle ses sentiments aujourd'hui ? Il lui demanda d'attribuer un chiffre à son humeur actuelle, sur une échelle d'un à dix, un étant le plus bas et dix, le plus haut. Holly lui lança un regard furieux, une lueur de son ancien moi brillant dans l'étincelle de ses yeux, et elle lui répondit « trois et deux cinquièmes », et le docteur Thorne lui sourit, comme s'il l'aimait vraiment. Le questionnaire se poursuivit. Il regarda sa langue et prit son pouls. Il lui demanda si elle avait entendu des voix ou vu des choses étranges. Les yeux de Holly glissèrent vers moi comme si elle était brusquement terrorisée et me demandait mon aide, puis se détournèrent.

— Peut-être, marmonna-t-elle. Comment savez-vous si les voix et les visages sont à l'intérieur ou à l'extérieur de votre tête ?

— Avez-vous eu peur ?

— Oui. (Sa voix s'était transformée en murmure.) Très peur. Peur d'être folle. Au moment de mourir, j'ai cru…

— Qu'avez-vous cru ?

— Que quelqu'un me regardait.

— Je pense que c'est plutôt ordinaire.

— J'ai vu deux chaussures…

Et cela continua ainsi. Je me dis que je ne devrais pas être le témoin de ses questions précises et de ses réponses murmurées, ainsi que de la desquamation de toutes les couches jusqu'à ce que nous arrivions aux blessures à vif. Je me fis la plus discrète possible, dans la douce puanteur des lis.

— Regrettez-vous ne pas avoir réussi à vous suicider ? demanda-t-il enfin.

Une fois de plus, Holly me regarda. Il y avait quelque

chose dans son expression que je ne parvenais pas à lire. Quelque chose de presque sournois.

— Non, finit-elle par répondre. Je crois que je veux vivre.

28

En dépit de tout, j'étais heureuse, plus heureuse que je ne l'avais été depuis des années. Parfois je culpabilisais, mais je ne pouvais pas m'en empêcher. Chaque jour je me levais et voyais Todd à côté de moi et mon cœur bondissait de délice dans ma poitrine ; je commençais la journée d'attaque. Toutes les choses qui, auparavant, me frustraient au travail me paraissaient désormais faciles. Celles qui auparavant m'ennuyaient étaient remplies d'intérêt. Je dégageais une énergie et un enthousiasme nouveaux. J'étais amoureuse.

Parfois, je dormais chez lui et parfois il dormait chez moi. Nos appartements ressemblaient à des scènes de crime dans lesquelles nous laissions de plus en plus de preuves compromettantes qui trahissaient notre présence : brosses à dents, sous-vêtements, maquillage, T-shirts, chemisiers, livres de poche. Je commençais à chercher des choses pour m'apercevoir ensuite qu'elles se trouvaient chez Todd. C'était marrant de ne jamais tout à fait savoir où je dormirais le soir même. C'était une aventure sans danger.

Je savais que ça ne serait plus tout à fait comme cela, quoi qu'il se passe entre nous. Si cela devait continuer comme je le souhaitais, peut-être arriverions-nous à un stade où – soudain – nous cesserions de penser tout le temps l'un à l'autre, où nous passerions un jour ou deux ou trois sans faire l'amour, où l'autre ferait simplement partie des meubles. Mais pas maintenant. Pour l'heure, nous étions infiniment curieux l'un de l'autre. Todd était un labyrinthe dans lequel je voulais errer, un puzzle que je voulais résoudre, un tour de magie mystérieux. Nous parlions de nos vies, de notre travail, de nos ex, de ce qui s'était mal passé, de ce qui s'était bien passé. Nous nous confiions des secrets.

Chaque journée était d'une brièveté désespérante car, quoi qu'il advînt dans le futur, cette intensité et cette énergie disparaîtraient. Il faudrait qu'elles disparaissent pour que nous redevenions des personnes normales, des amants normaux, ou des partenaires, ou peut-être seulement des amis, ou peut-être des étrangers de nouveau.

Mais voilà qu'il y avait Holly, au sujet de laquelle je me refaisais du souci. Prenant le petit déjeuner chez Todd – il avait préparé des fruits, du café et un muesli spécial – je lui appris que je le retrouverai tard ce soir car je devais passer voir Holly. Il se contenta de hocher la tête.

— Tout cela va prendre beaucoup de temps, observai-je.

— Bien sûr.

— Je le comprendrais si cela te restait en travers de la gorge.

— Ça ne me reste pas en travers de la gorge.

— Je sais que quand tu as rencontré Holly, ça n'a pas été une totale réussite…

— Tu veux dire, *je* n'ai pas été une totale réussite ?

— Ce n'était pas de ta faute. Et c'est un euphémisme.

— Pour quelqu'un qui est censé être sa meilleure amie, tu ne trouves pas que tu as un petit peu peur d'elle ?

Il me fallut un moment pour réfléchir à ce qu'il venait de me dire.

— Holly a toujours été difficile à satisfaire, expliquai-je. Sur le plan affectif, j'entends. Mais elle valait le coup. Elle m'a rendue folle, m'a fait honte à un point que tu ne peux imaginer…

— Oh mais si, répliqua Todd.

— Sans elle, je n'aurais pas fait la moitié des choses que j'ai faites. Elle est comme ça : elle t'encourage à entreprendre des choses qui te semblent insensées et tu te dis : « Pourquoi pas ? » Ces derniers temps, ça s'est mal passé ; elle est partie en vrille. Ce n'est pas sa vraie personnalité que tu as vue.

— Tu n'as pas besoin de me convaincre.

Je caressai ses cheveux châtains soyeux.

— Si, dis-je. Toi plus que quiconque. En plus de se détruire, Holly a tout fait pour *me* faire fuir. Peut-être était-ce une autre façon de se faire du mal, de se débarrasser des gens qui l'aiment.

Je me levai, fit se lever Todd et passai mes bras autour de la laine douce de son costume.

— Je veux que tu m'accordes une faveur, dis-je.

— Bien sûr.

— La majorité des gens demanderait : « Quoi ? » d'abord.

— Pas moi. Pas pour toi.

— Oh. (Je le regardai en cillant et eus du mal à retrouver ce que je voulais lui dire.) Je veux que tu aimes Holly maintenant, pour moi. Plus tard, peut-être, tu l'aimeras de toi-même.

— Je vais essayer.

— Et je passerai te voir plus tard ce soir.

— Ça fait partie du marché.

Je restai assise au chevet de Holly pendant près d'une heure sans parler. Ses yeux s'ouvraient d'un coup quelques secondes, puis elle se rendormait. J'étais moi-même presque endormie ; de fait, lorsqu'elle parla, je sursautai. Au début je n'arrivais pas à comprendre ce qu'elle disait. Ce n'était qu'un marmonnement.

— Quoi ?

— J'ai peur.

— De quoi ? Ou tu veux dire que tu as peur tout court ?

— De revenir.

— Comment ça ?

— De partir d'ici. De retrouver le monde. Je suis en sécurité ici.

— Stuart est en liberté sous caution, m'a appris Charlie. Mais je ne pense pas qu'il continuera à te poursuivre.

— Ce n'est pas lui qui m'inquiète. Je ne cesse de me dire que je ne devrais peut-être pas porter plainte...

— Si, bien sûr. Tu dois le faire. Il aurait pu te tuer.

— Il a simplement été celui qui m'a attaquée en premier, n'est-ce pas ?

— Que veux-tu dire ?

— Eh bien, si ça n'avait pas été lui, et si je ne m'étais rien fait, ça aurait pu être Rees. Quand j'étais en train de mourir, j'avais l'impression qu'il y avait quelqu'un à côté de moi.

— À côté de toi ?

— Tant de personnes veulent me tuer. Je suppose que j'imaginais une espèce de témoin vengeur. Tu sais.

— Est-ce de Rees dont tu as peur ?

— Ouais. Enfin, de lui et...

— Vas-y.

— Promets-moi que tu n'en parleras pas à Charlie.

— Tant de secrets, fis-je.

— Donne-moi d'abord de l'eau.

J'allai donc chercher une tasse d'eau en plastique, et elle la but, tressaillant à chaque gorgée.

— Je suis mêlée à une partie de poker, m'expliqua-t-elle. La nuit où je suis passée chez toi à l'aube et où nous nous sommes disputées.

— Je me rappelle.

— Bref, le fait est que je dois de l'argent à un homme qui s'appelle Vic Norris. (Elle me regarda en fronçant les sourcils.) Beaucoup d'argent en fait.

— Combien ?

Je m'attendais à ce qu'elle réponde une centaine de livres, quelque chose dans le genre, ce qui me semblait déjà énorme. La plus grosse somme que j'avais jamais pariée, c'était cinq livres au *Grand National*[1] et je ne l'avais fait qu'une fois.

— Ça augmente tout le temps, murmura-t-elle. Plus je tarde à lui régler ma dette, plus ça augmente.

— Alors paie.

— Il y a ce skinhead qui passe me voir.

— Dis-moi combien tu dois.

« Meg, cria une voix, comment vas-tu ? »

— Onze mille, me siffla-t-elle, et elle eut l'air incroyablement bouleversée.

J'en fus abasourdie et, au même moment, je vis Charlie traverser la salle, ployant sous le poids de magazines, de livres et de fruits pour Holly. Cette dernière serra frénétiquement ma main.

J'allai à la rencontre de Charlie et pris les magazines qu'il laissait échapper. Il m'embrassa sur les deux joues.

1. Course hippique la plus populaire et la plus regardée au Royaume-Uni. *(N.d.T.)*

— C'est adorable de ta part d'être ici. Vraiment sympa. Comment va-t-elle ?

— Mieux, je pense. Elle…

Mais je fus interrompue par l'arrivée d'un petit groupe de personnes. Le docteur Thorne était accompagné d'une infirmière et d'un jeune homme en blouse blanche et aux cheveux en brosse. L'infirmière se mit à vérifier les tubes, comme si Holly était une chaudière qui posait problème. Et, pendant ce temps, je touchai le bras du docteur pour attirer son attention.

— Je veux vous parler, dis-je doucement afin que Holly ne m'entende pas.

— À quel sujet ?

— Pouvons-nous nous éloigner un peu ? C'est mieux. Nous nous sommes rencontrés l'autre jour. Meg Summers. Je suis une amie très proche de Holly. Je suis aussi son associée.

— Oui, elle a parlé de vous.

— Je me fais du souci pour elle.

— Nous nous en faisons tous.

— Non, je veux dire que je suis déconcertée. Écoutez, je ne veux pas entrer dans les détails, mais il y a quelque chose qui ne tient pas debout.

— Comment ça ?

— Holly a tenté de se suicider, et vous la soignez pour dépression grave.

— Plus précisément pour psychose maniacodépressive.

— Qui est une maladie mentale.

— Exact.

— Le fait est que je viens d'avoir une longue discussion avec Holly. Est-il possible que ce qui pourrait passer pour de la dépression soit en fait une réaction parfaitement rationnelle à un stress extrême ?

— Que voulez-vous dire ?

Je respirai profondément et fis au docteur Thorne un bref compte rendu de l'histoire que m'avait racontée Holly.

— Vous ne comprenez pas ? Si l'on m'avait harcelée de la sorte, j'imagine que je me serais, moi aussi, écroulée.

Le docteur Thorne eut l'air pensif.

— Allons prendre un café, me proposa-t-il.

Je pensais qu'il m'amènerait dans son bureau boire un vrai café, mais il faisait allusion à une machine dans le couloir devant la salle dont le café était franchement mauvais.

— Quand j'ai commencé à étudier la biologie, commença-t-il, j'avais du mal avec la notion de nids d'oiseaux et de génétique. Les nids d'oiseaux sont si particuliers, et pourtant si semblables au sein des espèces. Comment les gènes des oiseaux pouvaient-ils être responsables d'un processus qui implique de trouver de la mousse, de l'herbe ou des bâtons et d'utiliser de la boue ou de la bave ? Mais en réalité l'évolution du cerveau dépend en majorité de stimuli extérieurs. Le cerveau humain est programmé pour apprendre une langue, mais l'enfant en plein développement a besoin d'être exposé au langage en dehors de lui-même pour stimuler les zones de langage du cerveau. Le développement du langage se produit dans le cerveau en se servant de morceaux de langage de l'extérieur. Une façon de regarder un nid d'oiseaux consiste à le voir comme l'extension du cerveau de l'oiseau qui, en l'occurrence, se sert de morceaux du monde extérieur au lieu d'impulsions électriques.

— Je ne comprends pas tout à fait…

— Holly m'a également parlé de ses peurs, poursuivit le docteur Thorne.

— Ce que je demandais, dis-je, c'est si ces désastres dans sa vie sont réels ou s'ils font partie de sa maladie.

Le docteur Thorne sourit comme s'il avait résolu un quiz particulièrement délicat.

— Il serait plausible de dire qu'ils sont réels *et* qu'ils font partie de sa maladie. C'est ce que j'insinuais en parlant du nid d'oiseaux. C'est le chambardement le plus complet dans l'esprit de Holly, qui s'est en partie manifesté sous la forme de l'automutilation. Ce qu'elle a fait ces derniers mois, c'est transformer son environnement en ce que l'on peut par ailleurs considérer comme une extension de son esprit. Vous pourriez dire qu'elle a externalisé son dégoût d'elle-même en créant des situations dans lesquelles les autres ressentent pour elle ce qu'elle-même ressent pour elle. C'est une femme paranoïaque qui a créé un environnement pour justifier sa paranoïa.

— Êtes-vous en train de dire que toutes les peurs de Holly sont justifiées ?

— Je suis médecin, pas policier. Ce qui est évident, c'est qu'il ne suffit pas de soigner la tête de Holly Krauss en lui administrant des produits chimiques et en lui faisant suivre une psychothérapie, bien que ces deux éléments soient aussi importants. Elle n'est pas un cerveau dans une cuve. Elle vit dans un monde et, un jour, j'espère, elle va devoir sortir et revivre dans ce monde.

— Oui, mais… entre-temps, il y a des gens au-dehors qui lui veulent du mal.

Le docteur Thorne eut l'air sérieux.

— Je ne veux pas vous dire que cela sera facile. J'ai d'autres patients qui ont fait des choses terribles. Pour eux la guérison a été la partie la plus difficile car c'est seulement à ce moment-là qu'ils ont réalisé les dégâts qu'ils avaient causés lorsqu'ils étaient malades. Je parle de gens qui ont guéri grâce à un traitement pour apprendre ensuite que, durant leur maladie, ils ont blessé voire tué leurs propres enfants. Voir le monde clairement peut avoir du bon et du mauvais. D'un seul coup, vous vous retrouvez face à des choses contre lesquelles votre esprit vous protégeait.

— Je suis désolée, dis-je. Je ne suis pas plus avancée.

Le docteur Thorne s'autorisa un petit sourire.

— Mais un peu mieux informée, rétorqua-t-il.

29

Maintenant que Holly était partie, c'était comme si je devenais elle, comme si je remplissais l'espace qu'elle avait laissé. Je travaillais dix heures par jour, déjeunais de sandwiches à mon bureau, courais à l'hôpital pour lui tenir compagnie, puis veillais tard avec Todd. Bien que j'eusse toujours eu besoin de neuf heures de sommeil minimum, je dormais brusquement six heures ou moins sans me sentir fatiguée du tout. Je dis quelque chose de ce genre à Trish et elle rit.

— Qu'y a-t-il ?

— Non, Meg, répondit-elle sur son ton emphatique qui me mettait toujours légèrement à bout. Crois-moi, tu ne ressembles pas du tout à Holly.

— Je sais, je voulais juste dire que je me sentais soudain pleine d'énergie.

— Quand elle était pleine d'énergie, elle était comme une comète, reprit Trish. Ou comme un avion sur le point de décoller. On ne pouvait pas l'ignorer. Même lorsqu'elle se contentait de rester assise à son bureau sans bouger, c'était comme si elle vibrait et cela provoquait des turbulences autour d'elle. Je le sentais dès que j'ouvrais la porte. Il me fallait une demi-seconde pour savoir si la journée serait désastreuse ou merveilleuse. Ça m'horripilait car c'était complètement indépendant de ma volonté. Elle était la seule qui avait la situation en main, même si elle-même était hors contrôle. Tu comprends ce que je veux dire ?

— Je suppose que oui.

— Tu es tout le contraire, voilà sûrement pourquoi vous êtes des amies si proches. Le jour et la nuit. Tu es si calme.

— Ça me donne l'impression d'être quelqu'un d'un peu rasoir.

— Non, nous aimons ça. Avec toi, on se sent tous en sécurité.

— Vraiment ?

— Oui. Holly est comme un parc d'attractions dernier cri. Et toi, comme… (Elle chercha la bonne métaphore et j'attendis.) Une maison, finit-elle par dire.

— Et c'est positif ?

— Oui, répondit-elle d'un ton ferme.

Puis elle posa ses petites mains habiles sur mes épaules avant de m'embrasser sur les deux joues. Je crois qu'elle était aussi surprise que moi.

Toute la journée, bien que complètement débordée, je n'ai pas arrêté de penser aux paroles de Trish et à Holly – plus particulièrement aux ennemis dc Holly. Ce qu'elle m'avait confié, avec une telle urgence, et ce qu'avait déclaré le docteur Thorne. D'ici peu, elle sortirait de l'hôpital. Je ne voulais pas qu'elle sorte dans un monde hostile. Je n'avais pas compris tout ce que m'avait raconté le docteur Thorne sur ses nids d'oiseaux, mais j'en savais suffisamment pour comprendre que, comme parfois Holly se détestait, elle avait créé un univers dans lequel beaucoup de monde lui voulait du mal. Je l'avais vu agir ainsi assez souvent. Elle avait tout fait pour que tout le monde la laisse tomber. Même moi, j'avais été à deux doigts de le faire et j'étais sa meilleure amie. Je savais que je ne serais jamais en mesure de comprendre ce qu'elle avait traversé, mais j'avais un aperçu de l'enfer qu'elle avait vécu.

D'après Trish, les gens se sentaient en sécurité avec moi. Ce n'était pas grand-chose. Je crois que j'aurais préféré que l'on me compare à un parc d'attractions plutôt qu'à une maison : être excitante, sexy, glamour, dangereuse, obstinée, adorable, exaspérante et effrontée comme Holly. Mais j'étais ce que j'étais. Et Holly me faisait confiance. C'était à moi qu'elle avait écrit son mot d'adieu, moi qu'elle avait essayé d'appeler quand elle mourait. Je voulais, non, je *devais*, essayer de faire du monde un endroit un peu plus sécurisé pour le retour de mon amie. Quand je songeais à sa silhouette fragile sur son lit d'hôpital, quand je me rappelais la façon dont elle s'était cramponnée à mon bras la veille et dont elle m'avait regardée, suppliante, je me dis que c'était mon devoir. Pénible et inévitable.

*

Todd me déposa à l'hôpital et m'annonça qu'il m'y retrouverait une demi-heure plus tard. Charlie venait de partir, mais Marcia Krauss était là et disposait un gros bouquet de fleurs dans un vase. Elle était encore jeune – la cinquantaine, à vue de nez – et sûrement encore séduisante, mais c'était difficile de le voir derrière son armure de rectitude. La première fois que je l'avais rencontrée, quelques années auparavant, j'avais eu du mal à croire qu'elle était la mère de Holly. Plus tard, j'en étais venue à comprendre qu'elle était comme une image en négatif de sa fille : soignée, consciencieuse, comme il faut, discrète, économe, vertueuse, maîtresse d'elle-même et profondément anxieuse. Avoir une fille comme Holly avait dû la paniquer.

Je l'embrassai sur la joue, puis embrassai Holly sur le front.

— Tu as l'air en forme.

— Menteuse.

Mais c'était la vérité. Elle avait la mine défaite, et la contusion qui apparaissait encore sur sa joue donnait à son visage une teinte grise inégale, mais ses yeux n'étaient plus aussi ternes et elle n'avait plus l'air aussi lessivée et paumée.

— Qui as-tu vu aujourd'hui ?

Holly ignora ma question.

— Nous étions en train de parler de papa, dit-elle.

— *Tu* étais en train de parler de lui, la reprit sa mère. Pas moi.

— Je te demandais comment il est mort.

Il était certain que Holly allait mieux, songeai-je. Recommençait à être embarrassante, au moins. J'avais envie d'applaudir.

— Il a toujours eu un mode de vie stressant, dit Marcia.

— Hum, fit Holly, arrête de tripoter les fleurs et regarde-moi, s'il te plaît. J'ai essayé de me suicider.

— Je sais, marmonna sa mère dans les roses et les lis. C'est pour cela que je suis ici.

— Seulement, tu n'en as pas parlé.

— Je suis là pour t'aider à te remettre de tout cela. Et de toute façon, Meg est venue te rendre visite.

— Meg s'en moque, n'est-ce pas ? Papa était comme

moi, tu n'arrêtes pas de le dire, je veux juste savoir s'il s'est suicidé.

— Holly, ce n'est pas le moment.

— Alors quand est-ce le moment ?

— Pas maintenant.

— Il l'a fait, n'est-ce pas ? Il était maniacodépressif et il s'est suicidé.

— Tu ne peux pas résumer les choses ainsi.

— C'est dans mon sang. Par sa faute.

— Tais-toi !

— Oh, ce n'est pas grave, fit Holly, tu ne peux rien y faire de toute façon.

Elle se laissa retomber contre l'oreiller. Sa mère prit son sac, tripota inutilement les fleurs une dernière fois, puis embrassa sa fille, une petite bise.

— Ne te surmène pas.

— Non, répondit Holly. Ça ne risque pas.

Une fois sa mère partie, elle se tourna vers moi.

— Je parie qu'elle rend Charlie fou. Elle ne veut pas être ici et je ne veux pas d'elle ici. C'est juste l'une de ces choses que les mères sont censées faire, et donc elle le fait.

Je m'assis sur le lit, pris un raisin et le fourrai dans ma bouche.

— Quand rentres-tu chez toi, alors ?

— Le docteur Thorne est évasif. Il n'arrête pas de me poser des questions et prétend qu'il y a une autre piste qu'il veut explorer.

— Comment va Charlie ?

— Bien, j'imagine.

— Peux-tu m'expliquer comment trouver le joueur ? Comment as-tu dit qu'il s'appelait ? Vic Norris ?

— Quel est le rapport entre « Comment va Charlie ? » et ça ?

— Dis-moi.

— Pourquoi ? De toute façon, je n'en ai pas la moindre idée.

— Et cet autre type… Tony ? C'est bien son nom ?

C'était comme si j'étais devenue la gardienne de l'existence de Holly et connaissais plus de détails qu'elle-même sur sa vie.

— Tony Manning. Pourquoi ?

— Où est-il ?

— Sais pas. En fait, si je sais. Il m'a dit qu'il construisait un nouvel immeuble près de la Tate Modern. Ce quartier est en pleine expansion, apparemment. Pourquoi ? Tu ne peux rien faire, tu sais. Tu ne peux pas convaincre ces gens d'être gentils.

Je n'eus pas le temps de répondre. Naomi passa la tête par les rideaux et cria jovialement : « Bonjour ! » Holly marmonna quelque chose et ferma les yeux.

— Je crois qu'elle est fatiguée, dis-je.

— Je voulais lui donner ça. (Naomi posa un sac en papier kraft sur la poitrine de Holly. Une odeur de levure emplit l'air.) Petits pains au safran. Ils sortent du four. Ils sont encore chauds. Hé, goûtes-en un.

Holly fit non de la tête.

Je ne raffole pas vraiment du safran, mais elle semblait si enthousiaste que je ne voulais pas la vexer. Je pris donc un petit pain et en mangeai une petite bouchée.

— Délicieux.

— Bien. Je trouvais qu'il y avait assez de fleurs et de fruits.

— Tu es manifestement d'une grande aide à Charlie et Holly, lançai-je.

— Surtout à Charlie, dit Holly du même murmure à peine audible.

— C'est un plaisir, répondit Naomi. Ce sont mes

amis. Et de toute façon, je suis infirmière. Je sais ce qu'a vécu Holly. Ce qu'elle vit encore, ajouta-t-elle. Tout le monde croit qu'elle récupère, mais il faudrait garder à l'esprit que ce n'est pas un virus qu'elle a et qu'elle est encore en plein dedans. N'est-ce pas, Holly ?

— J'imagine.

— Il faudra que nous lui apportions tous notre soutien pendant encore bien longtemps, pas vrai ?

Holly se détourna de nous deux et enfouit sa tête dans son oreiller. Je me penchai vers elle et embrassai sa joue creuse.

— Ne t'inquiète pas, fis-je d'un ton doux. Ne t'inquiète plus de rien. Tout ira bien.

30

Avant que j'eusse le temps de retrouver la piste de Vic Norris, Rees me trouva. Le lendemain, alors que j'écrivais un e-mail à tout le monde au bureau pour demander que les notes de frais soient désormais présentées correctement et non plus griffonnées au rouge à lèvres sur un mouchoir en papier, il entra par la porte ouverte de notre bureau, se dirigea vers moi d'un pas nonchalant et déposa une épaisse enveloppe marron sur le bureau devant moi.

— Me suis dit que t'aimerais bien voir des photos de ta petite copine avant de l'amener dans d'autres postes de police, lança-t-il.

— Comment êtes-vous au courant ?

Il sourit.

— Je vous ai vues y entrer. Puis je vous ai vues en

ressortir. Mais on ne m'a pas convoqué pour m'interroger, pas vrai ? La police ne voulait pas savoir, hein ? Qui croirait un mot de ce qu'elle dit, si jamais elle passait devant les tribunaux ? Un peu dans les nuages, notre Holly. Bref, regarde ces instantanés que j'ai pris d'elle. Ce ne sont que des copies, au fait.

Il tourna les talons. Je restai assise et fixai sa silhouette qui s'éloignait. Il fallut quelques secondes pour que la colère monte en moi en bouillonnant.

— C'était ce gars, n'est-ce pas ? s'enquit Lola, derrière moi. Ce sale type qui harcelait Holly.

— Oui. Écoute, monte la garde, tu veux ? Je reviens dans une minute.

Je fus presque amusée par la confusion sur son visage : elle demeura bouche bée comme un personnage de dessin animé, lorsque je passai devant elle à toute vitesse et descendis l'escalier quatre à quatre. Il venait de quitter l'immeuble quand je le rattrapai et le saisis par la manche.

— Écoutez-moi, lançai-je.

— Quoi ?

— Je sais ce que vous avez fait.

— Tu sais ce que Holly t'a dit que j'avais fait.

— Je sais ce que vous avez fait, insistai-je. Et je vous préviens, si jamais vous vous approchez d'elle de nouveau, vous ne vous en sortirez pas une deuxième fois.

— Pourquoi voudrais-je m'approcher d'elle ? Ce n'est qu'une… (Il se tut et chercha le bon mot.) Salope, dit-il enfin.

Je sentais la bière dans son haleine.

— Ne vous approchez pas. Vous ne pouvez pas savoir combien elle est sur les nerfs…

J'avalai mes mots.

— Je crois que si. Elle a essayé de se flinguer, hein ? Dommage.

— Dommage ?

— Qu'elle n'ait pas réussi.

Si j'avais eu un couteau, je l'aurais enfoncé dans la poitrine de Rees, juste pour faire disparaître ce petit sourire narquois et haineux de son visage.

— Et arrêtez de harceler ses amis.

— Elle est malade, non ? Une psychopathe. Pauvre vieux Charlie. Bref, je la lui laisse ! Je ne tiens pas à sauter une cinglée.

Je respirai un bon coup et serrai les poings pour contenir ma rage.

— Ne vous approchez pas, répétai-je, et je le laissai dans la rue.

Il me vint à l'esprit que n'importe quel badaud nous aurait pris pour des amants ayant une prise de bec. À cette idée, je frissonnai.

De retour au bureau, je passai mon doigt sous le rabat de l'enveloppe marron que Rees avait déposée et en sortis une première photo. C'était un cliché de Holly endormie chez Luigi's, il avait dû s'approcher tout près d'elle, à moins qu'il n'eût un zoom. Elle était vautrée sur la table, la tête dans le creux du bras, et ses yeux étaient fermés, maculés de pâtés de mascara tout autour. Son rouge à lèvres coulait et sa peau était cireuse. On pouvait même distinguer une petite goutte de salive qui dégoulinait du coin de sa bouche entrouverte. Je ne pouvais pas supporter l'idée que Holly voie ça, qu'elle se doute même que cela existe. Je grimaçai et la rangeai à la hâte dans l'enveloppe, que je cachai ensuite au fond du tiroir du bas du classeur.

À onze heures et demie, je me rendis en voiture au chantier de construction au sud de la rivière. En dépit du manque de précision de Holly, il s'avéra plutôt facile à trouver. Je demandai à un homme corpulent au nez marbré et à la casquette orange s'il pouvait m'indiquer où se trouvait Anthony Manning.

— Tony ?

— Oui, Tony.

Je tâchai d'avoir l'air professionnelle, comme si j'étais attendue.

— Pas là. Il n'est jamais là le jeudi. C'est son jour au club.

— Au club ?

— Golf. Divertir les clients.

— Dans quel club ?

— À Kingston.

— Ah, merci.

Je songeai à abandonner, à retourner simplement au bureau et à me dire que j'avais fait tout ce qu'il y avait à faire. Mais je me surpris à partir en direction de Kingston, à demander la route du club de golf, puis à y entrer comme si je passais ma vie dans ce genre d'endroit. Au bar, où les gens buvaient du gin-tonic, je demandai Anthony Manning et un homme en hideux costume en velours marron m'indiqua du doigt qu'il se trouvait dehors, sur le terrain.

Je commandai un jus de tomate, mais l'on m'informa que les non-membres n'avaient pas le droit de boire au bar. Je m'assis donc dans un coin et attendis jusqu'à ce que l'on me signale que les non-membres n'avaient même pas le droit de fréquenter le bar. Je rôdai donc dans l'entrée, où je feuilletai un catalogue rempli de photos de chapeaux à carreaux et de chaussures à pompons. Et enfin quelqu'un me dit : « Oui ? »

Un homme grand et tout en muscles se tenait devant moi, faisant tinter de la monnaie dans sa poche. Il ne portait pas les vêtements stupides qu'affectionnaient la majorité des hommes ici. Il n'y avait pas le moindre sourire – ou la moindre curiosité – sur son visage.

— Anthony Manning ?

— Oui, répéta-t-il, une once d'impatience dans la voix.

— Je suis Meg Summers, une amie de Holly. Holly Krauss. (Il ne dit rien et l'expression sur son visage ne changea pas. Je respirai un bon coup.) Elle est à l'hôpital, elle ne va pas bien et je dois retrouver quelqu'un pour elle. Pour régler ses dettes.

Un tout petit sourire apparut sur son visage.

— Allez-vous le faire ?

— Oui.

— Et alors ?

— Où puis-je le trouver ?

— Vous devez lui rendre visite au siège de sa société.

— Ça m'a l'air grandiose.

— C'est une boutique à Kennington.

Il griffonna une adresse et me la tendit.

— Quel genre de boutique ?

— Un peu de tout, répondit-il avant de tourner les talons. (Puis il ajouta :) Et n'essayez pas de lui faire baisser ses prix. Il négocie en position de force.

Comprenant qu'il valait mieux que j'aie quelqu'un avec moi, j'emmenai Lola. Elle est vraiment la dernière personne que vous mêleriez à une crise. Elle est petite, innocente, crédule et panique facilement. Mais elle adore Holly, comme un chiot adore son maître. Je voulais juste qu'elle reste assise dans la voiture et qu'elle m'attende. Pour quelle raison, je ne pouvais l'expliquer.

Cowden Brothers était un établissement de prêts sur gages, coincé entre une agence de voyages condamnée et un coiffeur pour hommes. Dans la vitrine, il y avait un monocycle, un saxophone, une guitare électrique, une montre de grand-père et des tas de bijoux. Et une petite pancarte qui annonçait : « PRÊTS D'ARGENT. CONDITIONS INTÉRESSANTES. CONFIDENTIALITÉ RESPECTÉE. » Je poussai la porte et une sonnette retentit bruyamment.

Un gros homme au visage minuscule et délicat était assis derrière le comptoir. Il lisait un magazine et fumait. Derrière lui, un homme bien plus âgé regardait les courses à la télé.

— Je cherche Vic Norris, annonçai-je.

— Et vous êtes ?

— Meg Summers. Une amie de Holly Krauss.

— Je ne sais pas qui vous êtes, et je ne sais pas qui est Holly.

— Je suppose que Vic Norris saurait qui est Holly.

Il écrasa sa cigarette dans un cendrier qui débordait.

— Il ne travaille pas ici, dit-il.

— On m'a donné cette adresse, rétorquai-je.

L'homme sortit lentement une autre cigarette d'un paquet et l'alluma.

— Quelle est la nature de votre affaire ?

— Mon amie doit de l'argent à Vic Norris. Apparemment.

— Oh, vraiment ? Et que faites-vous ici ?

— Elle est souffrante.

L'homme tira une longue bouffée sur sa cigarette puis toussa comme un asthmatique.

— Quel était le nom déjà ?

— Holly Krauss.

— Attendez.

Il poussa une porte derrière le comptoir.

Le vieil homme tourna la tête vers moi, puis de nouveau vers les courses.

Lorsque le gros revint, il paraissait plus affable.

— C'est exact. Votre petite amie doit seize mille livres.

— Seize ? Je croyais que c'était onze.

Il gloussa.

— Il y a les intérêts de paiement, ma belle. Votre amie a été lente à payer.

— C'est complètement injuste ! protestai-je. Elle ne voulait rien de tout cela. Et elle est malade.

L'homme ne parut pas m'entendre. Il se contenta de se tourner vers son compagnon.

— Qui a gagné ?

— *Nineteen To The Dozen*, répondit le vieillard.

— Merde ! fit le gros.

— Je disais que c'était complètement injuste.

— Votre amie devrait faire attention lorsqu'elle emprunte de l'argent, me dit-il.

— Elle ne l'a pas emprunté. On l'a attirée dans une partie de poker.

L'homme haussa les épaules.

— La semaine prochaine, ça fera dix-sept, puis dix-huit. Mais…

Autre haussement d'épaules. Il baissa les yeux sur son magazine.

— Et si elle ne peut pas payer ? m'enquis-je. Et si les gens ne peuvent pas payer ?

Le gros homme sourit, dévoilant un trou entre ses dents du haut.

— Ils paient toujours, répondit-il.

Je le regardai, ainsi que le vieillard derrière lui. Je regardai les objets disposés sur les étagères – vieilles chaînes hi-fi, batterie, chaussures, théière et carafe assortie, vélo d'appartement, plusieurs montres, pendulette, appareil-photo noir peu pratique.

— Aujourd'hui, nous sommes jeudi, dis-je. Je reviendrai mardi avec l'argent. Mardi avant dix-huit heures.

— Mardi, ça fera dix-sept mille.

— Je viendrai lundi. Puis-je payer en chèque ?

— Il y a une commission pour les chèques.

— Combien ?

— Trente pour cent.

— Je paierai en liquide.

La porte retentit de nouveau d'un bruit discordant quand je sortis.

31

Je possédais près de onze mille livres à la banque sur un compte épargne spécial. Il m'avait fallu six ans pour amasser une telle somme. Je la gardais pour m'acheter une maison. Enfin probablement un deux pièces exigu et sombre en banlieue, mais c'était au moins un départ. Un jour, je vivrai dans un endroit à moi, avec un petit jardin. Des herbes aromatiques, des fleurs et un arbre fruitier d'ornement. Peut-être un chat, même. Holly avait pu s'acheter sa maison car ils étaient deux, et sa mère lui avait prêté la moitié de l'acompte. Lorsque nous avions lancé la société, je rêvais que nous gagnerions suffisamment pour économiser plus vite, mais naturellement ça ne s'était pas passé comme ça.

Je mis de côté mes pensées sur la maison de mes rêves, sur la vie de mes rêves. Je possédais onze mille livres, mais je devais encore en trouver cinq mille et je ne voyais pas comment réunir une telle somme, encore moins d'ici lundi. J'avais un découvert autorisé de cinq cents livres et supposai donc que je pourrais disposer de cette somme. Mais cinq mille ?

En fin d'après-midi, je m'assis à mon bureau et cogitai. Chez KS Associates, nous étions convenus d'un plafond de découvert de trente mille livres, et, pour l'heure, nous étions seulement endettés de la coquette somme de dix-neuf mille quatre cents. En d'autres termes, je pourrais faire un chèque contre du liquide demain et nous n'aurions toujours pas atteint le découvert autorisé. Je sortis même du tiroir le carnet de chèques de la société et le rangeai dans mon sac. Mais je jetai un coup d'œil dans le bureau, à Lola, Trish et à tous les autres qui me faisaient confiance – qui me croyaient aussi stable qu'une maison – et rangeai le chéquier dans le tiroir. Je savais que cela marquerait la fin de tout ce pour quoi nous avions travaillé si dur.

*

— Tu viendras avec moi chez mes parents pour Noël, n'est-ce pas ?

Ce n'était pas vraiment une question, davantage une affirmation, lancée nonchalamment alors que je mettais une fourchette de riz dans ma bouche. La stabilité de notre histoire, sa grâce essentielle, m'emplirent soudain d'un bonheur tranquille. Je reposai ma fourchette.

— Ce serait super ! répondis-je, en tâchant de dissimuler le tremblement d'émotion dans ma voix. Si tu le veux.

— Je le veux, acquiesça-t-il. Et ils veulent te rencontrer, eux aussi.

— Vraiment ? fis-je, rayonnante. Oui, j'aimerais bien les rencontrer, moi aussi.

Nous nous gratifiâmes d'un grand sourire puis retournâmes à notre repas. Voilà des siècles que je n'avais pas attendu Noël avec impatience. La plupart du temps, mes parents et moi allions chez ma sœur dans le Devon. Elle avait un mari, deux enfants – et un chat. Ils vivaient dans une petite maison au milieu de nulle part, on marchait dans la boue pour atteindre le pas de la porte, et la mer apparaissait à l'horizon. J'avais toujours eu l'impression d'être une pièce rapportée – celle qui arrivait en retard et seule, et jouait le rôle de la gentille fille et de la tante joyeuse pendant un jour ou deux avant de s'échapper à Londres. L'an dernier j'étais allée chez Holly et Charlie, et j'avais veillé jusqu'à cinq heures du matin car Holly, sous le coup de l'alcool, avait insisté pour faire des charades mimées. Je la revois debout sur la table, dans ses chaussures fines, son chapeau en papier de guingois, gloussant sans pouvoir s'arrêter. Mais cette année, c'était différent. Todd et moi avions des projets ensemble. Nous allions acheter un sapin ensemble, nous allions partir pour le nouvel an ensemble, et peut-être prendre de bonnes résolutions ensemble. L'année à venir me semblait briller d'espoir.

Puis je laissai Holly revenir une fois de plus au-devant de mes pensées. Elle allait passer un étrange Noël, cette année. J'en avais parlé à Charlie et il m'avait dit que sa mère avait accepté de rester jusqu'à ce qu'elle sorte de l'hôpital et rentre à la maison. Sa mère à lui viendrait aussi passer quelques jours. Naomi préparerait le dîner. Pauvre Holly, songeai-je, allongée dans son lit d'hôpital, abattue, blême et maigre, tandis qu'autour d'elle on parlait d'elle et on faisait des projets pour elle.

J'avais toujours considéré Holly comme intrépide, comme la personne la plus intrépide que j'avais jamais rencontrée, mais à présent, elle avait peur. Je me demandais si elle avait aussi peur à cause de ce qui se trouvait en elle – tous les démons étranges qui la tourmentaient et qui, croyait-elle alors, faisaient partie de son caractère, mais qui aujourd'hui n'étaient plus que de hideuses invasions – ou à cause de ce qui se trouvait au-dehors, dans le monde réel dans lequel elle devrait très bientôt retourner. Elle avait probablement aussi peur de l'intérieur que de l'extérieur : elle ne pouvait échapper à aucun des deux et n'avait nulle part où se cacher. Même quand elle dormait, m'avait-elle confié, elle faisait des rêves atroces. Je n'avais jamais plaint personne de toute ma vie autant que je plaignais Holly, et je ne m'étais jamais sentie aussi responsable. C'était comme si nous étions allées au-delà du type d'amitié normal, et qu'elle était davantage comme ma fille, ma sœur, ma mère, tout à la fois. Comme une grosse pierre sur mon cœur, de sorte que même lorsque je me trouvais avec Todd, une petite partie de moi pensait à elle et s'inquiétait. Et échafaudait des plans comme celui que j'avais pour aujourd'hui, dont je n'avais même pas parlé à Todd car je savais qu'il me dirait que j'étais stupide.

— Que se passe-t-il ? s'enquit Todd. Tu as cette espèce de froncement sur le visage.

— Vraiment ? Je ne sais pas pourquoi.

— À quoi pensais-tu ?

— Oh, rien.

— Meg, je ne suis pas aveugle. Dis-moi.

— Ce n'est pas vraiment mon histoire. C'est celle de Holly.

— Oh, Holly, j'aurais dû m'en douter.

Un léger froid plana entre nous le reste de la soirée. Et en fin de compte, allongée au lit, je lui parlai de la dette de Holly, de ma visite au club de golf et chez Cowden Brothers.

— Tu sais ce que je pense ?

— Tu penses que je suis drôlement stupide.

— Je pense que tu es l'amie la plus gentille, la plus loyale et la plus généreuse qui existe.

— Oh. (Je sentis mes joues rosir dans l'obscurité.) Pas vraiment.

— As-tu bien considéré la situation ?

— Je crois que oui.

— Holly t'en est-elle reconnaissante ?

— Je ne lui en parle pas. Je veux juste qu'elle se trouve en sécurité lorsqu'elle sortira de l'hôpital.

— Donc tu fais cela sans même attendre de remerciements. C'est carrément contre-nature.

— Cela dépasse largement ce genre de choses, m'entendis-je répondre en constatant en même temps que c'était la vérité. C'est davantage une question de vie et de mort ou de santé mentale ou de démence ; quelque chose dans ce style. J'ai le sentiment de ne pas avoir vraiment le choix.

Un long silence s'ensuivit. Il caressa distraitement mes cheveux.

— À quoi penses-tu ?

— Je pense que tu aurais dû m'en parler avant.

— Je voulais le faire, mais c'était le secret de Holly, pas le mien.

— Tu n'aurais pas dû aller là-bas toute seule.

— J'avais Lola avec moi.

— Super.

(Il l'avait déjà rencontrée.)

— Ça s'est bien passé.

— Tu vas vraiment le faire ?

— Oui.

— Alors je pense que je peux te donner quatre mille livres. C'est tout ce que j'ai. Un peu plus que tout ce que j'ai.

— Non ! m'écriai-je. Non, non et non. Ce serait n'importe quoi ! Tu ne connais même pas Holly. La seule fois où tu l'as rencontrée, elle a été odieuse et impolie. Je ne t'aurais rien dit si j'avais su que tu allais me proposer ça. Maintenant je me sens très très mal.

— Je veux le faire.

— Non.

— Meg, je *veux* le faire. C'est décidé.

— Mais c'est n'importe quoi – je ne peux pas te prendre de l'argent !

— Pourquoi pas ?

— Je ne peux pas, voilà tout.

— Un emprunt alors.

— Mais…

— Mais sans les intérêts hebdomadaires.

— Todd ?

— Quoi ?

— Je ne sais pas quoi dire.

— Pourquoi dire quoi que ce soit ?

Les mille livres restantes, je les empruntai à Trish et à une vieille camarade de classe qui travaillait à la City et vivait dans une grande maison à Camden, dépensant cinq cents livres pour la moindre paire de chaussures qu'elle achetait. Je leur dis que je les rembourserai après Noël, sans faute ; juste de petits problèmes de trésorerie. Tout le monde était un peu gêné.

Lundi matin, je me sentais mal tellement j'étais nerveuse. Je faisais mine de travailler, mais je ne parvenais pas à me concentrer. Il me fallut une heure pour répondre à quelques e-mails de routine, puis j'ouvris lentement le courrier, tâchant d'avoir l'air occupée. À l'heure du déjeuner, j'allais à la banque, où je retirai onze mille cinq cents livres. J'avais à présent un découvert de quatre cent six livres sur mon compte courant, et il me restait une livre cinquante-six sur mon compte épargne. Je me sentis légèrement pompette quand je rangeai le paquet de billets dans un sachet en plastique puis dans mon sac : un mélange d'abnégation héroïque, de tristesse, de ressentiment, et d'euphorie étrange. Je n'étais pas habituée à faire des choses démentes et spectaculaires de ce genre. C'était comme si j'étais entrée dans la peau de quelqu'un d'autre.

Je retrouvai Todd devant son bureau. Il en sortit, tel un criminel, jetant des coups d'œil furtifs et extravagants de gauche à droite, et serrant contre sa poitrine un porte-documents éraflé que je n'avais encore jamais vu. Un petit rire nerveux s'installa dans ma poitrine. Je l'étreignis bien fort et embrassai sa joue froide.

— Salut, murmura-t-il avant de se moquer de lui-même.

— As-tu faim ? Veux-tu d'abord aller chercher quelque chose à manger ?

— Quoi ? Transporter tout cet argent avec nous ? Nom de Dieu, Meg, allons le donner et finissons-en avant que nous le perdions ou que nous nous fassions agresser.

— Tu vas bien ?

— Je me sens bizarre. Dans l'illégalité. Comme si nous allions cambrioler une banque, quelque chose de ce genre.

— Si seulement. C'est nous qui nous faisons cambrioler, tu te rappelles ?

— Où est la voiture ?

— Garée devant un parcmètre au coin de la rue.

— Allons-y.

— Todd ?

— Quoi ?

— Merci.

— Tu me le diras plus tard. Viens.

Il n'y avait que le gros, cette fois, mais des bruits provenaient du fond de la boutique. Il verrouilla la porte derrière nous et retourna la pancarte sur « Fermée ». Puis il contourna de nouveau le comptoir et je lui tendis mon sac en plastique et les deux enveloppes kraft de Todd. Il toucha délicatement sa langue de l'index et se mit à feuilleter les billets avec une habileté chevronnée. Nous le dévisageâmes tous les deux. J'observai ses petites mains parcourir rapidement les billets et sa bouche en cerise qu'il léchait constamment.

— Bien, dit-il enfin.

— Puis-je avoir un reçu ?

Il déchira une feuille d'un bloc-notes, y griffonna les chiffres et me la donna.

— Ce n'est pas vraiment ce que l'on pourrait nommer un « ticket de caisse ».

— Et alors ?

— Comment dois-je vous faire confiance ? Et si vous niez avoir reçu l'argent ? Et si vous continuez à harceler Holly ?

Le gros homme eut l'air blessé.

— Nous sommes une entreprise. Vous imaginez ce que cela ferait à notre réputation ? Vous avez réglé votre dette. Maintenant partez.

32

Ça paraissait horrible à dire, mais j'étais fière de moi. Je m'étais attaquée à l'horrible pagaille que Holly avait laissée derrière elle et j'avais tout réglé. Je ne savais pas si j'avais terrassé un dragon ou simplement fait un grand nettoyage de printemps, mais j'avais rendu le monde de Holly moins hostile. J'avais hâte de le lui annoncer et de lui arracher un sourire ; lentement les choses commenceraient à s'arranger.

En l'occurrence, cela ne se passa pas ainsi. Quand je passai la porte de la salle, elle était allongée dans son lit où elle me tournait le dos. Sa position me semblait anormale et de mauvais augure. Je contournai son lit pour pouvoir voir son visage. Elle était pâle, et sa peau, moite. Au début je pensais qu'elle dormait, mais ses yeux s'ouvrirent alors. Ils avaient l'air morts, comme des yeux de poisson.

— Holly, dis-je, comment vas-tu ?

Elle marmonna quelque chose que je ne parvins pas à comprendre, de fait je m'approchai plus près d'elle. C'étaient des absurdités, des syllabes qui ne voulaient rien dire.

— Qu'est-ce qu'il y a ? repris-je. Que s'est-il passé ?

Dans ma panique, je partis en courant chercher une infirmière et la traînai presque jusqu'au lit de Holly. Elle prit la feuille de température au bout du lit.

— Mlle Krauss se repose, annonça-t-elle. Elle revient tout juste de son premier traitement.

— Quel genre de traitement ?

— Électrochocs.

Je bousculai presque la secrétaire du docteur Thorne pour entrer dans son bureau. Il était au téléphone et eut l'air déconcerté de me voir. Je restai plantée sans bouger, têtue, jusqu'à ce qu'il raccroche.

— Je suis l'amie de Holly Krauss, lançai-je. Vous m'avez parlé, l'autre jour.

— Oui, Meg, je sais qui vous êtes.

— Que se passe-t-il donc ? Je viens de passer la voir et elle m'a tenu des propos totalement incohérents. Puis j'ai appris qu'on lui avait fait des électrochocs. (Je marquai une pause. Il n'y eut aucune réponse.) Alors ?

— J'ai prescrit le traitement, expliqua-t-il. Avec le consentement de Mme Krauss et de son époux.

— Mais pourquoi donc ?

— Je suis désolé. Je ne peux pas discuter des détails de son traitement avec vous.

— C'est un scandale ! protestai-je. Je vais porter plainte.

Le docteur Thorne se leva, paniqué.

— Attendez. Écoutez, je ne peux pas discuter des détails du cas de Mme Krauss. Vous pourrez en parler avec elle.

— Elle n'est pas en état de discuter de quoi que ce soit.

— Ça doit être l'anesthésique ou le décontractant musculaire. Cela n'a rien à voir avec les électrochocs.

— Je n'arrive pas à croire que vous lui avez infligé ce traitement extrême. C'est moyenâgeux.

— Cela n'est pas extrême, loin de là, répliqua le docteur Thorne. Tout ce que vous en savez doit probablement provenir de vieux films. Je vous promets que cela n'a rien à voir. C'est un procédé sans danger. Nous le prescrivons aux femmes enceintes à la place de médicaments. Nous le donnons presque automatiquement aux malades en gériatrie.

— Vous électrocutez son cerveau, lançai-je.

Sur quoi, il sourit.

— Au sens strict du terme, répondit-il, « électrocuter » signifie tuer avec de l'électricité.

— Ne jouez pas avec les mots. Qu'est-ce que cela fera à son cerveau ?

— Certains patients signalent une certaine perte de mémoire, mais en général ils la retrouvent. Ce qui compte, c'est que le traitement se révèle efficace. Et chez certains patients, il peut être crucial.

— Vous voulez dire, chez des patients gravement malades ?

Il eut l'air gêné.

— Par exemple, il est presque indispensable dans des cas où l'on considère que le patient court un risque imminent.

— Insinuez-vous que Holly était suicidaire ?

Il fit un geste d'impuissance.

— Je suis désolé. C'est interdit. Tout ce que je peux vous dire, c'est que si vous êtes son amie, vous la connaissez. Vous savez ce qu'elle a vécu.

— C'est de la folie, protestai-je. C'est ridicule. Elle n'est pas gravement malade. Elle allait beaucoup mieux. Je n'arrive pas à croire que cela se soit passé d'un seul coup. Elle me l'a dit. Elle m'a dit qu'elle voulait vivre. Elle ne recommencera pas. Je le sais.

Le docteur Thorne refusait de se commettre. Il se rassit. À l'évidence, notre entrevue était terminée.

Lorsque je revins dans la salle d'hôpital, Charlie était là et Holly était bel et bien réveillée. Elle sourit faiblement quand elle me vit.

— Comment vas-tu ?

— C'est un peu flou, dit-elle. Je suis dans les vapes, j'ai la tête qui tourne. Toutes sortes d'expressions imagées, enfin tu sais.

J'estimai que c'était mon devoir de m'en réjouir, du moins avec Holly.

— J'ai parlé au docteur Thorne, lançai-je. Il s'est montré très optimiste à propos du traitement.

— J'étais un peu… enfin tu sais. Un peu comme dans *Vol au-dessus d'un nid de coucou*. Je croyais que tu allais venir et me trouver avec une cicatrice sur ma tête rasée. Mettre un oreiller sur mon visage.

Elle me fit tout de même rire. Je caressai sa figure.

— Tu as l'air en forme, dis-je.

Nous discutâmes un moment, bien que la conversation fût décousue. Charlie traînait à l'écart sans se joindre à nous. Il alla nous chercher du café, retapa le lit et arrangea les affaires de Holly. Je le plaignais. Il avait passé tant de temps l'an dernier à être spectateur du Grand Holly Show et voilà qu'il devait désormais jouer les infirmières. Je me demandai si ma présence le contrariait ou si elle le soulageait. Je consultai ma montre et me souvins que j'avais une vie à vivre ailleurs. Mais d'abord je voulais parler à Charlie. D'un signe de tête, je lui fis comprendre de me suivre loin du lit. Nous nous arrêtâmes dans le couloir devant la salle. Il grouillait de chariots, d'infirmières, et d'un groupe d'étudiants en médecine au visage juvénile et en blouse blanche. Je fis part à Charlie de ma grande surprise.

— Je sais, répondit-il. C'était une décision difficile. Mais le docteur Thorne a dit que cela lui ferait du bien.

— Ce n'est pas uniquement ce que je veux dire. Il s'est montré d'une discrétion agaçante envers moi. Mais d'après ce qu'il a insinué, on aurait dit qu'il croyait que Holly était toujours suicidaire.

Une pause s'ensuivit.

— Oui ? fit Charlie.

— Mais elle ne l'est pas.

— Qu'est-ce que tu racontes, Meg ? Es-tu aveugle ou quoi ? Qu'est-ce qu'elle fait ici, d'après toi ? Elle est morte dans l'ambulance. C'est un miracle qu'ils l'aient ranimée.

— Je sais, je sais. Mais elle a changé. Elle me l'a dit. Elle m'a dit qu'elle avait découvert qu'elle voulait vivre.

Charlie secoua la tête.

— Si seulement… Peut-être qu'avec toi elle continue à jouer son rôle de Holly-la-joyeuse. Avec moi, ce n'est pas le cas. Elle parle encore de suicide. Elle ne peut s'empêcher d'y penser. Le docteur Thorne prétend que c'est un facteur de risque clé.

— Lui en a-t-elle parlé ?

— Je ne sais pas. Elle m'en a parlé, et j'en ai parlé au docteur Thorne. Qu'est-ce que ça peut faire ?

— Ça me paraît juste extrêmement différent de la façon dont elle se comporte avec moi.

Il me regarda sévèrement, avec des yeux étrécis. J'avais peur de l'avoir vexé.

— Tu connais Holly, la grande simulatrice… Elle a même dit qu'elle *te* voyait lui mettre un oreiller sur le visage !

— Ce n'était qu'une plaisanterie.

— Qui donc es-tu pour affirmer que ce n'était qu'une plaisanterie ?

— Je suis désolée, dis-je, très surprise par la colère soudaine de Charlie. Ne nous disputons pas. Nous sommes tous les deux du même côté.

— Je sais. Je me fais vraiment de la bile. Tout cela est exténuant.

— Je comprends.

— Tu sais quoi, Meg ? Avant, j'avais peur de ce que les gens feraient à Holly. Maintenant, c'est de ce qu'elle pourrait se faire à elle-même. Parfois, j'ai l'impression de l'avoir perdue. Je crois que ce qu'elle veut, c'est mourir. Si c'est vrai, je ne sais pas ce que l'on peut faire pour l'en empêcher.

33

La veille de la sortie de Holly, j'arrivai chez elle avec des fleurs, mais je trouvai sa maison remplie de vases extravagants de lis et de roses d'hiver, à côté desquels mon petit bouquet d'anémones paraissait ridicule. Il y avait du monde partout. La mère de Charlie, qui venait d'arriver, était assise sur le canapé, grassouillette et détendue, et fumait une cigarette au menthol, tandis que celle de Holly tapait sur des casseroles dans la cuisine. Charlie accrochait des décorations sur un arbre de Noël asymétrique, et Naomi apportait les dernières touches de peinture vert clair dans la chambre de Holly et Charlie.

— Nous voulions lui faire la surprise, déclara-t-elle en m'adressant un grand sourire depuis l'escabeau, une tache de peinture sur la joue.

Je ressentis une jalousie puérile lancinante.

— Tu aurais dû me prévenir. Je serais venue t'aider.

— Je sais que tu es très occupée et, de toute façon, j'aime bien peindre, répondit Naomi. (Elle reposa soigneusement son pinceau sur le couvercle du pot de peinture.) Ça te dit, une tasse de thé ? Il y a aussi du cake au gingembre maison.

— Non merci. Je ne fais que passer.

Je ne passai pas le lendemain. Je pensai qu'elle avait d'abord besoin de s'installer tranquillement. Mais dans la soirée, alors que je rentrais chez moi, mon portable sonna et c'était elle. Elle me raconta que tout le monde était aux petits soins, puis elle s'étrangla de rire, moqueuse, et cela me remonta le moral.

— C'est vraiment enquiquinant, poursuivit-elle. Les

deux mères ne s'adressent plus la parole. Charlie fait tellement de son mieux pour plaire à tout le monde qu'il est comme un chien qui court entre ses maîtres. Peux-tu passer ? S'il te plaît !

— Maintenant, tu veux dire ?

— Ils ne te laisseraient pas entrer. Je dois me reposer, apparemment. Ça suffit à me rendre folle, sauf que je suis déjà folle. Viens demain.

— Je ne sais pas si c'est…

— *S'il te plaît.*

— Très bien. Quelle heure ?

— Viens déjeuner.

— J'apporterai quelque chose.

— Surtout pas ! La cuisine ploie sous la nourriture. Tout le monde fait de la putain de soupe. Je sais, amène ton cher Todd. C'est samedi, après tout.

— Tu es sûre ?

— Ne t'avise pas de me traiter en infirme, toi aussi. Je veux le rencontrer, voir s'il est assez bien.

— Ne…

— Ne quoi ? Ne sois pas impolie avec lui ? Moi ? Ne t'inquiète pas. Les pilules m'en empêcheront.

Je n'allais pas lui dire ça. J'allais dire : « Ne me le pique pas. »

Nous arrivâmes à midi. Charlie ouvrit la porte et m'étreignit, puis serra fermement la main de Todd. Il portait un tablier et les manches de sa chemise étaient rclevées. Il y avait encore plus de fleurs et des cartes de prompt rétablissement partout, et les lumières de l'arbre de Noël étaient allumées. La maison sentait la peinture fraîche.

Je m'attendais à trouver Holly au lit, mais elle était assise sur le canapé, vêtue d'un vieux jean et d'un pull à col cheminée moucheté dont les manches lui tombaient sur les mains. Elle portait des tresses et son visage était dénué de maquillage. Elle semblait avoir douze ans, et avait l'air très pâle, fragile et gentille. À côté d'elle, j'avais l'impression d'être énorme et maladroite ; je me baissai pour embrasser délicatement sa joue. Mais elle passa ses deux bras autour de moi et me serra fort.

— Je ne vais pas me briser, tu sais, dit-elle. Je suis un vieux singe robuste.

Elle se leva et tendit la main à Todd.

— Je crois que j'ai été un peu grossière la dernière fois, quand nous nous sommes rencontrés, reprit-elle, mais l'on m'a informée que c'était un symptôme de maladie mentale. Pouvons-nous recommencer à zéro ?

— Avec plaisir, répondit Todd en lui serrant la main, gêné. Je suis ravi que tu ailles mieux.

— J'ai l'impression que tout cela a été un rêve. Surtout que dans cette maison, personne n'aborde le sujet. (Elle baissa la voix en un murmure mélodramatique.) De *mourir*, je veux dire. *D'essayer* de mourir. Ou d'être maniacodépressive, en fait. Ils disent juste « ta maladie » ou « ce qui t'est arrivé », des trucs comme ça. C'est pourquoi j'avais tellement besoin que Meg passe me voir. Tu sais comment est Meg, si…

Elle cherchait ses mots. Je m'assis d'un air abattu sur la chaise en face d'elle et attendis qu'elle dise quelque chose comme « solide » ou « sûre » ou « réconfortante ».

— Si *vraie*, reprit Holly, enfin. Il nous reste à peu près vingt précieuses minutes avant que la mère de Charlie ne rentre du supermarché et que la mienne ne revienne de je ne sais quel mauvais plan dans lequel elle s'est fourrée. Dieu que j'aimerais que Noël soit terminé ! Ça aurait été bien plus sûr de me laisser à l'hôpital jusqu'au nouvel an ! Meg, pourquoi me regardes-tu comme ça ?

— J'essaie de trouver de nouvelles façons de te demander comment tu vas, répondis-je.

— Ne t'inquiète pas. Je ne vais pas réessayer de me suicider. De toute façon, je ne veux pas parler de moi. J'en ai marre de ce sujet. Parle-moi du bureau. Raconte-moi des ragots. N'importe quoi.

J'avais voulu lui parler de Rees et de la fin de ses dettes de jeu, mais ce n'était pas le moment, pas avec Charlie dans la cuisine, Todd mal à l'aise et plein de bonne volonté en face de moi, et Holly qui baragouinait comme une enfant nerveuse. Je me sentis brusquement épuisée.

Nous discutâmes de choses futiles et plaisantes. Puis elle me demanda si je pouvais l'aider à trouver un cadeau de Noël pour Charlie.

— Je ne sais absolument pas quoi lui offrir, précisa-t-elle. Charlie est le genre d'homme qui ne veut rien. (Elle eut l'air brusquement déprimée. Elle se tourna vers Todd.) Que lui offrirais-tu ?

— Eh bien, je n'en ai aucune idée. Pourquoi pas quelque chose ayant un rapport avec son travail ?

— Je ne crois pas qu'il travaille encore. Je ne crois pas qu'il ait travaillé depuis que je suis devenue officiellement folle. Et pas beaucoup avant. Il ne cesse de me répéter que ce n'est pas important pour le moment, qu'il y a d'abord d'autres choses à régler.

— Il a raison, acquiesçai-je.

— Je ne veux pas qu'il m'aide à reprendre pied. C'est mon boulot à présent. Je veux qu'il travaille. Il est bon dans ce qu'il fait. Vraiment bon. Tu l'as vu. La première fois que je l'ai rencontré, j'étais persuadée qu'il pourrait devenir quelqu'un. Mais j'étais convaincue que je pourrais devenir quelqu'un moi aussi. Nous ne pouvons pas nous enfermer chez nous, et ne pas travailler, boire de la putain de soupe, manger le gâteau au gingembre de Naomi, et oublier le monde extérieur, pas vrai ?

— Peut-être que non, en convins-je, pensant que c'était peut-être le moment de lui parler de l'argent.

— Pourquoi pas un peignoir ? suggéra Todd.

Holly s'illumina.

— C'est une bonne idée. C'est ce que je vais lui offrir. Tu es génial, Todd.

— Il est *super*, chuchota-t-elle quand Todd alla aux toilettes.

— Bien, dis-je. J'en suis ravie, mais il y a des choses dont nous devons parler.

— Allons nous promener tout à l'heure. Il faut que je sorte un peu d'ici.

Au déjeuner, Holly se tut et Charlie n'arrêta pas de se lever pour aller faire des choses inutiles devant l'évier, comme entrechoquer bruyamment des assiettes. Nous parlâmes de la possibilité de neige et du temps d'hiver, nous étendant bien trop longtemps sur le sujet. Je racontai qu'il existait des endroits en Arctique où l'on pouvait jeter de l'eau bouillante en l'air et elle gelait avant même de toucher le sol. Et Todd se lança galamment dans une histoire : il était parti skier en Norvège alors qu'il faisait moins vingt-cinq et ses cils avaient gelé et des glaçons s'étaient formés dans ses narines. Je regardai Holly, craignant qu'elle ne lance une pique sarcastique. Elle me rendit mon regard, un sourcil un tout petit peu arqué, mais elle garda le silence.

La sonnette de la porte d'entrée retentit et je vis Holly tressaillir. Je compris que tout ce temps elle avait été malade d'appréhension à l'idée que quelqu'un puisse venir, et je mourais d'envie de tendre le bras et de la réconforter. Elle resta tendue jusqu'à ce que Charlie revienne avec Naomi, qui se laissa tomber à côté d'Anthea Carter, sa mère, et salua tout le monde comme si c'était sa famille. Nous bûmes tous du café. Anthea n'arrêtait pas de tremper des sablés dans le sien et de perdre des morceaux ramollis, de les rattraper avec sa petite cuillère puis de les laper à grand bruit. Elle avait bu deux chopes de bière blanche avec son déjeuner et était résolument éméchée.

Naomi versa du lait dans son café, puis une petite goutte dans celui de Charlie. Juste la quantité qu'il aimait. Une bagatelle, mais cette intimité de couple me secoua. Je les regardai fixement et vis Charlie jeter un coup d'œil en biais à Naomi qui lui rendit brièvement son regard, avant de se détourner de nouveau, sage et les yeux brillants.

Ils ont une aventure, songeai-je. Holly avait raison, en fait. Elle s'était simplement trompée de femme, voilà tout. Pauvre Holly. Pauvre Charlie, pauvres de nous. D'un seul coup, je trouvai presque indécent que nous soyons tous assis ainsi autour de la table, à papoter, sourire, tricher, mentir.

Holly se leva, repoussa sa chaise dans un grincement.

— Je vais me promener avec Meg et Todd, annonça-t-elle.

— Es-tu sûre que…

— Tout à fait sûre.

— Veux-tu que je vienne ? proposa Charlie.

— Tu restes là. Prends un peu de temps pour toi, pour changer.

— Alors couvre-toi bien.

Il lui mit son manteau, le boutonna et serra une écharpe aux couleurs vives autour de son cou. Elle inclina le visage vers lui, mais il évita ses lèvres et l'embrassa sur la joue, comme si elle était une enfant malade.

*

Avec tact, Todd nous déposa au parc. Il faisait un froid glacial et un vent cinglant, mais Holly s'en moquait, visiblement. Enfin, je lui racontai que j'avais rendu visite à Cowden Brothers et qu'elle n'avait plus de souci à se faire.

— Ils ont tout bonnement annulé la dette ? demanda Holly, perplexe.

— Pour ainsi dire, répondis-je.

— Pourquoi ?

— J'ai expliqué que tu n'étais pas toi-même ce soir-là et…

— Meg, c'est moi Holly, tu te souviens ? Je ne suis pas complètement idiote et, de toute façon, je sais que tu ne dis pas la vérité. Tu as cette petite ride bizarre entre les sourcils.

— Tu n'as pas à t'inquiéter, repris-je. Tu es en sécurité, maintenant. Tu peux te concentrer sur ton rétablissement.

Tu l'as payée.

— Ce n'est pas important.

— Tu as payé la dette, n'est-ce pas ? N'est-ce pas ?

— Plus ou moins, marmonnai-je.

— Combien ?

— Juste ce que tu devais.

— Combien, bordel, Meg ? Dis-moi !

Elle me serra le bras très fort de sorte que je dus m'arrêter de marcher.

— Douze mille, mentis-je.

Elle ferma les yeux. Je voyais qu'elle comptait dans sa tête.

— Non, dit-elle. Donne-moi le vrai chiffre.

— Seize.

— Oh, mon Dieu, Meg !

— Le compteur tournait. Ça aurait été plus aujourd'hui si…

— Tu as tout payé ?

— J'ai seulement fait ce que tu aurais fait à ma place.

— Je ne sais pas quoi dire.

— Je ne veux pas que tu me remercies.

— Je ne vais pas te remercier. Je vais te crier dessus, espèce d'imbécile ! Qu'est-ce qui t'a donc pris ?

Elle leva le poing comme si elle allait me frapper au visage, mais éclata en sanglots.

J'hésitai puis posai ma main sur ses épaules alors que des gens passaient devant nous.

— Tu l'aurais fait pour moi, répétai-je.

— Où as-tu trouvé l'argent ? sanglota-t-elle.

— Ici et là.

— Tu as dépensé toutes tes économies, pas vrai ? L'argent pour ta maison.

— C'était à cela qu'il servait, vraiment. C'était une poire que je gardais pour la soif.

Holly laissa échapper un rire semblable à un hoquet.

— C'était moi la poire, en tout cas. Meg, je… je…

— Ce n'est rien.

Nous arrivâmes à l'entrée de Golders Hill Park et passâmes devant les émeus en direction des chèvres.

— Personne ne peut être vraiment malheureux en regardant une chèvre, observai-je. (Puis, sans changer de ton :) Comment va ton cerveau ?

— C'est direct comme question, répondit Holly

en mettant ses mains gantées dans la poche de son manteau.

Un tout petit gamin laissa échapper un bêlement ridiculement haut perché.

— J'ai été secouée quand j'ai appris pour l'électrochoc, dis-je, mais tu as l'air d'aller bien.

— Ce n'est pas à moi qu'il faut le demander, répliqua Holly. J'ai dormi tout du long. Ils m'ont poussée et quand je me suis réveillée, j'étais dans les vapes.

— Ils ont dit que c'était une urgence. Que tu étais extrêmement déprimée.

— Ouais, j'ai entendu ça moi aussi, répondit Holly.

— On dirait que tu parles de quelqu'un d'autre, répliquai-je. Tu ne le sais pas ?

— Ils ont dit que cela risquait d'affecter un peu ma mémoire, mais ce n'est pas le cas, pour ce que j'en sais. (Elle m'adressa un sourire contrit.) Peut-être que j'ai oublié.

— Ce qui est drôle, c'est que lorsque je t'ai parlé, juste avant les électrochocs, tu avais déjà l'air d'aller mieux. Tu m'as raconté qu'au moment où tu avais fait ça… (Je m'armai de courage pour prononcer les mots.) Quand tu as essayé de te suicider, tu as dit que tu avais compris que tu ne voulais pas mourir.

— C'est exact.

— J'imagine que j'espérais que tout cela, c'était du passé.

Holly haussa les épaules.

— Je ne suis pas le témoin le plus fiable. Je suis juste celle qui a eu des électrodes collées à la tête.

— J'étais simplement surprise.

— Le docteur Thorne a confié à Charlie que les principaux indicateurs de suicide étaient, premièrement, quand tu avais déjà essayé. Ce qui paraît carrément évident. Puis, le fait d'être préoccupé par la mort. Ce n'est pas tant le fait d'être déprimé. Tu peux être extrêmement, désespérément déprimé et pas le moins du monde suicidaire. Par ailleurs, tu peux ne pas être déprimée du tout et suicidaire. Tu peux devenir obsédée par le suicide, comme si c'était une espèce de hobby. On dirait que j'ai été un mélange des deux ces derniers mois et, apparemment, c'était quelque chose dont j'ai recommencé à parler.

— Et maintenant ?

— Maintenant, c'est le cadet de mes soucis. (Holly s'emmitoufla plus dans son manteau.) Ces chèvres sont super. Je suis totalement d'accord avec toi à propos de leurs vertus thérapeutiques. Mais tu ne crois pas que, parfois, être quelque part à l'intérieur bien au chaud avec une tasse de café, c'est encore plus efficace ?

Nous nous assîmes et bûmes un café, Holly mangea un muffin, et nous parlâmes des détails de son retour au travail. Lorsque j'étais arrivée chez elle, j'aurais voulu pouvoir dire de Holly qu'elle « vécut heureuse pour le restant de ses jours ». Je compris alors que je devrais plutôt dire qu'elle « vécut soumise pour le restant de ses jours ». Le jeu, l'aventure démente, le rêve, les histoires d'amour, le fantasme, tout cela était terminé. Holly devrait désormais voir ce qu'était la vie quand vous étiez sobre. Elle avait une carrière à mener, devait faire marcher son mariage. Tout était question de dispositions, de rendez-vous, de ponctualité.

À l'évidence, Holly rechignait à discuter de cela trop en détail, comme si j'étais un parent qui la harcelait pour qu'elle fasse ses devoirs et ses répétitions de musique. Elle déclara que le docteur Thorne lui avait dit qu'il était hors de question qu'elle retourne travailler pendant au moins quelques mois. Il lui avait annoncé que son travail, à présent, c'était de guérir. Holly affirmait qu'elle irait mieux, qu'elle réglerait les soucis de sa vie privée, réorganiserait son chez-elle. Par-dessus tout, elle arrangerait les choses avec Charlie. « Et toi, naturellement », ajouta-t-elle.

Ce qui me fit rire.

— Tu n'as pas besoin d'arranger quoi que ce soit avec moi, dis-je.

— Si. Tu sais ce petit mot que je t'ai écrit ? D'après mes souvenirs, dans mon délire et avec mon cerveau électriquement carbonisé, c'est à toi que j'ai ressenti le besoin d'expliquer des choses. Peut-être que je l'éprouve encore. Je ne serai jamais complètement raisonnable, tu sais.

— Nous ne pouvons pas retomber là-dedans, dis-je. Tu ne peux pas revivre comme tu l'as fait ces cinq derniers mois. Tu n'y survivrais pas. Nous n'y survivrions pas. *Je* n'y survivrais pas.

— Nous verrons. Ma tâche principale, c'est de guérir. Non, c'est faux. Ma tâche *principale*, c'est de chasser la mère de Charlie de la maison. Guérir peut attendre.

Je ris.

— Est-elle aussi horrible ?

— Tu ne détestes pas l'odeur de ses cigarettes mentholées ? C'est comme mélanger des choses qui ne devraient pas l'être. C'est comme si quelqu'un avait éteint un feu de joie en y versant du thé à la menthe.

— Mais sérieusement, dis-je. Je pense que tu ne devrais pas retourner travailler avant…

— Partageons ce cake aux fruits.

— Elle n'est pas du tout comme je le pensais. Je comprends maintenant pourquoi tu l'aimes, déclara Todd.

— Je savais que tu l'aimerais une fois que tu aurais appris à la connaître.

— Elle est vraiment attachante dans son genre.

— Oui, je sais. C'est ce que tout le monde pense. Avec elle, les gens se sentent exceptionnels.

Un court silence s'ensuivit, puis Todd s'approcha de moi et me prit dans ses bras.

— Qu'est-ce qui ne va pas ?

— Rien.

— Si, je le vois.

— Ce n'est rien, vraiment. (Mais je n'arrivais pas à laisser tomber.) Alors tu ne la trouves pas vraiment belle ?

— Belle, je ne sais pas. Adorable, sûrement.

— Presque tout le monde la trouve belle.

— Meg ?

— Quoi ?

— Tu n'as aucun souci à te faire, tu sais.

— Je ne me fais pas de souci. Je ne sais pas de quoi tu parles.

— C'est de toi que je suis amoureux, c'est toi que je trouve belle.

— Je ne suis pas belle.

— Pour moi, si.

— « Pour moi ». On dirait de la pitié.

— Du désir, plutôt.

— Vraiment ?

— Vraiment. Comment Holly a dit que tu étais, déjà ? *Vraie*.

Nous nous étreignîmes, et je collai mon front au sien. Notre histoire était désormais empreinte d'une nouvelle solennité, comme si nous savions tous les deux que nous entrions dans quelque chose de grandiose ; qu'il n'y avait plus de possibilité de faire machine arrière. Après un moment, je dis :

— Charlie a une aventure.

— Charlie ? Avec qui ?

— Naomi.

— Comment le sais-tu ?

— Je le sais, c'est tout. Ils se sont regardés.

— Il en a vu de rudes, tu sais, me dit Todd après une pause. Ça devrait probablement s'arrêter avec le temps.

— Oui, je l'espère. Alors d'après toi, je ne devrais rien faire ?

— Que pourrais-tu faire ? Le lui dire ? Mon Dieu non. Espérons simplement qu'elle ne l'apprendra jamais.

34

Je ne revis pas Holly avant le 2 janvier, mais je l'avais eue au téléphone. J'étais trop occupée à être heureuse, et même si je ne l'oubliais jamais complètement, je la repoussai à la frontière de mon horizon mental. Tomber amoureuse vous rend égoïste et aveugle.

Todd et moi passâmes deux nuits pour le nouvel an dans un cottage isolé du Dorset. En rentrant, j'appelai Holly. Charlie s'était absenté pour la journée. Holly avait dit au téléphone qu'elle essayait d'arranger tout le chaos qui s'était accumulé ces derniers mois. C'était le moins qu'elle puisse faire, et elle voulait avoir un but pour ses semaines de convalescence.

— Je veux te montrer quelque chose, me dit-elle dès qu'elle ouvrit la porte.

Elle portait un pantalon de jogging pourpre et un

sweat-shirt beaucoup trop grand pour elle, dont les manches étaient remontées au-dessus du coude. Des caisses d'emballage jonchaient le sol, à moitié remplies de dossiers, de vieux journaux et de cahiers.

— Tu déménages ?

— Je range, c'est tout, répondit-elle en regardant autour d'elle. Ce sont juste de vieilles choses qui datent d'il y a longtemps. Ce sont de vieux essais et projets, que j'avais gardés tant ils ont été longs à élaborer, mais maintenant je pense que je vais en faire un feu de joie commémoratif. Et il y a les livres que je lisais quand j'étais petite et que je vais peut-être garder pour, tu sais…

— Bonne idée. Très bonne. Que voulais-tu me montrer ?

— J'ai trouvé ça. Je ne veux pas être déloyale et Dieu sait ce que Charlie a dû supporter, mais il fallait que j'en parle à quelqu'un.

Elle me conduisit dans la salle de travail de Charlie et me montra un tas de lettres sur le bureau.

— Je les ai trouvées dans le tiroir du bas. Ne me dis pas que je n'aurais pas dû fouiller dans les affaires de Charlie, je le sais. Mais j'avais besoin de rassembler toutes les factures de téléphone pour pouvoir faire les comptes. Autant me rendre utile d'une façon ou d'une autre. Et elles étaient dispersées partout. Bref, lis-les.

Je les regardai l'une après l'autre, me sentant légèrement mesquine. Toutes les lettres concernaient un travail qui n'avait pas été rendu à temps, ou pas rendu du tout.

— Il a tout arrêté, expliqua Holly. Je ne crois pas qu'il ait remis une seule commande en plusieurs mois. Et pourtant il descend ici et fait semblant de travailler. Il reste assis des heures à son bureau.

— Pauvre Charlie, dis-je avec désespoir.

— Tu as raison. Mais pourquoi me fait-il croire qu'il

travaille ? Pourquoi ne m'en parle-t-il pas simplement ? Je vais te dire, Meg, nous sommes dans la merde jusqu'au cou, financièrement. J'ai un découvert de sept mille livres et ma banque ne me laissera plus retirer de liquide. J'ai vendu le collier de perles de ma grand-mère. Je ne le portais plus, de toute façon. Je ne sais foutre rien de ce qui se passe à la banque de Charlie. Il refuse de m'en parler. Il prétend que c'est son problème, pas le mien.

— Il ne veut pas t'inquiéter.

— Qu'est-ce qui va se passer, d'après lui ? Une sorte de miracle ?

— Ça a été une période difficile, tant pour lui que pour toi. Il veut juste que tu ailles mieux.

Ma voix sonnait faux, et je sentis une rougeur ramper dans mon cou.

— Tu as probablement raison, déclara Holly en se caressant le visage. C'est une telle corvée de tout trier. Tout cela prend tant de temps et exige tant d'efforts. Si seulement j'avais une pilule magique. (Elle laissa échapper un petit rire nerveux.) Mais bien sûr que *j'en ai*, n'est-ce pas ?

— Tu les prends régulièrement ?

— Régulièrement. Religieusement. Ne t'inquiète pas. Même ces matins où le moindre atome en moi me dit de ne pas les mettre dans mon corps, je les prends. Je ne me laisse pas le choix.

Elle rangea les lettres dans le tiroir puis attrapa une facture téléphonique par terre et grimaça.

— Bon Dieu ! Passons-nous autant de temps au téléphone ? Regarde combien de fois je t'ai appelée ces trois derniers mois !

Négligemment, je jetai un coup d'œil à la facture, voyant mon numéro s'étendre sur la page. Puis une date attira mon attention. Je lui pris la feuille des mains et la regardai de plus près. À 15h07, le jour où Holly avait tenté de se suicider, il y avait un bref coup de fil provenant de chez eux.

— Je pense que c'était quand tu étais, tu sais, inconsciente, dis-je en lui désignant les chiffres du doigt.

Holly regarda attentivement le numéro et me demanda mon portable. Je le donnai et elle composa le numéro.

— Allô ? dit-elle. Désolée, qui est à l'appareil ? Oh mon Dieu, désolée, je voulais appeler, hum..., tu sais, Charlie. Désolée, à plus tard. Bye.

Elle me rendit le téléphone, perplexe.

— Naomi. J'ai dû aussi essayer de l'appeler à l'aide, non ? Je ne me souviens pas l'avoir fait. Mais bon, mes souvenirs de ce moment-là sont un peu embrouillés.

Ce fut plus fort que moi : je ressentis une piqûre de déception. Holly m'avait dit qu'elle avait essayé de m'appeler, que c'était à moi qu'elle pensait alors qu'elle était mourante. Mais elle avait aussi pensé à Naomi. Elle l'avait même appelée. La preuve se trouvait sous mes yeux et mon numéro n'y figurait pas du tout. Peut-être avait-elle même tout inventé quand elle prétendait m'avoir appelée. Sa façon de me faire me sentir aimée.

— Tu avais bien dit qu'il n'y avait pas de tonalité, non ? dis-je, sur un ton plus brusque que je n'en avais l'intention.

— C'était ce que je croyais. J'en suis sûre. Mais je n'étais pas dans un état normal, Meg. Qui sait quel numéro j'ai fait ?

— Elle marchait à 15h07 en tout cas.

— Apparemment.

— Mais ensuite elle ne marchait brusquement plus.

— Meg, j'étais en train de mourir. Qui sait ? J'ai peut-être appuyé sur la touche « bis ». Je ne sais pas.

— Tu dois te sentir très proche d'elle ?

Dans ma mauvaise humeur, j'aurais aussi bien pu lâcher la vérité.

— Eh bien, je suis proche d'elle ; c'est ma voisine. Pour être honnête, je ne sais même pas si je l'aime bien – elle est si, si… Comment dit-on déjà ? *Guillerette* ? Tu sais, toujours enjouée et serviable ? Ça me rend un peu folle. Mais peut-être que c'est ça. Peut-être ai-je cru qu'elle pourrait me sauver car elle habite à côté.

— Tu connais son numéro par cœur ?

— Non. Bien sûr que non.

— Donc, tu l'as cherché pendant que tu tombais dans le coma ?

— Meg, s'impatienta Holly, d'un ton un peu brusque, je ne vais pas discuter des détails techniques d'une facture téléphonique. Nous ne devrions même pas la regarder. Je veux juste la ranger et oublier.

— Tu as raison. Tu sais quoi, lançai-je, changeant de sujet avec une maladresse qui la fit sourire, tu allais me donner le numéro de cette agence de voyages dont tu m'as parlé. Celle qui organise des voyages dans des coins perdus.

— Je te donnerais bien la brochure, mais Charlie veut que nous partions quelque part tous les deux, bientôt. Nous devons commencer à réparer notre mariage, à parler pour de bon de tout ce qui s'est passé. Là, nous nous contentons de traverser les jours un à un, en nous montrant prévenants et attentionnés l'un envers l'autre. Quand je ne fouille pas dans son bureau avec une amie, en tout cas.

Une fois de plus, on aurait dit qu'un nuage venait de passer sur elle, et elle eut l'air fatiguée et déprimée. Dans un effort évident, elle alla chercher la brochure dans la pile de magazines et de catalogues entassés contre le mur et me la lança.

— C'est vraiment ravissant, observai-je en feuilletant les pages.

Je ramassai un morceau de papier sous le bureau de Charlie, y griffonnai rapidement le numéro et l'adresse e-mail puis le rangeai dans mon portefeuille.

— Quand partez-vous ? lui demandai-je.

— Bientôt, j'imagine. Dieu seul sait comment nous allons faire pour nous l'offrir. Mais j'imagine que nous ne pouvons pas ne pas nous l'offrir non plus. C'est ce que dit Charlie.

Je la pris par les épaules.

— Tout va aller bien, dis-je, trop jovialement.

Nous devions faire le tri dans les factures et rassembler les reçus à déduire des impôts, mais nous finîmes par passer au crible la garde-robe de Holly. Elle me confia qu'elle voulait jeter tous les vêtements qu'elle ne mettrait plus jamais.

— Comme celle-ci, dit-elle en soulevant une petite robe noire, et quand je dis petite, c'est un euphémisme.

— C'est ce que tu portais à la soirée du Royal Festival Hall ! Tu étais… (J'hésitai.) Eh bien, extraordinaire.

— Ridicule, tu veux dire. Je sais que je me suis comportée ridiculement. Je ne supporte pas d'y penser. Cette époque est révolue. Mais c'était marrant, non ? Je vais peut-être la garder en souvenir. Et ce chemisier ?

— Il est très théâtral.

— Je le jette ou le garde ?

— À toi de voir.

— Si je ne sais pas, autant le garder. Au cas où.

Elle finit par jeter une jupe avec une fermeture cassée et plusieurs paires de bas filés. Ce fut tout. Tout le reste – tous les tissus brillants et extravagants dont elle était censée se débarrasser dans un geste de modération nouvelle – fut de nouveau rangé dans son placard. Je me sentis curieusement soulagée.

Elle voulait que je reste plus longtemps, mais au bout de quelques heures, je lui annonçai que je devais rentrer. J'avais des choses à faire.

Holly me raccompagna dehors, nous nous étreignîmes et elle ferma la porte. J'attendis plusieurs minutes puis parcourus les quelques mètres le long de la route jusqu'à la maison d'à côté, où Naomi occupait le dernier étage. Elle m'avait parlé de ses conditions de vie : une petite chambre à coucher, des toilettes et une douche qui fuit, une minuscule cuisine, un salon qui faisait aussi office de bureau et sa propre ligne téléphonique.

Je sonnai et attendis, puis sonnai de nouveau. Enfin, j'entendis des bruits de pas et la porte s'ouvrit. Un homme âgé en cardigan trop ample et en chaussons me regarda d'un air interrogateur.

— Est-ce que Naomi est là ? demandai-je.

— Non, répondit-il. Ils sont partis.

— Oh, fis-je. (Quelque chose me vient à l'esprit.) Son petit ami est passé la chercher ?

— Non non, rien de tel. Elle n'a pas de petit ami.

Je me forçai à laisser échapper un rire décontracté.

— Vous gardez un œil sur elle, n'est-ce pas ?

— Elle me fait des biscuits. Parfois nous regardons la télé ensemble le soir. Ma femme est morte voilà deux ans, vous voyez. Dois-je lui transmettre un message ?

— Avec qui est-elle partie ?

— Curieuse, pas vrai ?

Il pouffa.

— Je voulais juste…

— Ce n'était qu'un voisin.

— Charlie ?

— C'est ça. Il ne se passe rien de louche, donc.

Il m'invita à prendre le thé. Je crois qu'il était seul, le pauvre homme, mais j'avais des bourdonnements dans la tête qui m'empêchaient de réfléchir. Je le laissai dès que je le pus.

— Ce n'est pas très joli, Meg, mais ce sont des choses qui arrivent, dit Todd. Ce qui compte, c'est que cela ne perturbe pas le rétablissement de Holly.

Je me rembrunis.

— Tu ne comprends pas, répliquai-je. Ce n'est pas leur liaison, même si Dieu sait que je préférerais qu'elle n'existe pas. Elle a essayé de m'appeler ce jour-là et n'y est pas arrivée. Le téléphone marchait pour un appel qu'elle ne se souvient pas avoir passé, et ne marchait plus pour un coup de fil qu'elle se souvient bien avoir passé.

— Pourquoi donc te prends-tu la tête pour quelque chose d'aussi futile que ça alors que…

— J'ai une idée horrible, Todd. Vraiment, vraiment horrible.

— Dis-moi.

J'ouvris la bouche, mais me trouvai incapable de prononcer les mots. Ils étaient déments, ridicules, et représentaient quelque chose que Holly aurait pu inventer en phase maniaque.

— Ce n'est rien, je suis juste parano, dis-je.

Il eut beau essayer de me convaincre de parler, je n'en fis rien. Même mes propres pensées me gênaient.

Mais je ne parvins pas à les chasser de ma tête et je veillai tard cette nuit-là, Todd paisible à mon côté, à essayer de trouver ce que je devais faire. Je ne cessai de penser au visage pâle et confiant de Holly. Était-ce ça ? Était-ce ce que j'avais loupé ?

35

— Je suis au café en bas de la rue.

— En bas de quelle rue ?

— Celle du bureau, idiote, qu'est-ce que tu crois ? Peux-tu m'y retrouver ?

— Je pars tout de suite. Rien de grave, n'est-ce pas ?

— Vas-tu passer le reste de ta vie à croire que, dès que je veux te voir, il se passe quelque chose de grave ?

— Non, je…

— Tout va bien. J'ai juste besoin de te voir. J'ai quelque chose pour toi. Dois-je te commander un jus de tomate épicé ?

— Beaucoup de sel de céleri et de sauce Worcester…

— Et de poivre et une rondelle de citron. Allez, viens !

Quoi que m'ait dit Holly au téléphone, je pensais tout de même que quelque chose n'allait pas, je sortis donc en flèche du bureau, me débattis avec mon gros manteau, et criai des excuses à Trish, lui disant que je reviendrai dès que possible et que je finirai alors d'éplucher les comptes.

Elle était assise dans un coin, à notre ancienne table, toujours avec sa veste, une écharpe autour du cou, faisant tourner son eau dans son verre pour passer le temps. Son visage était tiré et pensif, mais il s'illumina dès que j'approchai.

— Tiens, dit-elle. Jus de tomate. Et… (Dans un grand geste, elle sortit une enveloppe de son sac.) Tiens !

— Qu'est-ce que c'est ?

— C'est pour toi.

Je bus une gorgée de jus de tomate, puis l'ouvris. Il y

avait un chèque à l'intérieur, rédigé à mon ordre. Seize mille livres.

— Holly, non !

— Tu ne croyais tout de même pas que je n'allais pas te rembourser, n'est-ce pas ?

— Je ne voulais pas que tu me rembourses. C'était un cadeau. Bref, comment as-tu donc pu ?

— Ce fut très simple – vraiment très simple – de l'ajouter à l'emprunt immobilier. En toute honnêteté, toutefois, permets-moi de te prévenir de ne pas essayer de toucher le chèque avant la semaine prochaine.

— Je n'en veux pas. Ce n'est pas le bon moment. C'est même le plus mauvais moment. Je sais que tu connais de gros problèmes financiers et je me sentirais très très mal si je le touchais.

— Meg, écoute. Je ne veux pas me disputer à ce sujet. C'est ton argent, je me détesterais si je l'acceptais. Je sais que tu me l'as donné volontiers et je te bénis pour cela, et je n'oublierai jamais au grand jamais ce que tu as fait pour moi. Jamais. (Elle eut les larmes aux yeux et les chassa d'un battement de paupières impatient.) Cela fait partie de ma guérison. C'est la nouvelle moi. J'assume la responsabilité de mes actes. J'ai besoin de le faire, Meg. Je dois le faire. Mets-le dans ton sac. Sinon, qui sait ce qui risque d'arriver à cet argent.

Je m'exécutai, puis posai ma main sur la sienne et nous restâmes assises un moment en silence. Je pensai brusquement :

— Alors Charlie sait ?

— Oh oui, répondit-elle d'un ton lugubre. Pour le savoir, il le sait.

— Il aurait bien fallu que tu le lui dises, en fin de compte.

— J'imagine.

— Ça a été horrible ?
— Pas super bien.
— Aussi horrible que ça ?
— Qui peut lui en vouloir ? Juste au moment où il croyait que les choses ne pouvaient pas empirer.
— Qu'a-t-il dit ?
— Pas grand-chose. (Elle but un peu d'eau.) Il a semblé complètement déconcerté. Il s'est retiré dans son bureau. Tu sais, l'endroit où il fait semblant de travailler.
— Oh, dis-je d'un ton ébahi.
— Il n'en peut plus. Je me rappelais quelque chose pendant que je t'attendais. Quand j'ai craqué dans la rue, attaqué ces gens et ai été traînée à l'hôpital, je venais de m'enfuir de chez moi. Il ne savait pas où j'étais ; j'aurais très bien pu aller me jeter sous un bus. La police l'a appelé et lui a demandé de venir à l'hôpital. Je délirais comme une cinglée… (Sur quoi, elle laissa échapper un rire aigre.) Comment ça, *comme* une cinglée ? Je suis cinglée ! Mais quand j'ai vu l'expression sur son visage, la colère et le désespoir, il y eut une partie de moi, la partie saine, qui a culpabilisé. Je savais que je ne pourrais jamais me racheter une conduite. Il pourrait me crier dessus, s'en aller comme un ouragan des milliers de fois, cela ne reviendrait jamais à un dixième de ce que je lui avais fait, jour après jour, semaine après semaine. Il n'aurait jamais dû me rencontrer.
— Ne dis pas ce genre de chose.
— Je fiche tout en l'air.
— Viens chez nous un moment, proposai-je sur un ton brusquement urgent sans savoir pourquoi. Jusqu'à ce que les choses s'arrangent. Ne rentre pas chez toi, Holly.
Elle me regarda et me sourit d'un air contrit.

— Tu n'arrêtes pas de me dire que tout va bien, dit-elle. Es-tu en train d'insinuer le contraire ?

— Juste pour un moment, insistai-je.

— Finis ton jus de tomate, mon amie, déclara-t-elle d'un ton doux, et retourne travailler.

36

Je me dis que Charlie était un homme plutôt bien, pas un héros mais pas non plus un voyou, qui avait une aventure avec Naomi. Après tout ce qu'il avait enduré, comment lui en vouloir ? C'était douloureux de voir Holly se démener pour sauver son mariage, alors que, pendant tout ce temps, Charlie avait une liaison, si tant est que cela s'arrêtât là. Je n'allais pas le lui dire. Chaque fois que je pensais à elle, c'était à quelqu'un de fragile, au fonctionnement délicat qui pouvait se détraquer à tout moment, et je savais que je ne devais pas mettre sa guérison en péril.

Je ne vis pas Holly pendant plusieurs jours, mais, assise à mon bureau, je n'arrêtais pas d'essayer d'imaginer ce qu'elle dirait. Je lui parlai au téléphone, juste pour m'assurer qu'elle allait bien. Elle me parut plutôt calme et résolue. Une date pour le procès de Stuart avait été fixée pour mai et tout cela lui inspirait des sentiments ambivalents, prétendait-elle.

— Je n'arrête pas de me dire que c'était de ma faute.

— Il est entré chez toi par effraction et t'a attaquée.

— Tout de même.

— Ton témoignage ne changera rien.

— Je raconterai simplement ce qui s'est passé. Sans complaisance.

Elle me raconta qu'elle courait et nageait tous les jours. Trois fois par semaine, elle suivait une thérapie avec une femme à Muswell Hill.

— C'est une existence plutôt narcissique, observa-t-elle. Je me concentre simplement sur le fait de prendre soin de mon corps, et de soigner ma tête. Ennuyeux, ennuyeux, ennuyeux. Tu ne peux pas savoir comme je meurs d'envie de travailler – de faire quelque chose en dehors de moi-même. Je suis sûre que cela me ferait du bien de revenir maintenant.

— Tu reprendras bien assez tôt. Plus que quelques semaines.

Je lui demandai comment allait Charlie et elle me répondit qu'il était redevenu « mignon ».

— Pas de vie sexuelle, en revanche. Parfois je me dis que si ça se trouve, je ne referai plus jamais l'amour.

— Est-ce les pilules ? m'enquis-je en ayant l'impression d'être une traîtresse.

— Ce n'est pas moi, c'est lui. Il me considère comme une infirme.

— C'est encore frais.

— Je pourrais peut-être essayer de le séduire pendant les vacances. Lui sauter dessus et insister.

— Quand partez-vous ? *Où* partez-vous, d'ailleurs ?

— Je ne connais la réponse à aucune de ces questions. Charlie s'en occupe intégralement. Il essaie de trouver un voyage pas cher.

— Je passerai te voir après ce week-end au vert avec les experts immobiliers, sauf si vous êtes partis d'ici là.

— Si seulement je pouvais t'accompagner !

Elle paraissait si nostalgique. Je vis combien il serait facile de dire : « Alors, reviens travailler tout de suite. » Ou : « Arrête de prendre tes médicaments, retrouve ton ancienne joie démesurée et tes journées de tristesse infinie. » Je me forçai à avoir l'air enjouée :

— Moi aussi, j'aimerais drôlement que tu m'accompagnes. Ce ne sera pas pareil sans toi. Ce ne sera pas marrant.

Lorsque je raccrochai, je ressentis une angoisse tenace, comme une démangeaison dans mon cerveau que je ne pouvais pas gratter, et celle-ci m'accompagna pendant toutes mes réunions et mes tâches. Je pris un sandwich chez le traiteur du coin pour déjeuner et m'assis dans mon bureau vide, fixant mon écran d'ordinateur, mais y voyant le visage de Holly.

Le téléphone sonna et me fit sursauter. C'était notre avocat qui me demandait des informations sur les conditions d'embauche de Deborah. J'ouvris des tiroirs pour trouver les renseignements et vis alors l'enveloppe marron carrée que Rees avait déposée sur mon bureau l'autre jour, remplie de photos de Holly. Je la poussai hors de ma vue, comme un secret inavouable, mais après avoir raccroché, je sortis la liasse de photos sur papier brillant. Leur nombre me stupéfia et me consterna.

Elles avaient toutes été prises en cachette. Holly s'était crue seule, à l'abri du regard des étrangers, alors que tout ce temps, elle avait été espionnée et prise en photo. J'avais bien du mal à me résoudre à les regarder, et pourtant, bien que cela me parût presque indécent de le faire, je ne pus m'empêcher de les examiner une à une, tâchant de percevoir sur le visage de Holly ce qu'elle endurait alors. Les photos représentaient une chronologie de sa maladie, retraçaient son voyage dans l'euphorie et la dépression, et enfin, dans la folie florissante. Des clichés que personne n'était censé voir.

Le premier que je pris était un peu flou – juste Holly, plutôt en gros plan, et à moitié de profil. Elle portait sa veste en suédine et un petit béret marrant sous lequel étaient fourrés ses cheveux, et son visage arborait une expression que j'avais rarement vue : une espèce d'air pensif, vague et rêveur. Un autre la montrait devant le bureau, mais cette fois elle était prise de plus loin et j'étais à côté d'elle. J'avais l'air anxieuse, les mains bien enfouies dans les poches de mon manteau, la tête baissée et les sourcils froncés. On aurait dit que je me trouvais dans un autre monde que celui de Holly, laquelle avait été prise au dépourvu en pleine conversation exubérante. Son manteau ouvert flottait derrière elle, ses mains étaient levées en un grand geste familier, ses cheveux tombaient sur son visage, sa bouche, rouge vif, était ouverte, tout sourires. Elle avait l'air si vivante que je m'attendais presque à la voir bouger. Elle avait aussi l'air hystérique.

Et la revoilà, au bras d'un homme que je reconnus, Stuart, et chaussée de chaussures ridicules. Elle ne regardait pas Stuart, qui, lui, la regardait avec ravissement, mais droit devant elle, et elle faisait la moue.

Je les parcourus. Une photo de Holly de dos. Elle portait plusieurs bidons de peinture et grimpait dans un taxi, et un homme au visage cadavérique se penchait pour l'aider. Il y avait une autre silhouette dans le taxi, mais la photo avait été faite de nuit et il était impossible de discerner son identité. Une, prise de loin, de Holly se promenant dans le parc avec Charlie, sous une lumière granuleuse, qui aurait pu signifier qu'il avait plu. Une fois de plus, je constatai que si les bras de Charlie étaient croisés, elle brandissait les siens en l'air. Même sur les photos, on pouvait voir comme il était rare qu'elle soit calme. Une de Holly en pantalon de jogging informe, et les cheveux gras, ressemblant à une vieille femme, les épaules affaissées.

Puis, d'un seul coup, une photo que je faillis lâcher

sous le choc. Car il y avait Holly qui se dessinait indistinctement au loin, et au début je ne l'avais pas reconnue. On aurait dit un personnage de dessin animé ; ses traits étaient reconnaissables mais outrés. Elle portait une chemise de nuit et des chaussures à hauts talons dépareillées, un foulard qui traînait à terre. Ses cheveux étaient emmêlés et sa bouche grande ouverte en… quoi ? Un hurlement de terreur, braillement de douleur d'animal, cri perçant de jouissance ? J'avais bien du mal à garder les yeux rivés sur l'intimité terrible et intense de cette photo. Je compris alors que je n'avais jamais pleinement imaginé ce que Holly avait enduré au fil des mois et des années : le supplice qu'elle avait vécu.

Je parcourus des yeux les visages des gens à côté d'elle. Presque tous la fixaient, de sorte que, bien qu'elle se trouvât sur le côté gauche de la photo, on avait l'impression qu'elle était au centre. Un jeune homme riait en la montrant du doigt. Je rougis jusqu'à la racine des cheveux, puis ressentis de la colère. Personne ne regarderait plus jamais cette image, ou verrait ma chère amie si folle de douleur et de chagrin qu'elle avait presque cessé d'être humaine. Je tins les deux côtés de la photo entre le pouce et l'index et la déchirai en deux, puis la jetai dans la poubelle sous mon bureau.

Puis, sans savoir pourquoi, je me paralysai sur place. J'avais vu quelque chose et ne l'avais pas vu. J'avais un vague souvenir, mais je ne savais pas de quoi. Je me baissai et récupérai les deux moitiés. Je regardai Holly, les silhouettes autour d'elle – devant elle et derrière elle. Je vis ce que j'avais vu sans le voir, et su sans le savoir. Je le vis. Juste au bord du cadre, plusieurs pas derrière Holly, portant sa veste de cuir et regardant en direction de la femme éperdue qui la scrutait, le visage calme complètement différent des autres visages, jubilants et pleins de pitié qui l'entouraient.

Charlie.

Je fermai les yeux et entendis la voix de Holly qui me parlait : « Quand j'ai craqué dans la rue, attaqué ces gens et ai été traînée à l'hôpital, je venais de m'enfuir de chez moi. Il ne savait pas où j'étais. J'aurais très bien pu aller me jeter sous un bus. La police l'a appelé et lui a demandé de venir à l'hôpital; je délirais comme une cinglée… » C'était ce qu'elle avait dit. C'était ce que Charlie lui avait dit. Mais tout ce temps, il l'avait suivie, l'avait regardée craquer sur le pont. Regardé ? Et attendu ? Attendu qu'elle se suicide ? Je fixai de nouveau la photo et constatai combien il était serein.

Je tirai le téléphone vers moi et appelai Holly sur son portable, mais tombai sur sa boîte vocale. « Holly, dis-je, c'est moi, Meg. Appelle-moi quand tu auras ce message. Immédiatement, tu m'entends ? Appelle-moi. C'est urgent. »

Puis je composai le numéro de chez elle et écoutai le téléphone sonner, sonner, dans une maison vide.

37

Je me forçai à rester calme afin de pouvoir y penser et y repenser, mais je sentais presque les rouages de mon cerveau fonctionner, jeter des étincelles, siffler et crépiter. Je dressai une check-list mentale, de celles que je ferais pour préparer un travail, histoire de m'assurer que tout s'imbriquait, que rien n'avait été oublié. La voici : vu la façon dont Charlie avait parlé de son humeur suicidaire, qu'il était en train de la perdre, on aurait dit qu'il tramait quelque chose. Il connaissait des problèmes financiers qui montaient en spirale, provoqués par Holly. Il y avait Naomi. Et maintenant, la photo. Chaque élément pris à part n'aurait peut-être pas été décisif. Mais assemblez-les. Était-ce un vrai scénario ou étais-je comme une enfant qui voyait des images dans les nuages ?

Puis cela me frappa, comme une grande claque : Charlie se trouvait chez eux quand Holly avait tenté de se suicider. C'était lui, et non Holly, qui avait composé le numéro de Naomi pendant que sa femme était mourante. Il se tenait là, et il n'avait rien fait. Il avait dû comprendre brusquement que la vie serait bien plus belle pour lui si Holly disparaissait. Sans elle, il redeviendrait libre : pas le mari accablé et couvert de honte du présent, mais l'homme beau et insouciant qu'elle avait rencontré.

Mais c'était Charlie, me rappelai-je. Je me représentai son visage mentalement. Charlie, l'homme dont j'avais failli tomber amoureuse à l'époque. L'homme que j'avais aimé, admiré, plaint et qualifié d'ami, d'âme sœur. Je revis son visage souriant et plissé, les pattes d'oie autour de ses yeux, ses habits froissés et confortables. Je me rappelai son expression lorsqu'il se concentrait sur du bricolage, ses froncements de sourcils, mais il paraissait si content. Je revis la façon dont il souriait toujours quand il me voyait, posait une main chaude sur mon épaule. Je me rappelai ses débuts avec Holly, presque hébété d'amour, baignant dans la chaleur de sa passion. Non, ça ne pouvait pas être vrai. C'était ridicule, abject, hystérique, démentiel.

Mais, tout en y réfléchissant, je posai les yeux sur la photo, sur son visage calme et attentif. C'était un homme que je ne connaissais pas, un homme en proie à une émotion nouvelle et inconnue. Et je regardais, moi aussi, l'image crue et grotesque de Holly, qui craquait avec une énergie autodestructrice. La peur me parcourut en petits spasmes. Je composai de nouveau le numéro de Holly, sachant qu'elle ne répondrait pas.

« Allez ! dis-je au téléphone. Décroche ! »

Où étaient-ils ? J'essayai frénétiquement de me rappeler ma dernière conversation avec Holly. Avait-elle dit quelque chose qui pourrait me donner un indice ? Elle avait parlé de leurs vacances de dernière minute, mais rien n'avait été organisé et c'était Charlie qui s'en occupait, pas elle. Qui pourrait savoir ? J'appelai quelques amis, mais Holly ne les avait pas contactés récemment. J'appelai sa mère, mais personne ne répondit. Je me trouvai dans un état d'anxiété fébrile, mais me forçai à me calmer. Les retrouver ne devrait pas être si difficile, il devait exister une solution. Je me souvins brusquement du numéro de téléphone que Holly m'avait donné pour la brochure. C'était ça, sûrement. Je fouillai dans mon portefeuille où je trouvai le morceau de papier déchiré, plié en deux. Je constatai qu'il comportait l'écriture de Holly, encore plus bâclée que d'habitude, et y jetai un œil avant de l'ouvrir pour lire le numéro. « Ma chère et loyale Meg », lus-je. C'était tout. Je n'avais pas le temps d'y réfléchir, seulement de sentir l'émotion me donner un nouveau coup dans la poitrine. J'étais sa chère et loyale amie, et je devais l'aider. Je composai frénétiquement le numéro, les doigts tremblants.

Une femme répondit. Je racontai que des amis à moi avaient réservé un voyage chez eux et j'avais besoin de les contacter en raison d'une urgence privée. Je trouvais que c'était une bonne phrase : ça faisait peur tout en la décourageant de poser trop de questions. Elle se montra réticente. Elle me dit que c'était une question de principe, et qu'elle n'avait pas le droit de divulguer des informations sur leurs clients. Je faillis me mettre en colère, sauf que lorsque je suis à deux doigts de me mettre en colère, je ne crie pas. Je fais le contraire, deviens très froide, calme et presque formaliste.

— Vous êtes un voyagiste, pas un cabinet médical, dis-je. Il y a urgence. Je dois les contacter pour leur donner des informations très importantes pour eux. Si cela vous pose problème, pourriez-vous me passer votre supérieur ?

Elle me demanda de patienter. J'entendis un murmure lorsqu'elle parla à quelqu'un.

— Je vais voir si je peux retrouver la trace de la réservation, me dit-elle enfin.

J'attendis quelques minutes.

— Je suis désolée, fit la femme. Je ne trouve rien.

— Ce n'est pas possible, répondis-je. Avez-vous vérifié sous leurs deux noms ?

Elle l'avait fait et c'était sans espoir. Je faillis éclater en sanglots de frustration et de rage. Une pensée me vint à l'esprit : Naomi. Si quelqu'un savait, c'était bien elle. Je ne pouvais pas faire cela par téléphone. C'était trop important. Je devais la voir en personne et je devais réfléchir d'un point de vue tactique. Trish était revenue de sa pause déjeuner. Je lui annonçai que je sortais un moment et que je ne savais pas quand je reviendrais. Je l'appellerais. Je pris un taxi pour aller chez elle, pensant en chemin à la façon dont j'allais gérer la situation. Le chauffeur parlait de quelque chose, d'immigrants clandestins, je crois, mais pour moi, il ne constituait qu'un brouhaha ennuyeux. Je coupai le son. Quand j'arrivai, je sonnai d'abord chez Charlie et Holly, au cas où. Rien. J'essayai donc à côté. En sonnant chez Naomi, il me vint pour la première fois à l'esprit qu'elle ne se trouverait peut-être pas chez elle et que tout cela ne serait qu'une désastreuse perte de temps alors qu'il n'y avait pas un instant à perdre. Puis elle ouvrit la porte et j'eus l'impression de monter sur scène, sous l'éclat aveuglant des projecteurs, devant un public concentré et plein d'attente.

— Meg ? fit-elle, surprise.

J'entrai dans le hall sans y être invitée.

— Je, euh… dis-je, oubliant mon texte. Je suis venue voir Holly pour lui parler de quelque chose. De quelque chose d'important. Je peux monter ?

— Je…, commença-t-elle.

Mais je gravissais déjà les marches étroites qui menaient à sa chambre meublée.

— Juste une minute.

— Je crois qu'ils sont partis quelques jours, dit-elle en ouvrant la porte sur une pièce impeccable mais déprimante : un canapé beige, une petite table poussée contre un mur, flanquée de deux chaises, une plante en plastique dans un coin, qui engloutissait la lumière.

— Je dois dire quelque chose à Holly, repris-je. Qui a un rapport avec le travail. Ils n'ont pas laissé de numéro de téléphone par hasard ?

Il y eut une trop longue pause et Naomi se fendit d'un sourire forcé.

— Non, répondit-elle. Pas à moi en tout cas. Pourquoi l'auraient ils fait ?

— Charlie a un portable, n'est-ce pas ?

— Oui, dit-elle. (Puis, trop rapidement :) Mais je n'ai pas son numéro.

— C'est important, insistai-je.

— Je n'ai pas son numéro, répéta-t-elle.

— Naomi, commençai-je.

Mais je vis sa mâchoire serrée, bornée, ses yeux alertes, et m'arrêtai net. Essayer de la convaincre n'aurait servi à rien.

Je n'arrivais pas à réfléchir. Je ne savais pas quoi faire. Puis j'avisai un agenda à anneaux sur la table basse près de son canapé. Était-ce possible ? Et que pouvais-je en faire ? Je ne devais pas partir. Pas tout de suite.

— Alors, dis-je, comment ça va d'après toi ? Je parle de Holly, naturellement.

— Pas bien, répondit-elle en secouant la tête. Charlie pense…

— Je sais… il croit qu'elle va réessayer. Et toi ?

— Parfois, j'ai vraiment très peur qu'elle…

— Puis-je avoir un café ?

— Pardon ?

— Un café. Tu en as ?

— Je suis un peu pressée.

— Juste de l'instantané.

— Je n'en ai pas.

— Alors un sachet de thé.

— Très bien.

Nous nous regardâmes, furieuses et sur nos gardes, puis Naomi sortit de la pièce.

J'attendis un moment.

— Je peux t'aider ? criai-je.

— Viens par là, cria-t-elle en retour, paraissant horriblement proche derrière les murs tout fins.

Je pris l'agenda et le feuilletai, jusqu'à ce que je tombe sur la semaine en cours. Il y avait quelque chose. J'avais espéré une adresse. C'était un numéro de téléphone, un long indicatif dc zone, pas Londres. Bien sûr, ça pouvait être sa mère, ou un entrepreneur, n'importe quoi. Mon Dieu, je vous en prie, songeai-je, je vous en prie, je vous en prie. Je serai bonne pour l'éternité. Il était trop long pour que je l'apprenne par cœur. Je trouvai un crayon sur la cheminée et l'écrivis sur le dos de ma main. J'entendis des bruits de pas, refermai l'agenda d'une pichenette et griffonnai les derniers chiffres.

— Que fais-tu ?

— Des idées me viennent et je dois les écrire, sinon je les oublie et comme je n'ai jamais de carnet sur moi quand j'en ai besoin, je les note sur tout ce qui me tombe sous la main. Comme une main, par exemple. J'ai eu une idée pour une présentation. (Je lui montrai ma main très rapidement pour qu'elle ne puisse pas voir qu'il n'y avait que des chiffres.) Mais cela n'a rien de passionnant pour toi.

— J'allais te proposer du lait, me demanda Naomi.

— Je suis désolée. Il faut que j'y aille. Je viens de me rappeler. Une réunion. Je suis en retard. Elle a déjà commencé. Je me sens très mal. Remettons cela à une prochaine fois. C'est tellement grossier de ma part. Je suis désolée, je dois…

Je sortis de chez elle pratiquement en courant, et longeai le trottoir à la recherche d'un taxi. Mais c'était un quartier résidentiel. Il n'y en avait pas. Je regardai le dos de ma main. Un numéro de téléphone. À quoi me servirait-il ? Je pourrais toujours l'appeler. Je composai le numéro sur mon portable. Il sonna, sonna, sonna. Je ne savais que croire. Ils avaient pu partir pour une longue balade de guérison. Ou le téléphone était peut-être débranché. Je ne savais pas quoi faire. On ne peut pas chercher un numéro de téléphone dans l'annuaire sans le nom de l'abonné. Je pensai à Trish. Elle savait ce genre de choses. Je l'appelai.

— Trish, dis-je, si j'avais un numéro de téléphone et si je voulais connaître l'adresse postale, y a-t-il quelque chose que je pourrais faire ? Pourrais-je acheter un CD Rom ou appeler quelqu'un ou y a-t-il quelque chose sur Internet ou…

— Quel est le numéro ?

Je le lui lus.

— Ne quitte pas, dit-elle. (Je l'entendis taper.) Ash Tree House, Corresham, Suffolk. Tu veux le code postal ?

— Oui.

Elle me le donna et je l'informai que je ne reviendrais pas avant demain.

— Mais le week-end avec nos clients ?

— Je reviens bientôt.

— Y a-t-il quelque chose que je devrais savoir ? s'enquit-elle.

— Tu le sauras. D'une façon ou d'une autre.

Je raccrochai et regardai mon mobile comme s'il pouvait m'apprendre quelque chose. Je ne pensais qu'à une seule chose, une personne. Je composai un numéro.

— Todd ? (Je songeai à cette histoire longue et compliquée, et mon cœur se serra. Il me fallait quelque chose de plus rapide.) Il y a un moment, quand je t'ai demandé de me rendre un service, et que tu m'as dit oui tout de suite, sans même vouloir savoir ce que c'était ?... Tu veux ? Parce que je te demande de nouveau un service. Tout de suite.

38

— Todd ? dis-je alors que nous sortions de Londres en direction de l'est sur une A12 bloquée par les embouteillages de début de soirée. Merci.

Il laissa échapper une sorte de grommellement, mais je ne crois pas qu'il était fâché. Pas vraiment. Dans le fond, c'était quelqu'un de calme et posé. Même sa façon de conduire, patiente et sereine, était conçue pour me calmer les nerfs. J'étais penchée légèrement en avant sur le siège, comme si je pouvais donner une impulsion supplémentaire au véhicule.

Nous ne parlâmes pas beaucoup. Je mordillais furieusement mon pouce à chaque bouchon, râlais chaque fois que nous étions obligés de ralentir, fixais la carte comme si je pouvais trouver un chemin miraculeux et secret à travers les voitures bloquées, regardais ma montre, essayais de deviner combien de temps il nous faudrait encore pour arriver là-bas. Une fois, nous nous arrêtâmes pour prendre de l'essence. Le temps qu'il fallut pour remplir le réservoir puis payer me fut difficilement supportable. J'avais l'impression que chaque minute, chaque seconde comptaient ; que chaque file d'attente pouvait conduire au désastre.

Il faisait presque nuit à présent, et il bruinait. La route devant nous était une longue file de phares flous qui avançaient dans notre direction et de feux arrière rouges qui s'éloignaient. Où était Holly en ce moment ? me demandai-je. Que faisait-elle ? Pour la centième fois, j'appuyai sur la touche « rappel automatique » de mon portable ; pour la centième fois je l'entendis sonner, sonner, sonner, et personne ne répondit.

— Crois-tu que je suis folle ? demandai-je à nouveau à Todd.

— Folle ? Il y a deux semaines, je t'ai donné toutes mes liquidités pour que tu les remettes à un criminel. Maintenant, je fais des heures de route pour coller une trouille bleue à ta meilleure amie qui prend des vacances bien méritées avec son mari patient. Je serais mal placé pour accuser qui que ce soit au monde d'être fou.

— Oh Todd, c'est adorable de ta part !

— Et, naturellement, reste la possibilité que le numéro

de téléphone n'ait aucun rapport avec Charlie et Holly et que nous soyons sur le point de faire irruption chez de parfaits inconnus.

— Ce n'est pas possible. Ça ne se peut pas.

— Oh, bien, dit-il, alors tu dois avoir raison.

Je me penchai en silence, sentant la peur ronger mon estomac. Je voulais prier, bien que je n'eusse jamais cru en Dieu. Qu'elle aille bien ! Qu'elle aille bien ! Je vous en prie, faites qu'elle aille bien. Les essuie-glaces balayaient le pare-brise, dégageant des demi-cercles dans le verre, immédiatement remplis de nouvelles gouttes de pluie.

Petit à petit, le trafic se dilua, et Todd appuya sur le champignon. C'était une nuit sombre et sans lune. À l'horizon au loin nous reconnûmes l'éclat orange des villes. Enfin nous quittâmes la route principale pour en emprunter une plus petite, sous des arbres qui dégouttaient. Des voitures nous dépassèrent, se mettant en codes. Nos propres phares illuminaient de grands champs labourés et de petits bois ; de vieilles églises au milieu de nulle part, avec des tours carrées et des flèches en cône. Je me penchai sur la carte, essayant de trouver le chemin le plus rapide pour aller à Corresham, qui se collait à d'autres villages en un triangle que formaient des routes plus larges qui le coupaient en deux, tout près de la côte.

Au début, ce fut tout simple. Nous tournâmes à gauche sur une autre route départementale signalée en jaune sur la carte, traversâmes quelques villages qui étaient là où ils devaient être, et prîmes un autre embranchement.

— Nous y sommes presque, dis-je. Plus que quelques kilomètres. Tu ne devrais pas tarder à traverser un carrefour décalé.

Quelques minutes plus tard, j'ajoutai :

— Je suis sûre que l'on devrait être arrivés. Attends, on ne devrait pas du tout être à Foxgrove !

— Que veux-tu que je fasse ?

— Tourne à gauche. Non, c'est la route de Lenham. Je ne comprends pas. Oh mon Dieu ! Va tout droit. Ou alors on devrait peut-être faire demi-tour et rebrousser chemin.

Je braillais presque.

— Attends, me dit Todd en se garant et en étudiant la carte. On s'y perd, reconnut-il. Allons jusqu'au pub là-bas, et tu pourras y faire un saut rapide pour leur demander la route.

— Vite, alors.

Je descendis de voiture alors qu'elle roulait encore et courus vers le pub. Il avait plus ou moins cessé de pleuvoir, et bien qu'il fît froid, l'air était trempé et lourd, comme une couverture glacée qui recouvrait tout. J'ouvris la porte d'un coup et courus jusqu'au bar, bousculai deux hommes au passage et me penchai pour parler à la femme qui servait.

— Pouvez-vous me dire comment aller à Corresham ?

— Corresham ? Voyons…

Elle réfléchit, souleva un morceau de glace avec des pinces en métal et le fit tomber dans un verre droit.

— C'est urgent, insistai-je. Vite !

— Elle devrait prendre Stone Street, fit l'un des hommes. C'est un raccourci.

— Où se trouve Stone Street ?

Il me donna des instructions inutilement compliquées alors que je reprenais la porte.

— Gauche, droite, droite, gauche, répétai-je en regagnant la voiture à toute vitesse, en pataugeant dans une flaque profonde qui trempa mes chaussures. Gauche, droite, droite, gauche. Vas-y ! dis-je à Todd.

Nous redémarrâmes et arrivâmes rapidement à Corresham, une rangée de maisons disséminées le long de la route.

— Dieu merci ! Mill House, The Nuttings, Pond Far... Où est donc Ash Tree House, bon sang ? Je ne la vois pas.

— Pourquoi pas celle-ci ?

— Elle n'a pas de nom, on dirait. Et si j'allais voir en vitesse ? Il y a de la lumière dans cette maison, là-bas.

Je remontai le chemin à toute allure et frappai à la porte avec mes poings. Peut-être que Holly répondrait, songeai-je. Ou Charlie. Mais quand la porte s'entrouvrit, je dus ajuster mon champ de vision car c'était une petite fille avec des nattes et un peignoir jaune.

— Est-ce que ta mère est là ? demandai-je.

— Ma mère est morte, répondit-elle gravement.

— Oh, je suis désolée. Et ton père ?

— Papa ! cria-t-elle d'une voix aiguë et flûtée. Papa, il y a une dame qui veut te voir !

— Demande-lui qui elle est, veux-tu ?

— Je n'ai pas le temps ! criai-je d'une voix perçante derrière la porte, puis je la poussai d'un coup et elle s'ouvrit en grand. Où se trouve Ash Tree House ?

Il descendit l'escalier.

— Ash Tree House ? Eh bien, ça doit être celle qui est dans la vallée, je crois. J'en suis presque sûr en fait. Liz ! cria-t-il dans l'escalier. Laquelle est Ash Tree House ? Celle avec le ruisseau au fond du jardin, sur la route du Rose and Crown ?

— Oui. Pourquoi ?

— Il y a une jeune femme ici qui...

— Pouvez-vous m'expliquer comment y aller, s'il vous plaît ? C'est très urgent, l'interrompis-je.

— Tout droit et ensuite, la première à droite sur un chemin, expliqua-t-il.

Ash Tree House tenait davantage d'un cottage blanchi à la chaux, tout seul dans une petite vallée, avec un boqueteau derrière. Il n'y avait aucune lumière allumée, aucune fumée ne sortait de la cheminée. Il semblait austère et déserté.

Je dus descendre du véhicule une ultime fois pour ouvrir le portail mais je ne remontai pas en voiture et franchis en courant les derniers mètres qui me séparaient de la maison. Je me tins sur le pas de la porte, sous un petit porche, et donnai des coups de heurtoir. Rien. Je m'agenouillai, relevai l'abattant en métal de la boîte aux lettres et tentai de voir à l'intérieur, mais je ne vis que la fente à travers laquelle on glissait les lettres. Je collai mon visage à la fenêtre et, dans l'obscurité uniquement éclairée par les phares de la voiture, je ne distinguai rien de plus que des formes amassées dans le noir.

— Holly ! criai-je. (Puis, plus fort, secouant désespérément la poignée de la porte.) Holly ? Es-tu là ?

Les pieds de Todd crissèrent sur le gravier lorsqu'il s'approcha de moi et je me retournai.

— Il n'y a personne, sanglotai-je à moitié.

Todd leva les yeux sur la maison enténébrée. Puis il se pencha, ramassa une pierre et la jeta par la fenêtre. Le fracas fut étonnamment bruyant. Nous nous regardâmes : j'étais certaine qu'il n'avait jamais rien fait de tel auparavant et quant à moi je ne l'avais assurément jamais fait non plus. Nous étions des personnes raisonnables, Todd et moi, qui respectaient la loi et les règlements. Il enleva les morceaux de verre restants, débloqua la fenêtre à guillotine de l'intérieur et la souleva non sans mal. Casser et entrer. Il grimpa dans la maison éteinte. Je l'entendis se déplacer à l'intérieur, puis il vint ouvrir la porte d'entrée. Je cherchai des signes de vie. Ensemble, nous passâmes les pièces en revue, allumâmes toutes les lumières et criâmes son nom. J'entrai dans une pièce et eus l'impression que l'on avait extrait mon souffle de mon corps. Les vêtements de Holly, les vêtements que j'avais triés avec elle, se déversaient d'une valise par terre. Sur la table près du lit se trouvait un téléphone. Todd attrapa le fil.

— Débranché, constata-t-il.

— Où sont-ils ?

— Ils ont dû sortir.

— Oui, j'imagine.

— Mais dans ce cas, reprit-il en regardant par la fenêtre du fond, ils n'ont pas pu aller bien loin. Ils ont laissé leur voiture.

— Où ?

— Regarde, elle est garée juste derrière cette vieille remise.

— Oui, c'est la voiture de Charlie, acquiesçai-je.

— Et si on y jetait un œil ?

Et brusquement, nous nous regardâmes, bouche bée.

Nous dévalâmes l'escalier quatre à quatre et fîmes irruption par la porte ouverte, trébuchâmes sur le sol bosselé, et sentîmes les broussailles se prendre dans nos vêtements quand nous nous précipitâmes vers la voiture. Je sentis mon cœur cogner dans ma poitrine et m'entendis haleter. En nous rapprochant, nous pûmes distinguer le grondement bas d'un moteur, et quelque chose qui serpentait du pot d'échappement à la portière passager. Todd tira sur le mouchoir en papier qui maintenait le tuyau d'arrosage en place et l'arracha d'un mouvement brusque. Je tirai désespérément sur la porte, mais elle était verrouillée.

— Holly ! hurlai-je car je parvenais tout juste à distinguer le triangle pâle de son visage à l'envers derrière la vitre embuée. (Elle ne bougeait pas.) Holly, on arrive.

— Tiens, dit Todd.

Il gratta désespérément la terre pour trouver quelque chose de coupant et lourd et finit par dénicher la moitié d'une brique moisie.

— Pas par-devant, haletai-je lorsqu'il la brandit au-dessus de sa tête. Par-derrière, sinon tu risques de la blesser.

Il assena un grand coup de brique dans la petite vitre latérale puis un second. Un trou aux bords déchiquetés s'élargit dans le verre, et nous sentîmes le gaz s'approcher de nous en vagues épaisses. Puis il passa la main à l'intérieur et déverrouilla la portière. Je l'ouvris d'un coup.

— Attention à ne pas te couper, me dit Todd, mais il était trop tard.

Je plongeai dans les profondeurs nauséabondes de la voiture où gisait Holly, effondrée, puis tirai son corps flasque sur le sol froid.

— Holly ! criai-je. Holly !

Je berçai son pauvre corps froid contre moi. Todd s'accroupit à nos côtés et prit son poignet mince entre son pouce et son index.

— Elle vit encore, Meg, constata-t-il. (Il composa le numéro des urgences sur son portable en parlant.) Elle vit encore… Il nous faut une ambulance, dit-il au téléphone. Quelqu'un a essayé de se suicider au gaz dans une voiture. Ash Tree House, juste à la sortie de Corresham, sur la route du Rose and Crown. Faites vite, s'il vous plaît. Et nous avons aussi besoin de la police, ajouta-t-il.

— Demande-leur quoi faire en attendant.

Mais ils le lui expliquaient déjà et il me le répétait. Je pinçai les narines de Holly entre mes doigts et soufflai de l'air dans sa bouche. Ses lèvres étaient caoutchouteuses et sa peau, froide, mais je sentais son cœur battre faiblement. Todd et moi nous relayâmes pour lui faire du bouche-à-bouche pendant que le vent glacial soufflait en rafales dans les arbres, éparpillant de grosses gouttes d'eau. Je ne sais pas combien de temps nous restâmes comme ça. Des minutes. Des heures. Nous ne dîmes rien.

Puis deux choses se produisirent : derrière le sommet de la colline, nous vîmes des phares. Et alors que l'ambulance et la voiture de police apparaissaient, les yeux de Holly s'ouvrirent d'un coup. Pendant un très bref instant, nous nous regardâmes et je crois même qu'elle sourit.

Après quoi, ce fut agitation, lumière, bruit et remue-ménage ; des gens qui se penchaient sur elle et parlaient d'un ton sec et rapide, donnaient des instructions. Un homme communiquait par radio. Holly fut soulevée sur un brancard, recouverte d'une couverture épaisse, et poussée au fond d'une ambulance qui démarra, ses lumières bleues clignotant sinistrement à travers les bois, ne laissant que la voiture de police et deux hommes. Comme quelqu'un s'occupait de tout, j'allai retrouver Todd sur des jambes qui, avais-je l'impression, allaient s'effriter dans la terre, je passai mes bras autour de lui et le serrai bien fort. Mes joues étaient mouillées, mais je ne pouvais pas savoir si c'étaient mes larmes ou les siennes, ou simplement la pluie qui avait recommencé. Par-dessus son épaule, je vis une silhouette debout près du portail. L'espace d'un instant, elle ne bougea pas, puis descendit l'allée vers nous, et, après quelques secondes, se mit à courir éperdument.

— Meg ! dit Charlie en arrivant. Que se passe-t-il ? (Il se tourna vers la police.) Où est ma femme ?

Et il fondit en larmes.

39

Je regardai Charlie ravaler ses larmes et répéter : « Que se passe-t-il ? » Son visage dans les phares de la voiture de police était hâve et mortellement pâle ; ses mains pinçaient sa veste et ses yeux injectés de sang brillaient. C'était un homme au supplice et, en dépit de ma colère, de mon chagrin et de ma terreur, je ressentis une pitié malvenue pour lui et une lassitude immense, presque accablante.

— Tout va bien, monsieur, répondit le policier.

Mais je l'interrompis.

— Elle est partie dans l'ambulance, Charlie, dis-je le plus calmement possible. Et tu sais très bien ce qui se passe.

— Quoi ? fit-il avec beaucoup d'agitation. Quoi ?

— Elle est vivante.

— Je ne comprends pas.

— Tu comprends très bien, repris-je et je m'approchai des deux policiers qui bavardaient. Voici le mari. Vous devez lui parler. Ce n'était pas une tentative de suicide. Il a essayé de la tuer.

Ils me regardèrent avec une expression proche de l'embarras. J'ignore qui de nous deux ils soupçonnaient le plus – Charlie ou moi. Charlie fit un geste brusque et bafouilla quelque chose comme quoi il ne pourrait pas supporter que Holly aille mal.

— Je suis désolé, dit l'un des policiers. Mademoiselle, euh… ?

— Je suis Meg Summers, la meilleure amie de Holly.

Mon ami et moi venons de Londres. Je savais qu'elle était en danger. Nous sommes arrivés à temps.

— Je veux voir ma femme, insista Charlie. Je veux voir Holly. Pouvez-vous m'y emmener ? Tout le reste peut attendre.

— Comment as-tu pu faire ça ? fis-je. Comment ? Je sais ce que tu as vécu. Je suis au courant pour Naomi. Je suis au courant pour tout. Tu aurais pu la laisser et simplement t'en aller. Comment as-tu pu faire ça ?

— Mademoiselle Summers, dit le policier. Veuillez vous calmer.

— Je suis calme. Est-ce que je crie ? Est-ce que je pleure ? Non. Je suis calme. Parfaitement calme.

— Meg chérie, me dit Todd en me prenant la main.

Charlie se tourna vers la police.

— Ma femme souffre d'une grave dépression, expliqua-t-il. Elle a déjà essayé de se suicider. Elle a reçu un traitement par électrochocs. Voilà des semaines qu'elle parle de suicide.

— Cette dernière déclaration est un mensonge.

— Ce n'est pas sa première tentative ? demanda le policier à Charlie.

— Non. Elle a failli succomber à une overdose massive il y a quelques semaines. Elle est maniacodépressive. Ça a été l'enfer pour tout le monde. Écoutez, nous pouvons parler de cela plus tard. Je dois voir Holly.

— C'est parce qu'elle est maniacodépressive et qu'elle a essayé de se suicider que tu as cru que tu pourrais la tuer et t'en sortir sans problème. L'alibi parfait. Tout le monde s'attend à ce qu'elle recommence, donc qui croirait à un meurtre ?

— Meg, me dit Charlie calmement, arrête, s'il te plaît.

— Tu l'aimais tant. Comment en es-tu arrivé là ?

— Tais-toi, répéta-t-il. (Il mit même ses mains sur ses oreilles.) Je ne peux pas écouter ça.

— Nous pourrons vous accompagner à l'hôpital dans une minute, monsieur, proposa l'un des policiers à Charlie. En attendant, vous feriez mieux d'entrer.

L'autre officier tapota même son épaule.

— Je suis sûr que vous n'avez aucune inquiétude à avoir, monsieur. Il y a probablement eu un malentendu.

Tous deux – Charlie et le policier le plus musclé – se dirigèrent ensemble vers la maison. Todd et moi restâmes avec l'autre, qui ne semblait pas suspicieux ni en colère ni même concerné. Il semblait juste mal à l'aise, comme si j'avais compliqué ce qui aurait dû être une situation simple.

— Il fait froid dehors, constata-t-il. (Il avait la cinquantaine. Son visage était tout rouge, probablement à cause du vent glacial qui balayait les champs depuis le nord. Les arbres ployaient sous le vent.) Nous voudrions tous nous en aller, n'est-ce pas ? Mais en attendant pourquoi ne pas patienter dans votre voiture pendant que nous jetons un œil à tout ça ?

— Vous ne croyez pas un mot de ce que je dis, n'est-ce pas ? Comment expliquez-vous que je savais qu'elle était en danger et que je me suis précipitée ici avec Todd pour la sauver ? Comment expliquez-vous cela ? Une coïncidence ?

Il ne répondit pas.

— Attendons dans la voiture, dit Todd. Tu n'es pas obligée de tout prouver en même temps. Tu lui as sauvé la vie, c'est ce qui compte, Meg. Sans toi elle serait morte et elle ne l'est pas. Elle est vivante. Elle est à l'hôpital. Elle est en sécurité.

Il me tint la portière ouverte et je m'installai sur le siège passager, mais ne refermai pas la portière en dépit du froid. Je restai assise, écoutai le vent dans les arbres et sentis les doigts forts de Todd me caresser la nuque. À quelques mètres, l'officier examinait la voiture dans laquelle Holly avait failli mourir. Nous voyions le faisceau lumineux de sa torche se déplacer dans l'habitacle enténébré. Pendant un moment, aucun de nous ne parla. Enfin l'officier sortit de la voiture et retourna lentement à la maison, un rond de lumière marquant ses pas. Il portait des gants blancs et tenait quelque chose que je ne pouvais pas identifier, quelque chose qui voletait au vent, comme un lambeau ou un petit morceau de tissu.

— Un jour, dis-je enfin, nous repenserons à tout ça et ce sera comme un rêve, quelque chose qui est arrivé à quelqu'un d'autre.

Nous observâmes le même policier sortir de la maison et se diriger vers nous.

— J'aimerais que vous veniez avec nous, dit-il, une fois devant ma portière ouverte. M. Carter aimerait vous montrer quelque chose avant que nous ne l'emmenions à l'hôpital.

— Je veux venir à l'hôpital moi aussi, déclarai-je.

— Veuillez me suivre.

Nous le suivîmes dans la maison et dans le salon, où le verre de la fenêtre brisée étincelait encore en échardes par terre. Charlie était assis dans un fauteuil, les jambes tournées en dehors et la tête bizarrement inclinée. Il avait l'air à moitié mort de fatigue, et lorsqu'il me jeta un coup d'œil, son expression ne changea pas.

— Alors, dis-je. Quelle est cette chose que nous sommes supposés voir ?

— Il y avait un mot, expliqua le policier le plus âgé.

Il me regarda gentiment.

— Quoi ? fis-je.

— Nous avons examiné la voiture. Il y avait un mot

sur le siège à côté d'elle. Il annonçait clairement son intention de se suicider.

— Ce n'est pas possible ! m'écriai-je. C'est un faux. Je veux le voir.

— Montrez-le-lui, lança Charlie.

Le policier avança d'un pas, enleva un morceau de papier d'un dossier transparent et le posa sur la table. Je reconnus l'écriture extravagante de Holly dès que je la vis. Nous avions l'habitude de nous en moquer. Elle était gauchère et écrivait avec la main recourbée, comme si elle essayait d'empêcher quiconque de la lire. Elle avait toujours été complètement illisible. Après des années de pratique, j'étais l'une des rares qui parvenaient à la déchiffrer. Je devais bien souvent jouer les interprètes.

— Nous avons bien du mal à la déchiffrer, expliqua le policier.

— Je peux le faire, dis-je dans un soupir.

Je me penchai. C'était un message court, juste quelques lignes. Le papier avait été déchiré et les mots étaient écrits tout près de la marge du haut, comme si elle avait commencé ce qui devait être à la base un long message, puis s'était arrêtée, sans avoir rien à dire. « Je suis vraiment désolée, disait le mot. Vraiment, vraiment désolée. Je veux juste que tout cela s'arrête. Pardonne-moi, ma meilleure et plus fidèle amie. Toute mon affection, Holly. »

— Non, dis-je. C'est faux. Il y a quelque chose qui ne va pas.

Je sentis la main rassurante de Todd sur mon épaule.

— C'est un malentendu, repris-je. Il se passe quelque chose. Je ne comprends pas.

— Tu as fait ce qu'il fallait, me rassura Todd. Tu as sauvé la vie de Holly. (Il jeta un coup d'œil à Charlie et lança d'un ton féroce :) Elle l'a fait, n'est-ce pas ?

Le visage de Charlie était figé, comme un masque. Il regarda les policiers.

— Je serais revenu, dit-il. Je l'aurais sauvée.

— Tu es un menteur et un assassin.

— Veuillez emmener votre amie, demanda le policier à Todd. Elle est bouleversée.

Sans rien ajouter, Todd m'emmena et nous montâmes dans la voiture. Il mit la clé sur le contact. Avant de démarrer, il se pencha vers moi et m'embrassa.

— Prête ? me demanda-t-il d'un ton doux.

— Attends.

— Comment ça ?

— Il y a quelque chose. Quelque chose… je ne peux pas… c'est…

— Meg…

— Tais-toi. Désolée, mais tais-toi un moment.

Je mis ma tête entre mes mains en appuyant bien fort sur mes tempes. Quelque chose venait. Je le sentais, mais je ne savais pas précisément quoi. Je pensais à ce moment où l'on se tient sur le quai dans le métro de Londres lorsqu'un train doit arriver. Au début, on n'entend rien. On le sent. Un souffle d'air chaud du tunnel, quelques petits bouts de papier soulevés et soufflés, et le train se trouve encore à huit cents mètres. Il y avait quelque chose dans ma tête et je ne parvenais pas vraiment à l'identifier. Puis j'y arrivai. Oui. Oui.

— Il faut que j'y retourne, lançai-je.

— Non, Meg, ne sois pas ridicule.

— Il le faut.

Todd courut derrière moi. Je crois qu'il pensait que j'étais devenue folle et il tenta même de m'arrêter, mais je l'ignorai. Lorsque le policier ouvrit la porte, il était clair à son expression qu'il n'était absolument pas content de me revoir. Ils étaient sur le point de partir.

Charlie avait encore son manteau, le mari éploré, tout prêt à s'asseoir à son chevet. Le mot se trouvait encore sur la table de la cuisine.

— Mademoiselle Summers, avez-vous oublié quelque chose ?

— Non, dis-je. Je me suis souvenue de quelque chose. (Je regardai le policier.) Vous avez trouvé le mot ?

— Je suis désolé, répondit-il. Je pensais que nous en avions terminé.

— Vous avez trouvé le mot ?

Il poussa un soupir impatient.

— C'est exact.

— Où l'avez-vous trouvé ?

— Il était sur le siège passager, répondit-il, irrité.

— C'était son mot de suicide.

— Oui.

— Mais pas pour *ce* suicide.

Une pause s'ensuivit.

— Que voulez-vous dire ? demanda le policier.

Je sortis le morceau de papier déchiré de ma poche, celui qui comportait le numéro de téléphone, celui que j'avais trouvé sous le bureau de Charlie. Je collai le morceau à celui sur la table : ils s'imbriquaient parfaitement.

— « Meg, ma chère et loyale amie », dis-je. Ce mot m'était adressé.

— Mais bon sang, qu'est-ce qui se passe ? fit Charlie. C'est n'importe quoi !

— Non, ce n'est pas n'importe quoi, répondis-je. Holly m'a dit qu'elle m'avait écrit un mot quand elle avait tenté de se suicider, mais on ne l'a jamais retrouvé. J'ai supposé qu'il s'était perdu dans tout ce chaos. Mais non, Charlie l'a gardé. Tu l'as gardé, dis-je, en le fixant. C'était ta dernière cartouche, n'est-ce pas ? Dès que tu trouverais l'occasion de mettre en scène le suicide de Holly, tu n'avais qu'à laisser ce mot – naturellement, en y arrachant mon nom – et on ne poserait aucune question. Mais voilà que c'est le contraire qui se produit. Cela prouve que tu l'as fait.

Il y eut un long silence. Très délicatement, le policier prit le mot par le bord, puis mon morceau et les déposa dans le dossier.

— La détestes-tu à ce point, Charlie ? demandai-je.

Charlie leva les yeux.

— La détester ?

On aurait presque dit qu'il parlait tout seul, hébété, tourmenté et écoutant le son de ses propres mots, comme s'il avait du mal à les comprendre.

— Voilà un an que je remettais tout en ordre derrière elle. J'étais sobre quand elle était saoule. J'avais affaire aux gens qu'elle emmerdait. Ou avec qui elle baisait. Elle disait qu'elle ferait n'importe quoi pour moi, et elle était sincère. Mais qu'a-t-elle fait ? Elle a dépensé tout notre argent, puis elle a dépensé de l'argent qu'elle n'avait pas, puis elle a joué encore un peu ; juste pour rire. Chaque jour, elle a fait des choses que, si je les avais faites rien qu'une fois… eh bien, je ne sais pas comment j'aurais pu m'en remettre. Elle m'a infligé ce que mon pire ennemi n'aurait pas pu me faire. Quand je l'ai rencontrée, elle était quelqu'un, et dans tout ce qu'elle a entrepris depuis, elle a tout piétiné. Elle a détruit tout ce que j'étais, tout ce que je pensais savoir faire. Haine ? Amour ? Je ne connais plus la différence, Meg. Ce ne sont que des mots, après tout. Je voulais juste que tout cela se termine. Je ne pouvais plus le supporter. Je voulais me libérer pour redevenir moi-même.

Je sentis disparaître la pitié qui pouvait me rester,

remplacée par une sorte de dégoût : Charlie s'apitoyait suffisamment sur lui-même.

— Monsieur Carter, dit l'inspecteur de police musclé, j'aimerais vous informer qu'à compter de maintenant tout ce que vous direz…

— Laissez-moi la voir, l'interrompit Charlie.

Je me tournai vers Todd.

— Allons-y.

Main dans la main, nous sortîmes de la pièce.

40

J'entendis une voix, une voix que je connaissais, et je ne bougeai pas, laissant les souvenirs de cette époque me submerger.

« Je prendrai ces roses blanches, s'il vous plaît », fut tout ce qu'elle dit, mais je la reconnus immédiatement.

C'était un vendredi après-midi de septembre, l'une de ces radieuses journées d'automne, bleues et vives, chaudes au soleil et glaciales dans l'obscurité, où l'été et l'automne se rencontraient. J'étais à Soho, j'achetais des choses pour la fête, prenais mon temps, appréciais les odeurs et les bruits qui m'entouraient. Je m'étais arrêtée devant l'étal du fleuriste et hésitais entre les chrysanthèmes bronze et les freesias. Un tas d'autres choses me trottaient dans la tête – le fromager, le marchand de primeurs, les gens qui n'avaient pas encore répondu aux invitations, ce que nous allions manger au dîner, le titre au sujet d'une éruption volcanique lointaine que je venais de lire dans le journal de quelqu'un. Mais dès qu'elle prononça ces huit mots, tout disparut et je me retrouvai dans l'histoire que j'avais crue définitivement terminée. Presque à contrecœur, je me retournai.

Je la reconnus à peine. Elle portait un épais manteau de tweed rose et des bottes en daim noir, au bout étroit et aux talons tout fins. Ses cheveux étaient plus longs et plus raides. Sa peau claire rayonnait. Tout en elle semblait d'un chic délibéré et hors de prix. Elle n'avait rien d'une infirmière à découvert. Mais il y avait ces yeux marron clair et étranges, qui me fixaient par-dessus les fleurs. L'espace d'un bref instant, j'y distinguai une étincelle d'inquiétude ou d'hostilité, mais elle se força à sourire.

— C'est Meg, n'est-ce pas ? Meg Summers ?

— Naomi. Comment vas-tu ?

— Je vais bien. Du moins aussi bien que possible. On ne se remet pas rapidement de ce genre d'histoire, mais je me suis dit que je devais être forte et aller de l'avant, ne pas me laisser affaiblir, ne pas devenir sa victime moi aussi. C'était affreux, n'est-ce pas ?

Voilà qu'elle avait l'air triste et solennelle.

— J'ai essayé de te contacter, lui dis-je. Après.

— Vraiment ? Si j'avais su. Mais je ne pouvais pas rester dans cet appartement. Je suis sûre que tu comprends. J'ai dû m'en aller.

— Puis-je t'offrir un café ?

— Eh bien, c'eût été avec grand plaisir, Meg. Une autre fois, peut-être, et nous pourrons rattraper le temps perdu, mais aujourd'hui, je suis vraiment pressée et…

— Ça ne sera pas long, insistai-je d'un ton ferme.

Je passai ma main sous son coude et la forçai pratiquement à sortir de la rue bondée pour entrer dans le bar le plus proche, où je commandai un café pour moi et une infusion pour elle. Nous nous assîmes à une table près de la grande baie vitrée. Les rayons du soleil tombaient sur nous, il faisait une chaleur étouffante, j'enlevai donc mon manteau mais Naomi ne déboutonna pas un seul bouton du sien.

— Comment va Holly ? s'enquit-elle. Je serais bien passée la voir, mais je me suis dit que ce serait trop douloureux pour elle. Il paraît qu'elle va mieux, qu'elle est retournée travailler ?

Je n'allais pas lui donner ne serait-ce qu'une bribe d'information sur Holly.

— As-tu des nouvelles de Charlie ? demandai-je à la place.

— Charlie ? Non. Il m'envoyait des lettres de prison au début, mais je ne les ai pas ouvertes. (Elle frissonna.) Tu ne crois pas que j'aimerais avoir quelque chose à voir avec lui après ce qu'il a fait à Holly et à moi-même, n'est-ce pas ?

— Que t'a-t-il fait ?

— Il s'est servi de moi. Il m'a trahie. Peux-tu imaginer ce que j'ai ressenti lorsque je l'ai appris ? L'homme que j'aimais et avec lequel je pensais passer le reste de ma vie.

Je ne répondis pas et il s'ensuivit un long silence pénible.

— Je sais ce que tu as dit sur moi à la police, reprit-elle. C'était compréhensible. Tu étais bouleversée. C'était on ne peut plus naturel. Je sais que tu as toujours adoré Holly, que tu l'as adulée, même. Je suis désolée, Meg. Mon histoire avec Charlie n'est peut-être pas… Le fait est que je l'ai plaint. Je pensais que c'était un homme au bout du rouleau. Je pensais qu'il avait besoin d'aide. Et je suis tombée amoureuse de lui.

— Charlie a pris sept ans. Ce qui signifie qu'il sortira dans quatre ans, ou quelque chose de tout aussi ridicule. Si j'étais arrivée cinq minutes plus tard, il en aurait pris quinze. Quand je suis arrivée de Londres et que j'ai sorti Holly de la voiture, je ne lui ai pas seulement sauvé la vie ; je lui ai aussi épargné huit années de prison supplémentaires. Et quand je t'ai demandé si tu savais où étaient partis Charlie et Holly, tu m'as regardée droit dans les yeux et tu m'as répondu non. Parce que tu savais ce que Charlie allait faire et tu savais qu'il avait besoin de temps.

— Ce n'est pas vrai.

Naomi sortit des gants de son sac et les enfila, doigt après doigt.

— Ce que je veux savoir, poursuivis-je, c'est si tu ne te réveilles jamais en pleine nuit pour y penser.

— Je dors bien, merci.

Je croyais qu'elle allait s'en aller, mais quelque chose lui vint à l'esprit et elle se pencha vers moi.

— Ne penses-tu jamais à cela ? me demanda-t-elle. Tout le monde allait bien jusqu'à ce que Holly débarque. Charlie allait bien. C'était un homme bon, gentil et talentueux et il était heureux jusqu'à ce qu'il la rencontre. Maintenant il purge une peine de prison pour tentative de meurtre. Cette femme, Deborah, était une femme qui s'intéressait avant tout à sa carrière et qui réussissait. Maintenant elle a perdu son travail, son appartement et une grande part de sa santé mentale, d'après ce que je sais. Son petit ami, Stuart, j'ai lu son procès dans la presse locale et il paraît que Holly, en tant que témoin, a charmé tout le monde. Toujours la même, cette bonne vicille Holly, pas vrai ? Stuart n'a écopé que d'une condamnation avec sursis, mais il gardera toujours un casier à cause d'elle.

— Pas entièrement à cause d'elle, tout de même.

— Personne n'allait mal avant de rencontrer Holly. Personne n'était ni violent ni méchant. Ce n'étaient que des gens ordinaires, qui vivaient leur vie. Simplement, ils n'ont pas eu de chance de se trouver sur son chemin le chemin d'une tornade. Et je n'ai pas eu de chance non plus.

— On dirait qu'aujourd'hui tu vas bien, en tout cas, répliquai-je.

Elle examina la bague à mon doigt.

— Je vois que toi aussi, dit-elle. Félicitations. Et tiens, regarde, j'ai la même !

Elle leva la main gauche et je vis l'or scintiller.

41

Todd me laissa m'occuper de l'organisation de la réception du mariage.

— Tout ce que tu veux, je le veux aussi, me dit-il.

Je ne savais pas si cela devait me charmer complètement ou m'irriter un tant soit peu. Je décidai d'être charmée. Ce que je désirais était très clair. Je ne voulais absolument pas que cela ressemble à un événement de KS Associates. Ce ne serait pas une fête foraine, ou un assaut du SAS[1] ou le carnaval de Rio ou encore le festival de Glastonbury[2]. Ce serait l'occasion pour nos parents et amis disséminés aux quatre coins du globe de se retrouver, de parler, de manger, de boire et de nous souhaiter bien du bonheur.

Le rôle que jouerait Holly dans tout cela suscita en

1. Commando d'intervention spéciale de l'armée britannique. *(N.d.T.)*

2. Légendaire festival de rock du sud-ouest de l'Angleterre. *(N.d.T.)*

moi quelques instants d'inquiétude. Elle avait été mon témoin au bureau d'état civil – comment aurais-je pu choisir quelqu'un d'autre ? – et cela m'avait rendue un peu nerveuse. C'était inutile. Elle s'était montrée parfaite. Elle n'était pas arrivée en parachute, elle n'était pas habillée en arlequin. Elle portait une robe bleue courte et une toque avec un voile, et elle avait l'air sage et presque aussi heureuse que moi. Elle insista pour s'occuper du déjeuner après la cérémonie, celui de notre petit groupe : la famille de Todd, la mienne, son meilleur ami, Francis. C'était parfait, un restaurant espagnol sans prétention où ils proposaient des grillades de poisson et des steaks et servaient trop de vin dans des pichets. Au cours du repas, je la regardai bavarder avec l'un de mes cousins et songeai : « Eh bien, pourquoi pas ? » Elle croisa mon regard, je rougis et elle gloussa.

Elle avait des idées pour la soirée. C'était plus fort qu'elle. Elle connaissait des endroits spectaculaires. L'une des tours du Tower Bridge. Une immense salle aux murs de verre qui donnait sur Oxford Street. Un vieil atelier de tisserands à Spitalfields. Une péniche. Une station de métro fermée. Le plus grand château gonflable du monde entier. Elle connaissait un clown, un magicien, un jongleur, un homme qui jouait de l'orgue de Barbarie, un marionnettiste du Transvaal. Ils avaient tous l'air merveilleux, elle était merveilleuse, mais je secouai la tête en signe de dénégation. « Non, dis-je. C'est ma journée et je ne veux me soucier de rien. Il n'y aura même pas de discours. Todd me l'a fait promettre. Ce sera une soirée d'adultes. Les gens pourront boire, danser et tout se passera à merveille.

— Et le repas ? dit-elle et elle se mit à me parler d'un chef qu'elle avait rencontré et qui cuisinait le cochon comme personne.

— Les parents de Todd s'en occupent, l'informai-je. Ils ont insisté.

— Je veux juste t'aider.

— Mais tu demanderas d'abord ? Avant d'aider ? »

J'avais peur de l'avoir vexée, mais elle rit et m'étreignit.

L'un des amis de Todd possédait une maison à Hackney avec un grand jardin qui s'ouvrait sur un second, encore plus grand. Un pont les reliait, que l'on pouvait ouvrir pour faire un seul jardin clos en pleine ville, d'une superficie incroyable, et c'est là que nous avons organisé notre fête. Les filles du bureau y travaillèrent une journée entière et, quand j'arrivai, je faillis fondre en larmes. Des guirlandes de fleurs étaient suspendues aux branches des arbres, et des carillons cristallins tintaient dans la brise, et il y avait des bougies partout, leur douce lueur devenant plus forte dans l'obscurité.

Il y a tant d'autres choses à dire à propos de la fête. Que j'avais peur que tout le monde ne vienne pas, et que j'avais peur ensuite qu'il n'y ait pas assez à boire, et en fin de compte, peur que personne ne s'en aille. Que je vis toute ma vie, là, dans ce jardin clos, des gens que je n'avais pas vus depuis que j'avais quitté l'école primaire et des gens que je voyais tous les jours à la machine à café, de vieilles grand-tantes et d'ex-petits amis. Que je découvris un échantillon de la vie de Todd, des personnes que j'apprendrais à connaître les mois et les années à venir, des personnes que j'aimerais parce qu'il les aimait. Que je fis connaissance avec l'ancienne petite amie de Todd, laquelle m'irrita car elle mesurait près d'un mètre quatre-vingts, et m'irrita encore plus car elle était sympathique, mais laquelle calma ensuite mon ego car elle était venue avec un petit ami qui était clairement, même si on le regardait vite fait, beaucoup moins séduisant que Todd. Ce sont les histoires des autres mais il en reste encore une à raconter sur Holly.

Je ne dois pas donner l'impression que je m'inquiète tout le temps pour elle car ce n'est pas la peine. Revenir travailler lui avait demandé un courage énorme. Elle était retournée en bas de l'échelle et devait la gravir chaussée de bottes en béton. Tant de dégâts avaient été causés. Certains clients étaient revenus, mais d'autres non ; et nous avons dû partir à la recherche de nouveaux – certains d'entre eux ayant déjà eu vent d'étranges rumeurs par le téléphone arabe. Et j'avais bien du mal à le croire, mais elle l'avait fait : elle s'y était mise, elle avait fait le sale boulot qui consistait à remettre KS Associates sur pied.

Ce n'était plus tout à fait pareil. Ce n'était pas possible. Il n'y avait plus cet air d'improvisation, ou ces soirées de trente-six heures, le sentiment de marcher sur la corde raide sans filet de sécurité. Beaucoup de cela avait disparu, comme c'était sans doute nécessaire. Là résidait la différence entre être saoul et sobre, maniaque et normal, entre être des jeunes femmes trop bêtes pour savoir ce dans quoi elles s'embarquaient, et des femmes légèrement plus âgées qui avaient été obligées de tirer une leçon ou deux de leurs erreurs.

Mais j'avais le cœur serré à l'idée que Holly assiste à notre soirée, ne serait-ce que parce que le dernier mariage auquel j'étais allée avec elle était le sien. Je me sentis mieux dès que je la vis. La règle suivant laquelle il ne fallait pas éclipser la mariée cessait apparemment de s'appliquer une fois la cérémonie de mariage terminée. Elle avait détaché ses cheveux de sorte qu'ils flottaient sur ses épaules, et elle portait une robe écarlate spécialement conçue pour éveiller des pulsions répréhensibles.

Elle titubait sous le poids d'une grosse boîte à la décoration élaborée fermée par des rubans. J'insistai pour l'ouvrir tout de suite. Elle contenait un globe. Il y avait un autre ruban rose bien attaché autour de l'équateur, agrémenté d'une étiquette qui n'arborait que deux mots : « À toi ». « Comme dans : le monde est… », m'expliqua Holly.

Todd nous rejoignit et la serra dans ses bras.

— J'adore ce genre de choses, dit-il en le faisant tourner comme un enfant. Regardez. Saviez-vous que New York se trouvait sur la même latitude que Rome ?

— Non, répondis-je allégrement.

— De temps en temps, il est utile de se rappeler que le monde est rond, ajouta Holly.

Todd transporta le globe jusqu'à une place d'honneur. Holly m'étreignit et me regarda de près.

— J'y suis arrivée, je crois, dit-elle. Et c'est à quatre-vingt-dix-neuf pour cent grâce à toi.

— Neuf pour cent, plutôt, répliquai-je.

— Nous pouvons négocier ce genre de détails.

— J'ai simplement fait ce que sont censés faire les amis.

Holly secoua la tête.

— Je ne crois pas que la majorité d'entre eux sache que tout cela fait partie du marché, dit-elle en me serrant affectueusement la main. Oh, au fait, Charlie t'envoie son bon souvenir.

— Tu n'es pas sérieuse !

— Il m'écrit, répondit Holly. Je jette un œil à ses lettres avant de les transmettre à mon avocat.

— Comment cela peut-il être permis ?

— Je n'arrête pas d'essayer de savoir si cela était de ma faute et en un sens oui, ça l'était. Je crois que je suis tombée amoureuse d'un fantasme, puis Dieu sait quel enfer je lui ai fait endurer, quel cauchemar il a dû vivre. Je l'ai détruit. S'il ne m'avait pas rencontrée, il serait encore libre, encore bon. Je l'ai poussé à devenir un homme capable de commettre un meurtre. (Elle regarda autour d'elle et vit d'autres gens qui arrivaient.) Ce n'est pas le moment, dit-elle. Oh, il y a une chose, quelque chose que m'a dit mon avocat. Tu te souviens du plan de Charlie ? Il me tue, maquille le tout en suicide, une police d'assurance rembourse l'emprunt immobilier, une autre lui donne un gros chèque. Mais il n'avait pas lu toutes les clauses. Ça n'aurait pas marché – inutile de dire qu'ils ne remboursent rien en cas de suicide. Pauvre Charlie ! Il a même échoué en tant qu'assassin !

Elle serra de nouveau ma main et disparut.

À partir de là, je l'aperçus de temps en temps. Il y avait le problème inévitable de ce genre de soirée, où les gens restaient en groupe – famille, collègues, amis de fac. Holly n'était pas comme ça. Chaque fois que je la voyais, elle se trouvait dans une partie différente du jardin, en train de parler avec toutes sortes de gens différents. Puis, pendant un moment, je ne la vis plus du tout. Je regardai à droite, à gauche, n'arrivai pas à la trouver, me demandai si elle n'était pas rentrée chez elle en cachette, puis je pensai à d'autres choses, me mêlai à d'autres conversations, l'oubliai pendant un moment.

J'étais dans la cuisine en train d'évoquer des souvenirs délicieux avec une fille de mon lycée lorsque je sentis des bras m'entourer par-derrière ; je me retrouvai dans ceux de Todd.

— On passe un bon moment ? demanda-t-il.

— Merveilleux.

— Je commence tout juste à apprendre quelle vie riche et intéressante tu as eue.

— À qui donc as-tu parlé ? demandai-je, quelque peu paniquée.

— À tout le monde, répondit-il. (Il regarda sa montre.) Tu sais quelle heure il est ?

— Non.

— Il va être minuit. Je voulais…

Il ne me dit jamais ce qu'il voulait, car il se produisit la plus extraordinaire des explosions et la maison trembla. Dans un moment de panique, je me demandai s'il pouvait s'agir d'une bombe terroriste. Puis je vis la fumée dans le jardin, qui s'élevait en tourbillons par les portes-fenêtres. Todd et moi courûmes dehors où la foule parlait avidement et faisait de grands gestes vers la maison. Nous nous retournâmes et levâmes les yeux. En haut, une fenêtre était ouverte, de laquelle se déversait de la fumée, s'élevant en volutes par-dessus le rebord pour descendre en cascade comme de l'eau marron écumeuse. Deux têtes apparurent, le visage noir de suie, comme des ramoneurs. Je me tournai vers les gens autour de moi.

— Qu'est-ce que… ?

Ils sont donc là. Les gens qui m'aimaient et me détestaient, qui voulaient que je vive et qui désiraient que je meure, qui ont essayé de me sauver et qui m'ont abandonnée. Ils ont tous l'air heureux. Ils se regardent, se tiennent la main, certains s'embrassent même. Je devine qu'ils se font des promesses pour la vie qui les attend. Ce grand et mystérieux voyage. Il n'en manque qu'un.

Parfois, on dirait que Charlie n'a jamais existé, qu'il n'est qu'un rêve duquel je me suis réveillée, une silhouette qui disparaît pour n'être plus rien dans ma tête étourdie. En un sens, c'est vrai. Comme je l'ai dit à Meg il y a quelques minutes, le Charlie dont j'étais tombée amoureuse était un fantasme – de la même façon que j'en étais un pour lui. Il était l'homme qui allait me sauver de moi-même. Comme me le répète mon thérapeute à peu près trois fois au cours de chacune de mes séances à la noix : « Vous êtes la seule à pouvoir vous aider, Holly. » Elle prononce mon prénom dans chaque phrase. « Quel sentiment cela vous inspire-t-il, Holly ? » « Comment expliquez-vous cela, Holly ? » J'ai envie de lui dire que moi aussi j'ai assisté à ce cours de gestion humaine, celui où l'on vous apprend à prendre quelqu'un fermement par la main la première fois que vous le rencontrez, à le regarder dans les yeux. J'ai envie de dire que cela m'ennuie à mourir de parler de moi, moi, moi. Que tout cela est très bien de regarder tout le temps à l'intérieur, d'explorer les labyrinthes obscurs et secrets de l'esprit, mais qu'en est-il du monde merveilleux au-dehors ? Et de la poésie, la musique, la passion, le coup de fouet de la mer verte ? Mais je pense ensuite à mes amis, à ma famille ; je pense à ma chère Meg, qui, même aujourd'hui, le jour de son mariage, ne cesse de me jeter des coups d'œil pour s'assurer que je vais vraiment bien. Je tiens le coup. Je continue à prendre les comprimés, à faire de l'exercice, à suivre ma thérapie ; je ne veux pas mourir une troisième fois. Pas encore, en tout cas. Je garderai la mort pour plus tard.

Meg me demande si mes sautes d'humeur me manquent. Son visage affiche une telle inquiétude qu'en général j'évite la question. La vérité, c'est que bien sûr elles me manquent. Elles me manquent comme un amant vous manque. Mon moi extravagant et endiablé. L'obscurité noir d'encre où étaient tapis les démons, puis la glorieuse lumière. Tomber puis voler ; s'écraser puis remonter à toute allure jusqu'à ce que je sois si heureuse et si libre que je voulais presque mourir de la simple joie que cela me procurait ; un délire délicieux, très proche de la terreur. Le monde était à moi et j'étais à lui.

Mais ce manque s'estompe petit à petit. Pour commencer, je me tenais tellement en bride que je faillis m'étrangler. Me levais à la même heure, allais travailler à la même heure, rentrais pile à l'heure, mangeais bien, me couchais tôt. Ne mettais pas mes vêtements préférés, ne flirtais pas, ne dansais pas, ne buvais pas, ne riais pas bêtement, ne criais pas, ne vagabondais pas. Petit à petit, je me lâche la bride.

Ce soir, je me sens bien, je me sens super bien, c'est presque comme autrefois, lorsqu'une énergie glorieuse et irrépressible clapotait en moi de sorte que j'avais du mal à garder les pieds sur terre. Et regardez Meg, son visage avenant et adorable. Elle est heureuse. Jamais personne n'a autant mérité d'être heureuse que Meg, qui a toujours fait passer en priorité le bonheur des autres. J'espère que Todd réalisera toujours la chance qu'il a. J'espère que je réaliserai toujours la chance que j'ai.

Je pensais que, en fin de compte, j'étais extrêmement seule – et que tout le monde l'est aussi dans ce monde tumultueux. C'est une condition pour être humain. Pendant toute votre vie, vous cherchez l'amour et l'intimité ; vous cherchez une loyauté inconditionnelle, et la reconnaissance. De vos parents, de vos amis, de vos associés. Nous nous faisons tous des promesses et nous les croyons, ou nous feignons de les croire. Nous nous raccrochons à l'espoir que nous ne sommes pas seuls. Et pourtant, en ces moments de grande crise et de désespoir intense, la seule personne qui peut vous sauver, c'est vous-même. Personne d'autre ne peut le faire. C'est ce que j'ai toujours pensé, et, en un sens, je le pense encore, mais quand j'étais déprimée, sans défense et que je ne croyais plus en moi, Meg était là, comme un miracle. Elle croyait en moi alors que j'avais cessé d'y croire, et me faisait vivre quand j'étais prête à mourir. Mettez mes démons d'un côté de la balance, et Meg de l'autre, et elle pèse beaucoup plus lourd qu'eux tous. Voilà ce que j'entends par « chance ».

La fête touche à sa fin. Les gens parlent de partir. Je regarde ma montre et constate qu'il est minuit, presque l'heure. Je me fraye un chemin à travers des tas de gens, retourne dans la maison, et récupère le paquet où je l'avais caché, sous des manteaux dans la chambre d'amis.

Une bulle de joie familière s'ouvre dans ma gorge. Je sais que je suis sur le point de faire quelque chose d'idiot.

Ils m'ont coûté près de deux cents livres. L'homme qui les vend a été un peu surpris et m'a conseillé de lire correctement les instructions, et il y avait une femme qui achetait des cierges magiques qui désapprouvait purement et simplement. Comment pouvais-je dépenser une telle somme, me demanda-t-elle, pour quelque chose qui serait terminé avant même que vous ne comptiez jusqu'à dix et ne servirait à rien ? Mais ne comprenait-elle pas que c'était précisément là tout l'intérêt, justement ? Travailler des jours et des semaines, puis tout faire s'envoler en un seul moment éblouissant.

Je ressors furtivement dans le jardin. Dans la cuisine, Meg est contre Todd, qui lui murmure quelque chose à l'oreille. Ils ne me remarquent pas. Sur le paquet, ils disent qu'il faut les planter à quatre-vingts mètres des gens. Comme c'est ridicule. Quatre-vingts mètres, cela m'amènerait dans l'autre maison et sur la route. Le bout du jardin devrait donc faire l'affaire. Ça ira. Probablement.

Le premier ne part pas très bien. Son piquet se met de côté au dernier moment et décolle en biais, vers la maison. J'ai le mauvais pressentiment qu'il est passé par la fenêtre. J'entends des cris et des hurlements derrière moi, vois de la fumée. Mais il est trop tard pour me soucier de tout cela, parce qu'une étincelle a déjà allumé la mèche du deuxième en tombant. J'observe la minuscule lumière monter vers la fusée, puis se réfugier dans sa partie inférieure. L'espace d'un instant, on dirait qu'elle a été éteinte, mais s'ensuit alors un sifflement court et puissant, et la fusée monte fabuleusement en flèche, bondit dans le ciel obscur, son corps solide se déchire et se transforme en soleils, en étoiles et en pétards de couleurs qui explosent. Mon cadeau pour mon amie.

Le temps s'arrête. Dans le jardin secret, tout le monde regarde vers le ciel, la fleur de lumière qui s'ouvre et s'épanouit parfaitement. Ses pétales de feu doux retombent vers nous en silence.

Deux fois, je suis morte. Maintenant je vis.

THRILLER

UN SECRET DANS LE NOIR

NICCI FRENCH
Jeux de dupes

Engrenage fatal

Comment se reconstruire après un drame ? Spécialiste des traitements post-traumatiques, le Dr Samantha Laschen va avoir l'occasion de confronter ses théories à la réalité. La police lui a en effet confié la garde de Finn Mackenzie, une adolescente qui a miraculeusement survécu au massacre de sa famille. Mais, avec des assassins toujours en cavale, la maison calme et isolée de Sam prend rapidement des allures de guet-apens.

Pocket n° 13144

NICCI FRENCH
Sourire en coin

Liaison fatale

En rentrant de son travail, Miranda surprend son petit ami Brendan confortablement installé sur son canapé en train de lire son journal intime. Folle de rage, elle rompt sur-le-champ et le met à la porte. Mais on ne se débarrasse pas du jeune homme aussi facilement. Quelques semaines plus tard, sa sœur Kerry, folle de bonheur, lui annonce ses fiançailles. L'heureux élu s'appelle Brendan…

Pocket n° 12286

Nicci FRENCH

Feu de glace

Mon mari, cet inconnu

Un simple jeu de regards a bouleversé la vie d'Alice London. Du jour au lendemain, elle renonce à son compagnon et à ses projets professionnels pour épouser un inconnu qu'elle a croisé dans la rue et qui lui inspire une passion sans limites. Mais le passé de cet homme reste auréolé de mystère. Alice sait seulement qu'il était un célèbre alpiniste. Et son mari ne tarde pas à lui faire comprendre que la curiosité est un vilain défaut…

Pocket n° 11339

Nicci FRENCH

Au pays des vivants

Prison mentale

Elle est seule. Dans le noir. Cagoulée et ligotée. Prisonnière d'un mystérieux tortionnaire, elle réussit pourtant à s'échapper… Mais le cauchemar ne fait que commencer : Abbie a perdu tout souvenir des jours qui ont précédé son agression. Confrontée à l'incrédulité de tous, elle veut reconstituer son passé. Dans cette quête aux frontières de la folie, Abbie n'a qu'une certitude : si son bourreau existe, il saura la retrouver.

Pocket n° 12284

Impression réalisée sur Presse Offset par

CPI
Brodard & Taupin

51409 – La Flèche (Sarthe), le 12-03-2009
Dépôt légal : mai 2008
Suite du premier tirage : mars 2009

POCKET – 12, avenue d'Italie - 75627 Paris cedex 13

Imprimé en France